new voices

CONTEMPORARY SOVIET SHORT STORIES

new voices

CONTEMPORARY SOVIET SHORT STORIES

EDITED BY

Kenneth Harper

Galina Koulaeff *Margarita Gisetti*

University of California at Los Angeles

Harcourt Brace Jovanovich, Publishers

San Diego New York Chicago Austin Washington, D.C.
London Sydney Tokyo Toronto

Library of Congress Catalog Card Number: 66-11881

Printed in the United States of America

Оглавле́ние

Introduction

THE FIVE stories that make up this collection were published in the Soviet Union in the late 1950's and early 1960's. The choice of literature of this recent vintage is deliberate. In the first place, we believe that students of Russian will find the reflection of the current scene interesting and familiar. The authors, men of the younger or "middle" generation, are concerned with the present; events of the 1920's, or even of World War II, have passed into history. There is the "flavor of today" in these stories, the atmosphere of change, mobility, and insecurity. We have perhaps magnified this impression by choosing stories with an urban setting: people contend with television sets, public telephone booths, taxis, and stop lights in a manner that is familiar to American readers.

Also familiar is the way in which the characters in these stories distinguish two aspects of life: work and nonwork. The workaday world, as a matter of fact, receives little attention. People are shown on their off-hours, on weekends, even on vacation; almost always they are absorbed in their private affairs. The resurrection of the individual is, of course, one of the prominent features of the "new," post-Stalin era in Soviet literature. The term "individualism" is, on the other hand, hardly appropriate in this context. It would be a mistake to assume that these writers intentionally demean the function of man in society, or that they seriously question the goals or nature of Soviet society.

The hostility of the individual toward society is already obsolescent as a theme of literature — at least for the younger generation. These writers accept in a nondefensive way the distinction between public and private man, and proceed to investigate the latter. Four of the five stories in our anthology deal almost exclusively with the complexities of love and family relationships.

The reader will also recognize the nonheroic nature of our characters. Not only is Labor (a primary social activity) absent from these stories, there are no Heroes of Labor. These writers present their characters not as producers, but as consumers. (Producers may be heroic; the consumer is, almost by definition, a nonhero.) Western literature has long since enthroned the so-called average man, with all the complexities of his average life. He is now being rehabilitated in Soviet literature, not as the object of patronage, pity, censure, or ridicule, in the fashion of the nineteenth century, but as a figure meriting understanding and respect. The new attitude, especially evident in the works of Aksënov, is in sharp contrast to the treatment of the "little man" in Gogol, Chekhov, or even Zoshchenko. This is, potentially, the most significant development in the "new" Soviet literature.

For the student of Russian, this anthology provides a good sample of the contemporary colloquial language. The student can rightly complain of the rigid diet of nineteenth-century reading that is prescribed for him. As long as the Russians were a completely alien, hypothetical race, the spoken and written language of the last century was as good a model to study as any other. For most students, as a result, Russia has remained a quaint land where people drive around in *troikas*, drink *kvas*, and say *matushka*. The space age has literally passed the classroom by.

The chief reasons for this state of affairs may be cited briefly. There is the overall literary excellence of the Russian classics, as compared to the less inspiring output of Soviet writers. Political considerations are involved: teachers and publishers are reluctant to import the propaganda of the ideological enemy. Another factor is the strong disapproval of the great changes in the Russian language that have occurred in the past few decades. Both Soviet and émigré intellectuals have been disturbed at the "corruption" of speech (the flood of neologisms, the inexact usage of words, bureaucratisms, the proliferation of "low" forms, slang, and so forth). The American student has been carefully shielded from these linguistic facts of life, on the premise that he should learn the "pure" Russian of pre-Revolutionary times.

Whatever else may be said for traditionalism, it can hardly be defended as a foundation for teaching modern foreign languages. The Russian language *has* undergone considerable change, and students deserve to be informed of the facts. (The Soviets do not learn all their English from the novels of James Fenimore Cooper.) The most compelling reason for modernizing the reading diet of the American student is, however, the accessibility of the Soviet Union. Thousands of Americans now visit the country every year, and student travel and exchange is not just a possibility but a reality. In a real sense, the publication of this anthology is the direct result of jet air travel and tourism. The visitor to Moscow will find that the idiom of Tolstoy's peasants is hardly the best preparation for easy conversation with the man on the subway. We believe that a certain exposure to the contemporary language is useful, especially if the material is informative and interesting in its own right.

This anthology is designed for second-year students of Russian. Except for very rare omissions of complete sentences, the original text has not been adapted in any way. In preparing the marginal glosses and footnotes, we have presumed a general knowledge of Russian grammar (including the formation of participles) and a basic vocabulary. The rendering of idiomatic expressions, colloquialisms, and slang is, of course, a hazardous business. Our main concern has been to make the meaning clear and, to a lesser extent, to suggest the flavor of the original. The following conventions have been adopted in the marginal glosses: adjectival forms are supplied for adverbial forms, when appropriate; in most instances Russian participles are glossed as verbs; verbs are glossed as unmarked infinitives; nouns are glossed in the singular; quotation marks indicate a specific contextual meaning that is at variance with the norm for a given word or expression.

The text of each story has been arbitrarily divided into sections, or units. Each unit is introduced by preparatory sentences (**Подгото́вка к чте́нию**) which contain new vocabulary and constructions that occur in the Russian text. It is recommended that the student memorize these sentences before proceeding to the text, since glossing is not normally provided for this material. It should be noted that in the English translation of these sentences the Russian "historical present tense" is normally rendered by the past tense.

The editors express their gratitude to X. V. Ordovsky and Jane Gardner for their assistance in the preparation of the manuscript.

K.H.

Los Angeles, California

new voices

CONTEMPORARY SOVIET SHORT STORIES

Окно́ выхо́дит в бе́лые дере́вья

ЕВГЕ́НИЙ ЕВТУШЕ́НКО

(1933–)

Yevtushenko is undoubtedly the best known Soviet writer of the young generation. He typifies, better than any other single individual, the new spirit of literature. A poet of strong emotions, he is noted especially for his resistance to conformity. His attitude on important issues of the day varies from impatience to indignation. His outspoken criticism of "official" policies has brought censure from above; it has also won the enthusiastic approval of Soviet youth, who come by the thousands into huge auditoriums and public squares to hear him read his poetry.

In the selection that follows, we see Yevtushenko in a more restrained mood. The poem "Окно́ выхо́дит в бе́лые дере́вья" is really an evocation of sorrow. An elderly professor, overwhelmed by a family tragedy, is unable to continue his class; his students watch in disbelief, but with great respect and sympathy, as he walks out on them. The most interesting stylistic device is the repetition of words and phrases, in perfect correspondence to the solemnity of the occasion and to the benumbed intellectual processes of the professor and students. This correspondence is the best evidence of the bond of understanding that links the two generations.

Окнó выхóдит в бéлые дерéвья

Окнó выхóдит° в бéлые дерéвья.	"looks out"
Профéссор дóлго° смóтрит на дерéвья.	for a long time
Он óчень дóлго смóтрит на дерéвья	
и óчень дóлго мел° кроши́т° в рукé.	chalk crumble
Ведь° э́то прóсто° —	after all simple
прáвила° делéнья!°	rule division
А он забы́л° их — прáвила делéнья!	forget
Забы́л —	
поду́мать!° —	just think
прáвила делéнья.	
Оши́бка!°	mistake
Да!	
Оши́бка на доскé!	
Мы все сиди́м сегóдня по-другóму.°	differently
И слу́шаем° и смóтрим по-другóму,	listen
да и нельзя́ сейчáс не по-другóму,	
и нам подскáзка° в э́том не нужнá.	prompting
Ушлá женá° профéссора из дóму.	wife
Не знáем мы,	
кудá ушлá из дóму,	
Не знáем,	
отчегó° ушлá из дóму,	why
а знáем тóлько,	
что ушлá онá.	
В костю́ме° и немóдном° и ненóвом,	suit not fashionable
как и всегдá немóдном и ненóвом,	
да, как всегдá немóдном и ненóвом,	
спускáется° профéссор в гардерóб.°	go down cloakroom

Он до́лго по карма́нам° и́щет° но́мер:° — pocket, look for, ticket
« Ну что тако́е?
Где́ же э́тот но́мер?
А мо́жет быть,
не брал у вас я но́мер?
Куда́ он де́лся?° — — **Куда...** What's happened to it?
Трёт° руко́ю лоб.° — — rub, forehead
Ах вот он!..
Что ж,
как ви́дно,° я старе́ю.° — **как...** apparently, getting old
Не спо́рьте,° тётя Ма́ша, — argue
я старе́ю.
И что уж тут поде́лаешь[1] —
старе́ю... »
Мы слы́шим —
дверь° внизу́° скрипи́т° за ним. — door, downstairs, squeak
Окно́ выхо́дит в бе́лые дере́вья,
в больши́е и краси́вые дере́вья,
но мы сейча́с гляди́м° не на дере́вья, — look
мы мо́лча° на профе́ссора гляди́м. — silently
Ухо́дит он,
суту́лый,° — round-shouldered
неуме́лый,° — clumsy
како́й-то беззащи́тно° неуме́лый, — "helplessly"
я бы сказа́л —
уста́ло° неуме́лый, — tired
под сне́гом,° мя́гко° па́дающим° в тишь.° — snow, soft, fall, stillness
Уже́° и сам° он, как дере́вья, бе́лый, — already, himself
да,
как дере́вья,
соверше́нно° бе́лый, — completely
ещё немно́го —[2]
и насто́лько° бе́лый, — so
что среди́° них его́ не разгляди́шь.[3] — among

1956

1. И... what could be done **2.** ещё... a little later **3.** его... you can't make him out

Голубо́е и зелёное

ЮРИЙ КАЗАКО́В
(1927–)

Although Kazakov is one of the leaders of the new school of literature, he has much in common with writers of the nineteenth century. One is easily reminded of Turgenev and Chekhov; the minor key, the sense of failure and missed happiness, and the keen appreciation of nature strike familiar chords. His heroes, struggling nobly but hopelessly against the odds, acquire a sense of wonderment at their lives. A story by Kazakov is typically a record of a poignant emotional experience that leaves his hero bewildered and dubious about the rightful nature of things.

Голубо́е и зелёное is a good example of Kazakov's immersion into the emotional world of his characters. The hero, a seventeen-year-old schoolboy, is so overwhelmed by his first love affair that the rest of the world fades from view as he relates his story. His family, friends, and studies are not neglected—they simply cannot compete in his imagination with the brief moments spent with Lilya. Unlike Turgenev's Pavel Kirsanov, Alexei will survive the shock, and go on to lead a "normal," productive life. The happy end, however, fails to convince Alexei that Lilya is just another phase, another memory along the way. He is left battered and bruised, uncomprehending, full of wonderment that there is room in the prosy, familiar world around him for such poetry and strangeness.

Kazakov was born in Moscow. His first interest was music, but since 1956 he has been a professional writer. He has traveled widely in Russia and is particularly fond of the far North. His stories have been collected under such titles as **У бе́лого мо́ря**, **Голубо́е и зелёное**, **Ма́нька**, **По доро́ге**, and **На полуста́нке**.

Подгото́вка к чте́нию*

1. Я люблю́ слу́шать хоро́шую му́зыку.
2. На второ́м этаже́ включи́ли приёмник и я слы́шу джаз.
3. Не́которые уме́ют танцева́ть, а я не уме́ю.
4. Мы идём ря́дом, совсе́м чужи́е друг дру́гу, и в то же вре́мя стра́нно знако́мые.
5. Мой прия́тель наро́чно оста́вил нас наедине́.
6. В конце́ концо́в, я могу́ уйти́ домо́й, потому́ что я живу́ тут ря́дом.
7. До нача́ла сеа́нса ещё мину́т пятна́дцать.
8. В фойе́ кино́ не́которые слу́шали певи́цу, други́е ти́хо разгова́ривали и е́ли моро́женое и конфе́ты.
9. Я никогда́ ра́ньше не обраща́л внима́ния на карти́ны.
10. Я ду́мал о худо́жниках, кото́рые их нарисова́ли.
11. Ли́ля смо́трит на меня́ блестя́щими се́рыми глаза́ми. Кака́я она́ краси́вая!
12. Мне почему́-то не хо́чется кури́ть и я броса́ю папиро́су.
13. Интере́сно, е́сли бы́стро кури́ть, папиро́са де́лается го́рькой.
14. Я бы ни за что не говори́л с Ли́лей о футбо́ле.

1. I like to listen to good music.
2. On the second floor they turned on the radio and I could hear jazz (playing).
3. Some people know how to dance, but I don't.
4. We were walking side by side, complete strangers to each other, and at the same time, friends in some strange way.
5. My friend left us alone on purpose.
6. After all, I can go home because I live near by.
7. It's about fifteen minutes before the show starts.
8. In the theater lobby some people were listening to a singer; others were quietly talking and eating ice cream and candy.
9. I never paid any attention to the pictures before.
10. I was thinking about the artists who painted them.
11. Lilya was looking at me with her bright gray eyes. How beautiful she is!
12. For some reason, I didn't feel like smoking, and I threw away my cigarette.
13. It's curious; if one smokes fast, the cigarette becomes bitter.
14. I wouldn't talk soccer with Lilya for anything.

* Preparation for Reading

Голубо́е и зелёное

1

— Ли́ля, — говори́т она́ глубо́ким° грудны́м° го́лосом° и подаёт мне горя́чую° ма́ленькую ру́ку.

Я осторо́жно° беру́ её ру́ку, пожима́ю° и отпуска́ю.° Я бормочу́° при э́том своё и́мя. Ка́жется,° я не сра́зу да́же сообрази́л,° что ну́жно° назва́ть° своё и́мя. Рука́, кото́рую я то́лько что[1] отпусти́л, не́жно° беле́ет[2] в темноте́.° « Кака́я необыкнове́нная,° не́жная рука́! » — с восто́ргом° ду́маю я.

Мы стои́м на дне° глубо́кого двора́.°[3] Как мно́го о́кон в э́том квадра́тном° тёмном° дворе́: есть о́кна голубы́е,° и зелёные,° и ро́зовые,° и про́сто бе́лые. Из голубо́го окна́ на второ́м этаже́ слышна́ му́зыка. Там включи́ли приёмник, и я слы́шу джаз. Я о́чень люблю́ джаз, нет, не танцева́ть — танцева́ть я не уме́ю, — я люблю́ слу́шать хоро́ший джаз. Не́которые не лю́бят, но я люблю́. Не зна́ю, мо́жет быть, это пло́хо. Я стою́ и слу́шаю джа́зовую° му́зыку со второ́го этажа́, из голубо́го окна́. Ви́димо,° там прекра́сный° приёмник.

По́сле того́ как[4] она назвала́ своё и́мя, наступа́ет° до́лгое молча́ние.° Я зна́ю, что она́ ждёт от меня́ чего́-то. Мо́жет быть, она ду́мает, что я заговорю́,° скажу́ что́-нибудь весёлое,° мо́жет, она ждёт пе́рвого моего́ сло́ва, вопро́са како́го-нибудь, что́бы заго-

deep "low"
voice "warm"
careful "shake"
let go mumble it seems
figure out must "tell"
tender darkness
unusual delight
bottom court
square dark
light blue green pink
jazz
apparently
fine
come
silence
start talking
cheerful

1. только... just **2.** shows white (in appearance) **3.** I.e., *the court is like a well, the sides of which are the surrounding buildings.* **4.** После... after

вори́ть само́й.° Но я молчу́, я весь во вла́сти[5] необыкнове́нного ри́тма и серебря́ного° зву́ка° трубы́.° Как хорошо́, что игра́ет му́зыка и я могу́ молча́ть!

Наконе́ц мы тро́гаемся.° Мы выхо́дим на све́тлую° у́лицу. Нас че́тверо:° мой прия́тель с де́вушкой, Ли́ля и я. Мы идём в кино́. В пе́рвый раз° я иду́ в кино́ с де́вушкой, в пе́рвый раз меня́ познако́мили° с ней, и она́ подала́ мне ру́ку и сказа́ла своё и́мя. Чуде́сное° и́мя, произнесённое° грудны́м го́лосом! И вот мы идём ря́дом, совсе́м чужи́е друг дру́гу и в то же вре́мя стра́нно знако́мые. Му́зыки бо́льше нет, и мне не за что спря́таться.° Мой прия́тель отстаёт° со свое́й де́вушкой. В стра́хе° я замедля́ю° шаги́,° но те иду́т ещё ме́дленней. Я зна́ю, он де́лает э́то наро́чно. Э́то о́чень пло́хо с его́ стороны́[6] — оста́вить нас наедине́. Никогда́ не ожида́л° от него́ тако́го преда́тельства!°

Что бы тако́е сказа́ть ей? Что она́ лю́бит? Осторо́жно, сбо́ку° смотрю́ на неё: блестя́щие глаза́, в кото́рых отража́ются° огни́,° тёмные, наве́рное° о́чень жёсткие° во́лосы, сдви́нутые° густы́е бро́ви,° придаю́щие° ей са́мый реши́тельный° вид°... Но щёки° у неё почему́-то напряжены́,° как бу́дто[7] она́ сде́рживает° смех.° Что бы ей всё-таки° сказа́ть?

— Вы лю́бите Москву́? — вдруг° спра́шивает она́ и смо́трит на меня́ о́чень стро́го.° Я вздра́гиваю° от её глубо́кого го́лоса. Есть ли ещё° у кого́-нибудь тако́й го́лос!

Не́которое вре́мя я молчу́, переводя́ дух.[8] Наконе́ц собира́юсь с си́лами.[9] Да, коне́чно, я люблю́ Москву́. Осо́бенно° я люблю́ арба́тские[10] переу́лки° и бульва́ры. Но и други́е у́лицы я то́же люблю́... Пото́м я сно́ва умолка́ю.°

Мы выхо́дим на Арба́тскую пло́щадь.° Я принима́юсь° насви́стывать° и сую́° ру́ки в карма́ны. Пусть° ду́мает, что знако́мство° с ней мне не так уж интере́сно. Поду́маешь! В конце́ концо́в, я могу́ уйти́ домо́й, я тут ря́дом живу́, и во́все не[11] обяза́тельно° мне идти́ в кино́ и му́читься,° ви́дя, как дрожа́т° её щёки.

herself
silver sound trumpet
set off
lighted **Нас...** there were four of us
В... for the first time
introduce
wonderful "said"
hide
lag behind fear slow down
step
expect
treachery
sideways
be reflected light probably
coarse drawn together eyebrow
give decisive look
cheek strain
restrain laughter anyway
suddenly
stern shudder
"else"
especially lane
become silent
square
start whistle thrust
let [her] acquaintance
obligatory torment oneself
tremble

5. весь... seized by the power **6.** с... on his part **7.** как... as if
8. переводя... getting my breath **9.** собираюсь... collect my strength
10. Арбат, *a section of Moscow* **11.** вовсе... not at all

Но мы всё-таки прихо́дим в кино́. До нача́ла сеа́нса ещё мину́т пятна́дцать. Мы стои́м посреди́° фойе́ и слу́шаем певи́цу, но её пло́хо слы́шно: во́зле° нас мно́го наро́ду, и все потихо́ньку° разгова́ривают. Я давно́ заме́тил,° что те, кто стои́т в фойе́, пло́хо слу́шают орке́стр. Слу́шают и аплоди́руют° то́лько пере́дние,° а сза́ди° едя́т моро́женое и конфе́ты и ти́хо перегова́риваются.° Реши́в, что певи́цу всё равно́° не услы́шишь как сле́дует,° я принима́юсь разгля́дывать° карти́ны. Я никогда́ ра́ньше не обраща́л внима́ния на них, но тепе́рь я о́чень заинтересо́ван. Я ду́маю о худо́жниках, кото́рые их нарисова́ли. Ви́димо, не зря пове́сили[12] э́ти карти́ны в фойе́. О́чень хорошо́, что они́ вися́т тут.

in the middle
near quietly
notice
applaud the ones in front behind
talk
всё... anyway **как...** properly
examine

Ли́ля смо́трит на меня́ блестя́щими се́рыми глаза́ми. Кака́я она́ краси́вая! Впро́чем,° она́ во́все не краси́вая, про́сто у неё блестя́щие глаза́ и ро́зовые кре́пкие° щёки. Когда́ она́ улыба́ется,° на щека́х появля́ются° я́мочки,° а бро́ви расхо́дятся° и не ка́жутся уже́ таки́ми стро́гими. У неё высо́кий° чи́стый° лоб. То́лько иногда́ на нём появля́ется морщи́нка.° Наве́рное, она́ ду́мает в э́то вре́мя.

however
firm smile
appear dimple come apart
high
clear
wrinkle

Нет, я бо́льше не могу́ стоя́ть с ней! Почему́ она́ так меня́ рассма́тривает?°

examine

— Пойду́ покурю́,° — говорю́ я отры́висто° и небре́жно° и ухожу́ в кури́тельную.° Там я сажу́сь и вздыха́ю° с облегче́нием.° Стра́нно, но когда́ в ко́мнате мно́го ды́ма,° когда́ во́здух° совсе́м тёмный от ды́ма, почему́-то не хо́чется кури́ть. Я осма́триваюсь°: стоя́т и сидя́т мно́го люде́й. Не́которые споко́йно° разгова́ривают, други́е мо́лча торопли́во° ку́рят, жа́дно° затя́гиваются,° броса́ют недоку́ренные° папиро́сы и бы́стро выхо́дят. Куда́ они́ торо́пятся? Интере́сно, е́сли жа́дно кури́ть, папиро́са де́лается° ки́слой° и го́рькой.° Лу́чше всего́ кури́ть не спеша́,° понемно́жку. Я смотрю́ на часы́: до сеа́нса ещё пять мину́т. Нет, я, наве́рное, всё-таки глуп. Други́е так легко́ знако́мятся, разгова́ривают, сме́ются. Други́е ужа́сно° остроу́мны,° говоря́т о футбо́ле и о чём уго́дно.[13] Спо́рят о

have a smoke abrupt
casual smoking lounge
sigh relief
smoke air
look around
quiet
hasty greedy inhale
"unfinished"
become sour bitter
не... slowly
terrible witty

12. не... they had been hung for a good reason **13.** о... about anything at all

кибернéтике.° Я бы ни за что[14] не заговори́л с дéвушкой о кибернéтике. А Ли́ля жестóкая,° решáю я, у неё жёсткие вóлосы. У меня́ вóлосы мя́гкие. Навéрное, поэ́тому я сижу́ и курю́, хотя́° мне совсéм не[15] хóчется кури́ть. Но я всё-таки посижу́ ещё. Что мне дéлать в фойé? Опя́ть смотрéть на карти́ны? Но ведь э́то плохи́е карти́ны, и неизвéстно° для чегó их повéсили. Óчень хорошó, что я их рáньше никогдá не замечáл.

cybernetics
cruel
although
no one knows

14. ни... for anything **15.** совсем... not at all

Вопрóсы к тéксту, 1, стр. 151.

Подгото́вка к чте́нию

1. Не гля́дя друг на дру́га, мы вошли́ в зри́тельный зал и се́ли.	1. We went into the auditorium and sat down without looking at each other.
2. Пото́м начала́сь кинокарти́на.	2. Then the movie started.
3. На у́лице почти́ никого́ нет; бы́стро проезжа́ют автомаши́ны.	3. There was almost no one on the street; cars were going by rapidly.
4. Тепе́рь на у́лице темне́е, чем бы́ло два часа́ наза́д.	4. It's darker outside now than it was two hours ago.
5. У неё кани́кулы и я о́чень рад, что она́ согла́сна встре́титься.	5. She's on vacation, and I'm very glad that she has agreed to see me.
6. Дво́е ребя́т с велосипе́дами собира́ются куда́-то е́хать.	6. Two kids with their bicycles were getting ready to go somewhere.
7. « Ли́ля, вы до́ма? » гро́мко спра́шиваю я.	7. "Lilya, are you home?" I asked in a loud voice.
8. У неё подру́га и они́ спо́рят о чём-то интере́сном.	8. A girl friend is visiting her and they're arguing about something interesting.
9. Они́ смею́тся надо мно́й и я ду́маю, что лу́чше всего́ мне уйти́.	9. They were laughing at me, and I thought it would be best for me to leave.
10. Афи́ши иногда́ мо́жно чита́ть с конца́, тогда́ выхо́дят смешны́е слова́.	10. Sometimes it's possible to read the billboards backward; then the words come out funny.
11. Мы стои́м дово́льно далеко́ друг от дру́га и говори́м о себе́ и о на́ших знако́мых.	11. We stood rather far apart, talking about ourselves and our friends.

2

Наконе́ц звоно́к. Я о́чень ме́дленно выхожу́ из кури́тельной, разы́скиваю° в толпе́° Ли́лю. Не гля́дя друг на дру́га, мы идём в зри́тельный зал и сади́мся. Пото́м га́снет свет[1] и начина́ется кинокарти́на.

look for crowd

Когда́ мы выхо́дим из кино́, прия́тель мой совсе́м исчеза́ет.° Это так де́йствует° на меня́, что я перестаю́° вообще́° о чём-либо ду́мать. Про́сто° иду́ и молчу́. На у́лицах нет почти́ никого́. Бы́стро проно́сятся° автомаши́ны. На́ши шаги́ гу́лко отдаю́тся от стен[2] и далеко́ слышны́.

disappear have an effect
stop altogether just
shoot past

Так мы дохо́дим до её до́ма. Остана́вливаемся° опя́ть во дворе́. По́здно,° уже́ не все о́кна горя́т,° и во дворе́ темне́е, чем бы́ло два часа́ наза́д. Мно́го бе́лых и ро́зовых о́кон пога́сло,° но зелёные ещё горя́т. Све́тится° и° голубо́е окно́ на второ́м этаже́, то́лько му́зыки бо́льше не слы́шно отту́да. Не́которое вре́мя мы стои́м соверше́нно мо́лча. Ли́ля стра́нно ведёт себя́:° поднима́ет лицо́, смо́трит на о́кна, бу́дто счита́ет° их; она́ почти́ отвора́чивается° от меня́, пото́м начина́ет поправля́ть° во́лосы... Наконе́ц я о́чень небре́жно, как бы ме́жду про́чим[3] говорю́, что нам ну́жно ещё встре́титься за́втра. Я о́чень рад, что во дворе́ темно́ и она́ не ви́дит мои́х пыла́ющих° уше́й.°

stop
it's late "are lit up"
"have become dark"
"is lit up" also
ведёт... behaves
count turn away
straighten
burning ear

Она́ согла́сна встре́титься. Я могу́ прийти́ к ней, её о́кна выхо́дят на у́лицу. У неё кани́кулы, родны́е° уе́хали на да́чу,° и ей немно́го ску́чно. Она́ с удово́льствием° погуля́ет.°

relatives
на... "to the country"
с... gladly take a walk

Я размышля́ю,° прили́чно° ли бу́дет пожа́ть ей ру́ку на проща́нье.[4] Она́ сама́ протя́гивает° мне у́зкую° ру́ку, беле́ющую в темноте́, и я сно́ва чу́вствую её теплоту́° и дове́рчивость.°

ponder proper
give
"slender"
warmth trustfulness

На друго́й день я прихожу́ к ней за́светло.° Во дворе́ на э́тот раз мно́го ребя́т. Дво́е из них с велоси-

before dark

1. гаснет... they turn out the lights **2.** гулко... echo from the walls **3.** как... just sort of by the way **4.** пожать... shake hands at parting

пéдами: они собирáются кудá-то éхать; но, мóжет быть, они́ ужé приéхали? Остальны́е° стоя́т прóсто так.° Мне кáжется, все они́ смóтрят на меня́ и отли́чно° знáют, зачéм я пришёл. И я никáк° не могу́ пройти́ двóром, я подхожу́ к её óкнам на у́лицу. Я загля́дываю° в окнó и откáшливаюсь.°

— Ли́ля, вы дóма? — грóмко спрáшиваю я. Я спрáшиваю óчень грóмко, и гóлос мой не дрожи́т. Э́то пря́мо° замечáтельно,° что у меня́ не прервáлся гóлос![5]

Да, онá дóма. У неё подру́га. Они́ спóрят о чём-то интерéсном, и я дóлжен разреши́ть° э́тот спор.°

— Иди́те скорéй! — зовёт меня́ Ли́ля.

Но мне невыноси́мо° идти́ двóром, я никáк не могу́ идти́ двóром...

— Я к вам влéзу° чéрез° окнó! — реши́тельно говорю́ я и вспры́гиваю° на окнó. Я óчень легкó и краси́во вспры́гиваю на окнó, перебрáсываю° одну́ нóгу чéрез подокóнник° и тут замечáю насмéшливое° удивлéние° подру́ги и замешáтельство° Ли́ли. Я срáзу догáдываюсь,° что сдéлал какýю-то нелóвкость,° и застывáю верхóм[6] на окнé: однá ногá на у́лице, другáя в кóмнате. Я сижу́ и смотрю́ на Ли́лю.

— Ну, лéзьте° же! — нетерпели́во° говори́т Ли́ля. Брóви её схóдятся° и щёки всё бóльше краснéют.[7]

— Не люблю́ лéтом торчáть° в кóмнатах... — бормочу́ я, дéлая высокомéрное° лицó. — Лу́чше я подождý вас на у́лице.

Я спры́гиваю° с окнá и отхожу́° к ворóтам.° Как они́ смею́тся тепéрь надо мнóй! Я знáю, девчóнки° все жестóкие и никогдá нас не понимáют. Зачéм я пришёл сюдá? Зачéм мне служи́ть посмéшищем![8] Лу́чше всегó мне уйти́. Éсли побежáть сейчáс, то мóжно добежáть до концá у́лицы и сверну́ть° зá угол, прéжде чем онá вы́йдет. Убежáть и́ли нет? Секу́нду я раздýмываю:° бýдет ли э́то удóбно?° Потóм я поворáчиваюсь° и вдруг ви́жу Ли́лю. Онá с подру́гой выхóдит из ворóт, смóтрит на меня́, в глазáх её ещё не погáс° смех, а на щекáх игрáют я́мочки.

the rest
просто... just like that
perfectly well / in no way
peep in / clear one's throat
really / wonderful
settle / argument
unbearable
climb in / through
jump up
throw over
window sill
ironic / astonishment
embarrassment
guess
blunder
climb / impatient
come together
hang around
arrogant
jump down / walk away
gate
girl
turn
think over / proper
turn around
die out

5. у... my voice didn't break **6.** застываю... freeze astride **7.** всё... become redder **8.** служить... be a laughing-stock

На подру́гу я не смотрю́. Заче́м она́ идёт с на́ми? Что я бу́ду с ни́ми обе́ими° де́лать? Я молчу́, и Ли́ля начина́ет говори́ть с подру́гой. Они́ разгова́ривают, а я молчу́. Когда́ мы прохо́дим ми́мо° афи́ш, я внима́тельно° чита́ю их. Афи́ши мо́жно иногда́ чита́ть с конца́, тогда́ выхо́дят смешны́е горта́нные° слова́. Дохо́дим до угла́, и тут подру́га начина́ет проща́ться.° С призна́тельностью° я смотрю́ на неё. Она́ о́чень краси́вая и у́мная.

both
past
attentive
guttural
say good-bye gratitude

Подру́га ухо́дит, а мы идём на Тверско́й бульва́р. Ско́лько влюблённых° ходи́ло по Тверско́му бульва́ру! Тепе́рь по нему́ идём мы. Пра́вда, мы ещё не влюблённые.° Впро́чем, мо́жет быть, мы то́же влюблённые, я не зна́ю. Мы идём дово́льно далеко́ друг от дру́га. Приме́рно° в ме́тре друг от дру́га. Ли́пы° уже́ отцвели́.° Зато́ о́чень мно́го цвето́в на клу́мбах.° Они́ совсе́м не па́хнут,° и назва́ний° их никто́, наве́рное, не зна́ет.

lover
"sweethearts"
approximately linden tree
past blooming flower bed
smell name

Мы о́чень мно́го говори́м. Ника́к нельзя́ установи́ть° после́довательности° в на́шем разгово́ре° и в на́ших мы́слях.° Мы говори́м о себе́ и о на́ших знако́мых, мы переска́киваем° с предме́та° на предме́т и забыва́ем то, о чём говори́ли мину́ту наза́д. Но нас э́то не смуща́ет,° у нас ещё мно́го вре́мени, впереди́ дли́нный, дли́нный ве́чер, и мо́жно ещё вспо́мнить° забы́тое. А ещё лу́чше вспомина́ть всё пото́м, но́чью.

establish consistency conversation
thought
jump subject
disturb
recall

Вопро́сы к те́ксту, 2, стр. 151.

Подгото́вка к чте́нию

1. Вдруг я замеча́ю, что у неё расстегну́лось пла́тье.
2. На скаме́йках, те́сно прижа́вшись, сиде́ли влюблённые.
3. Я прихожу́ домо́й в три часа́, зажига́ю насто́льную ла́мпу и начина́ю чита́ть замеча́тельную кни́гу.
4. Почему́ я реши́л, что у неё жёсткие во́лосы? У неё мя́гкие, шелкови́стые во́лосы.
5. Через неде́лю мы с ма́терью уе́хали на Се́вер.
6. С са́мой весны́ я мечта́л об э́той пое́здке.
7. У меня́ есть ружьё и я брожу́ совсе́м оди́н.
8. Иногда́ я сажу́сь и смотрю́ на широ́кую ре́ку и ни́зкое осе́ннее не́бо.
9. Же́нщины вообще́ не лю́бят и не понима́ют охо́ты.

1. Suddenly I noticed that her dress was unbuttoned.
2. Lovers sat on the benches, closely snuggled up to each other.
3. I came home at three o'clock, turned on the table lamp, and began reading a wonderful book.
4. Why did I decide that she had coarse hair? She has soft, silky hair.
5. A week later [my] mother and I went up North.
6. Ever since spring I had dreamed of that trip.
7. I have a gun, and I wander around all by myself.
8. Sometimes I [would] sit and look at the wide river and the low autumn sky.
9. Generally, women don't like and don't understand hunting.

3

Вдруг я замеча́ю, что у неё расстегну́лось пла́тье. У неё чудно́е° пла́тье, я таки́х ни у кого́ не ви́дел — от во́рота° до по́яса° ме́лкие° кно́почки.° И вот не́сколько кно́пок тепе́рь расстегну́лись, а она́ э́того не замеча́ет. Но не мо́жет же она́ ходи́ть по у́лицам в расстёгнутом пла́тье! Как бы мне сказа́ть ей об э́том? Мо́жет быть, взять и застегну́ть° самому́? Сказа́ть что́-нибудь смешно́е° и застегну́ть, как бу́дто э́то са́мое обыкнове́нное° де́ло.° Как бы́ло бы хорошо́! Но нет, э́того ника́к нельзя́ сде́лать, это про́сто невозмо́жно.° Тогда́ я отвора́чиваюсь,° выжида́ю па́узу[1] в её разгово́ре и говорю́, что́бы она́ застегну́лась. Она́ сра́зу замолка́ет.° А я смотрю́ на большу́ю на́дпись,° торча́щую° на кры́ше.° Напи́сано, что ка́ждый мо́жет вы́играть° сто ты́сяч. О́чень оптимисти́ческая на́дпись. Вот бы[2] нам вы́играть когда́-нибудь!

"funny" · collar · waist · "tiny" · snap · button up · funny · ordinary · matter · impossible · turn away · become silent · sign · stick out · roof · win

Пото́м я заку́риваю.° Я о́чень до́лго заку́риваю. Вообще́ во всех тру́дных мину́тах лу́чше всего́ закури́ть. Э́то о́чень помога́ет.° Пото́м я несме́ло° взгля́дываю° на неё. Пла́тье застёгнуто, щёки у неё пламене́ют,° глаза́ де́лаются тёмными и стро́гими. Она́ то́же смо́трит на меня́, смо́трит так, бу́дто я о́чень измени́лся° и́ли узна́л про° неё что́-то ва́жное.° Тепе́рь мы идём уже́ немно́го бли́же° друг к дру́гу.

light a cigarette · help · timid · glance · be on fire · change · about · important · closer

Час прохо́дит за ча́сом, а мы всё хо́дим, говори́м и хо́дим. По Москве́ мо́жно ходи́ть без конца́. Мы выхо́дим к Пу́шкинской пло́щади, от Пу́шкинской спуска́емся к Тру́бной, отту́да по Негли́нке идём к Большо́му теа́тру, пото́м к Ка́менному° мосту́°... Я гото́в° ходи́ть бесконе́чно. Я то́лько спра́шиваю у неё, не уста́ла° ли она́. Нет, она́ не уста́ла, ей о́чень интере́сно. Га́снут° фонари́° на у́лицах. Не́бо,° дожда́вшись темноты́, опуска́ется° ни́же, звёзд° стано́вится° бо́льше. Пото́м начина́ется ти́хий рассве́т.° На бульва́рах, те́сно прижа́вшись, сидя́т

stone · bridge · ready · get tired · "go out" · street light · sky · go down · star · "there are" · dawn

1. выжидаю... wait for a pause 2. Вот бы... if only

влюблённые. На ка́ждой скаме́йке по одно́й па́ре.° Я смотрю́ на ни́х с за́вистью° и ду́маю, бу́дем ли и мы с Ли́лей сиде́ть когда́-нибудь так.

На у́лицах совсе́м нет люде́й, то́лько милиционе́ры.° Они́ все смо́трят на нас. Не́которые вырази́тельно° пока́шливают,° когда́ мы прохо́дим. Наве́рное, им хо́чется что́-нибудь сказа́ть нам, но они не говоря́т. Ли́ля наклоня́ет° го́лову и ускоря́ет° шаг. А мне почему́-то смешно́. Тепе́рь мы с ней идём почти́° ря́дом. Её рука́ иногда́ каса́ется° моей. Это совсе́м незаме́тные° прикоснове́ния,° но я их чу́вствую.

Наконе́ц мы расстаёмся° в её ти́хом гу́лком дворе́. Все спят, не гори́т ни одно́ окно́. Мы понижа́ем° на́ши голоса́ почти́ до шёпота,° но слова́ всё равно́ звуча́т° гро́мко, и мне ка́жется, нас кто́-то подслу́шивает.°

Домо́й я прихожу́ в три часа́. То́лько сейча́с я чу́вствую, как гудя́т° но́ги. Как же тогда́ уста́ла она́! Я зажига́ю насто́льную ла́мпу и начина́ю чита́ть. Я чита́ю « За́мок° Бро́уди », кото́рый дала́ мне Ли́ля. Э́то замеча́тельная кни́га, я чита́ю её, и всё вре́мя ви́жу почему́-то лицо́ Ли́ли. Иногда́ я закрыва́ю глаза́ и слы́шу её не́жный° грудно́й го́лос. Ме́жду° страни́ц° мне попада́ется° дли́нный тёмный во́лос. Э́то её во́лос — ведь она́ чита́ла « За́мок Бро́уди ». Почему́ я реши́л, что у неё жёсткие во́лосы? Э́то о́чень мя́гкий, шелкови́стый° во́лос. Я осторо́жно свора́чиваю° его́ и кладу́ в том° Энциклопе́дии. Пото́м я спря́чу° его́ полу́чше.

Совсе́м рассвело́,[3] и я не могу́ бо́льше чита́ть. Я ложу́сь° и смотрю́ в окно́. Мы живём о́чень высоко́, на седьмо́м этаже́. Из на́ших о́кон видны́ кры́ши мно́гих домо́в. А вдали́,° там, отку́да ле́том встаёт со́лнце,° видна́ звезда́ Кремлёвской° ба́шни.° Одна́ то́лько звезда́ видна́. Я люблю́ подо́лгу° смотре́ть на э́ту звезду́. Но́чью, когда́ в Москве́ ти́хо, я слы́шу бой кура́нтов.[4] Но́чью всё о́чень хорошо́ слы́шно. Я лежу́, смотрю́ на звезду́ и ду́маю о Ли́ле.

А че́рез неде́лю мы с ма́терью уезжа́ем на Се́вер. Я давно́ мечта́л об э́той пое́здке — с са́мой весны́.

couple
envy
policeman
significantly cough
lower quicken
almost touch
"slight" touch
part
lower
whisper
sound
eavesdrop
"ache"
castle
soft
between page come across
silky
fold volume
hide
lie down
in the distance
sun Kremlin tower
"for hours"

3. совсем... it is broad daylight **4.** бой... chimes ringing

Но тепе́рь жизнь в дере́вне° для меня́ полна́ осо́бенного значе́ния° и смы́сла.°

Я впервы́е° попада́ю в леса́,° в настоя́щие° ди́кие° леса́, и весь переполнен° ра́достью° первооткрыва́теля.° У меня́ есть ружьё, — мне купи́ли° его́, когда́ я ко́нчил де́вять кла́ссов,° — и я охо́чусь.° Я брожу́ совсе́м оди́н и не скуча́ю.° Иногда́ я устаю. Тогда́ я сажу́сь и смотрю́ на широ́кую ре́ку, на ни́зкое осе́ннее не́бо. А́вгуст. И на Се́вере о́чень ча́сто° стои́т плоха́я пого́да.° Но и в плоху́ю пого́ду и в со́лнце я выхожу́ ра́но° у́тром и́з дому и иду́ в лес. Там я охо́чусь и собира́ю° грибы́° или про́сто перехожу́° с поля́ны° на поля́ну и смотрю́ на бе́лые рома́шки,° кото́рых здесь мно́жество.° Ма́ло ли что[5] мо́жно де́лать в лесу́! Мо́жно сесть на берегу́° о́зера° и сиде́ть неподви́жно.° Мо́жно про́сто лежа́ть, слу́шать гул° со́сен° и ду́мать о Ли́ле. Мо́жно да́же говори́ть с ней. Я расска́зываю ей об охо́те, об озёрах и леса́х, о прекра́сном за́пахе° руже́йного° ды́ма,° и она́ понима́ет меня́, хотя́ же́нщины вообще́ не лю́бят и не понима́ют охо́ты.

country
significance meaning
for the first time forest
real wild
fill joy
explorer buy
grade hunt
be bored
often
weather
early
gather mushroom
pass clearing
ox-eye daisy great number
shore
lake motionless
murmur pine
smell
gun smoke

5. Ма́ло... there are lots of things

Вопро́сы к те́ксту, 3, стр. 151.

Подгото́вка к чте́нию

1. Че́рез ме́сяц я возвраща́юсь в Москву́ и пря́мо с вокза́ла иду́ к Ли́ле.

1. A month later I returned to Moscow and went straight from the station to see Lilya.

2. Мне ка́жется, что она́ загоре́ла, немно́го похуде́ла и её глаза́ ста́ли ещё бо́льше.

2. It seemed to me that she was suntanned, had lost some weight, and that her eyes had become still larger.

3. Я пло́хо оде́т и мне неудо́бно идти́ с ней гуля́ть.

3. I was poorly dressed and felt uncomfortable walking about with her.

4. Она́ совсе́м одна́; подру́ги ещё не прие́хали, роди́тели на да́че и она́ стра́шно скуча́ет.

4. She's all alone: her girl friends haven't arrived yet, her parents are in the country, and she's terribly bored.

5. Я люблю́ о́перу и мо́жет быть ско́ро ста́ну певцо́м.

5. I love opera, and perhaps I shall soon be a singer.

6. Я пою́ и не замеча́ю, что дождь уже́ ко́нчился и что прохо́жие огля́дываются на нас.

6. I was singing and didn't notice that it had stopped raining, and that passers-by were looking back at us.

7. Мне хо́чется писа́ть стихи́, что́бы вся страна́ зна́ла их наизу́сть.

7. I felt like writing poems so that the whole country would know them by heart.

8. Я реши́л заня́ться пла́ванием и стать чемпио́ном ми́ра.

8. I decided to take up swimming and to become the world champion.

9. Я люблю́ мечта́ть о далёких путеше́ствиях и неизве́стных стра́нах.

9. I love to dream of distant travels and unknown lands.

10. Экспеди́ции направля́ются в Сре́днюю А́зию; нужны́ рабо́тники, но у меня́ нет специа́льности и поэ́тому я не могу́ е́хать.

10. Expeditions are leaving for Central Asia; they need workers, but I don't have a profession and therefore can't go.

11. Я поступлю́ в институ́т и пото́м ста́ну инжене́ром и́ли учи́телем.

11. I shall enter the Institute and later become an engineer or a teacher.

4

Че́рез ме́сяц я возвраща́юсь в Москву́. Пря́мо с вокза́ла, едва́° поста́вив до́ма чемода́ны,° я иду́ к Ли́ле. Ве́чер, её о́кна све́тятся, зна́чит она́ до́ма. Я подхожу́ к окну́, пробира́ясь° че́рез леса́° — её дом ремонти́руют,° — и смотрю́ че́рез занаве́ску.°

scarcely suitcase
make one's way scaffoldir
repair curtain

Она́ сиди́т за столо́м одна́, у насто́льной ла́мпы и чита́ет. Лицо́ её заду́мчиво.° Она́ переве́ртывает° страни́цу, облока́чивается,° поднима́ет глаза́ и смо́трит на ла́мпу, нама́тывая° на па́лец° прядь° воло́с. Каки́е у неё тёмные глаза́! Почему́ я ра́ньше ду́мал, что они́ се́рые? Они́ совсе́м тёмные, почти́ чёрные. Я стою́ под леса́ми, па́хнет штукату́ркой° и сосно́й. Э́тот сосно́вый за́пах доно́сится° ко мне, как далёкий о́тзвук° мои́х охо́т, как воспомина́ние° обо всём, что я оста́вил на Се́вере. За мое́й спино́й° слышны́ шаги́ прохо́жих.° Лю́ди иду́т куда́-то, спеша́т, чётко шага́я° по асфа́льту,° у них свои́ мы́сли и свои́ любви́, они́ живу́т ка́ждый свое́й жи́знью. Москва́ оглуши́ла° меня́ свои́м шу́мом,° огня́ми, за́пахом, многолю́дством,° от кото́рых я отвы́к° за ме́сяц. И я с ро́бкой° ра́достью ду́маю, как хорошо́, что в э́том огро́мном° го́роде у меня́ есть люби́мая.°

pensive turn over
lean on one's elbow
wind finger lock
plaster
reach
echo recollection
back
passer-by
чётко... "clattering"
pavement
stun noise
crowds become unaccustomed
timid
enormous beloved

— Ли́ля! — зову́° я негро́мко.°

call "softly"

Она́ вздра́гивает, бро́ви её поднима́ются. Пото́м она́ встаёт, подхо́дит к окну́, отодвига́ет° занаве́ску, наклоня́ется° ко мне, и я бли́зко ви́жу её тёмные ра́достные глаза́.

pull aside
lean

— Алёша! — говори́т она́ ме́дленно. На щека́х её появля́ются едва́ заме́тные° я́мочки. — Алёша! Э́то ты? Э́то пра́вда° ты? Я сейча́с вы́йду. Ты хо́чешь гуля́ть? Я о́чень хочу́ гуля́ть с тобо́й. Я сейча́с вы́йду.

noticeable
really

Я выбира́юсь° из лесо́в, перехожу́ на другу́ю сто́рону и смотрю́ на её о́кна. Вот га́снет свет, прохо́дит коро́ткая° мину́та, и в чёрной дыре́° воро́т пока́зывается° фигу́ра° Ли́ли. Она́ сра́зу замеча́ет меня́ и бежи́т ко мне че́рез у́лицу. Она́ хвата́ет° мои́ ру́ки и до́лго де́ржит° их в свои́х рука́х. Мне ка́жет-

struggle out
short hole
appear figure
grab
hold

я, она́ загоре́ла и немно́го похуде́ла. Глаза́ её ста́ли щё бо́льше. Я слы́шу, как коло́тится° её се́рдце и рерыва́ется° дыха́ние.°

pound
"falter" breathing

— Пойдём гуля́ть! — говори́т наконе́ц она́. И тут обраща́ю внима́ние,[1] что она́ говори́т мне "ты". Мне о́чень хо́чется сесть и́ли прислони́ться° к чему́-нибудь — так вдруг осла́бли° мои́ но́ги. Да́же по́сле са́мых утоми́тельных° охо́т они́ так не дрожа́ли.

lean against
grow weak
tiresome

Но мне неудо́бно идти́ с ней. Я то́лько на мину́тку зашёл повида́ть[2] её. Я так пло́хо оде́т. Я пря́мо с доро́ги,[3] на мне лы́жный° костю́м,° сби́тые боти́нки.[4] Костю́м прожжён° в не́скольких места́х. Э́то я ночева́л° на охо́те. Когда́ спишь у костра́,° о́чень ча́сто прожига́ешь ку́ртку° и брю́ки.° Нет, я ника́к не могу́ идти́ с ней.

ski clothes
burn through
spend the night bonfire
jacket pants

— Кака́я чепуха́!° — беспе́чно° говори́т она́ и тя́нет° меня́ за́ руку. Ей ну́жно со мной поговори́ть. Она́ совсе́м одна́, подру́ги ещё не прие́хали, роди́тели на да́че, она́ стра́шно скуча́ет и всё вре́мя ждала́ меня́. При чём здесь костю́м?[5] И пото́м почему́ я не писа́л? Мне, наве́рное, бы́ло прия́тно,[6] что други́е му́чаются?

nonsense light-hearted
pull

И вот мы опя́ть идём по Москве́. О́чень стра́нный, сумасше́дший° како́й-то ве́чер. Начина́ется° дождь, мы пря́чемся° в гу́лкий подъе́зд° и, задыха́ясь от бы́строго бе́га,[7] смо́трим на у́лицу. С шу́мом па́дает вода́ по водосто́чной трубе́,[8] тротуа́ры° блестя́т,° автомаши́ны проезжа́ют совсе́м мо́крые,° и от них к нам ползу́т° кра́сные и бе́лые зме́йки° све́та, отража́ющегося° на мо́кром асфа́льте. Пото́м дождь перестаёт, мы выхо́дим, смеёмся, перепры́гиваем° че́рез лу́жи.° Но дождь начина́ется с но́вой си́лой, и мы сно́ва пря́чемся. На её волоса́х блестя́т ка́пли° дождя́. Но ещё сильне́й блестя́т её глаза́, когда́ она́ смо́трит на меня́.

crazy start
hide entrance
sidewalk shine
wet creep
"tiny serpents" be reflected
jump over puddle
drop

— Ты вспомина́л° обо мне́? — спра́шивает она́. — Я почти́ всё вре́мя о тебе́ ду́мала, хоть° и не хоте́ла. Сама́ не зна́ю, почему́. Ведь мы знако́мы

"think"
although

1. обращаю... notice **2.** зашёл... dropped in to see **3.** прямо... just back from the trip **4.** сбитые... worn-out boots **5.** При... What have clothes got to do with it? **6.** Мне приятно I like **7.** задыхаясь... breathing hard from running fast **8.** водосточная... drainpipe

так ма́ло. Пра́вда? Я чита́ла кни́гу и вдруг ду́мала, понра́вилась° бы она́ тебе́. У тебя́ у́ши не красне́ли? Говоря́т, е́сли ду́маешь до́лго о ко́м-нибудь, у него́ начина́ют у́ши красне́ть. Я да́же в Большо́й[9] не пошла́. Мне ма́ма дала́ оди́н биле́т,° а я не пошла́. Ты лю́бишь о́перу? | like · ticket

— Ещё бы![10] Я, мо́жет, ско́ро ста́ну певцо́м. Мне сказа́ли, что у меня́ хоро́ший бас.

— Алёша! У тебя́ бас? Спой,° пожа́луйста! Ты потихо́ньку спой, и никто́ не услы́шит, одна́ я. | sing

Снача́ла я отка́зываюсь.° Пото́м я всё-таки пою́. Я пою́ рома́нсы° и а́рии и не замеча́ю, что дождь уже́ ко́нчился, по тротуа́ру иду́т прохо́жие и огля́дываются на нас. Ли́ля то́же не замеча́ет ничего́. Она́ смо́трит мне в лицо́, и глаза́ её блестя́т. | refuse · song

Молоды́м быть о́чень пло́хо. Жизнь прохо́дит бы́стро, тебе́ уже́ семна́дцать и́ли восемна́дцать лет, а ты ещё ничего́ не сде́лал. Неизве́стно да́же,° есть ли у тебя́ каки́е-нибудь тала́нты. А хо́чется большо́й, бу́рной° жи́зни! Хо́чется писа́ть стихи́, что́бы вся страна́ зна́ла их наизу́сть. И́ли сочини́ть° герои́ческую симфо́нию и вы́йти пото́м к орке́стру — бле́дному,° во фра́ке,° с волоса́ми, па́дающими на лоб... И что́бы° в ло́же° непреме́нно° сиде́ла Ли́ля! Что же мне де́лать? Что сде́лать, что́бы жизнь не прошла́ да́ром,° что́бы ка́ждый день был днём борьбы́° и побе́д!° Я живу́ в тоске́,° меня́ му́чит° мысль, что я не геро́й, не открыва́тель.° Спосо́бен° ли я на по́двиг?° Не зна́ю. Спосо́бен ли я на тяжёлый° труд,° хва́тит ли у меня́[11] сил на сверше́ние° вели́ких° дел? Ху́же всего́ то, что никто́ не понима́ет моей му́ки.° Все смо́трят на меня́, как на мальчи́шку, да́же ино́й раз[12] еро́шат° мне во́лосы, бу́дто мне ещё де́сять лет! И то́лько Ли́ля, одна́ Ли́ля понима́ет меня́, то́лько с ней я могу́ быть до конца́ открове́нным.° | even · turbulent · compose · pale · tail coat · so that · theater box · by all means · in vain · struggle · victory · anguish · torment · explorer · capable · heroic deed · hard · work · accomplishment · great · torment · rumple · frank

Мы давно́ уже́ занима́емся° в шко́ле: она́ в девя́том, я — в деся́том. Я реши́л заня́ться пла́ванием и стать чемпио́ном СССР, а пото́м и ми́ра. Уже́ три ме́сяца хожу́ я в бассе́йн.° Кроль° — са́мый лу́чший | study · pool · crawl

9. Bolshoi Theater **10.** Ещё бы! I should say so! **11.** хватит... would I have enough **12.** иной раз sometimes стиль.° Э́то са́мый стреми́тельный° стиль. Он мне о́чень нра́вится. Но по вечера́м я люблю́ мечта́ть.

"stroke" fast

Есть зимо́й коро́ткая мину́та, когда́ снег на кры́шах и не́бо де́лаются тёмно-голубы́ми в су́мерках,° да́же лило́выми.° Я стою́ у окна́, смотрю́ в откры́тую фо́рточку[13] на лило́вый снег, дышу́° не́жным моро́зным° во́здухом, и мне почему́-то гре́зятся° далёкие путеше́ствия, неизве́стные стра́ны, го́ры°... Е́сли бы мне попа́сть в экспеди́цию!

twilight
violet
breathe
frosty dream
mountain

Я начина́ю ходи́ть по тре́стам[14] и гла́вкам.[15] Их мно́го в Москве́, и все они́ со зву́чными° зага́дочными° назва́ниями. Да, экспеди́ции отправля́ются. В Сре́днюю А́зию, и на Ура́л, и на Се́вер. Да, рабо́тники нужны́. Кака́я у меня́ специа́льность? Ах, у меня́ нет специа́льности... О́чень жаль,° но мне ниче́м° не мо́гут помо́чь. Мне необходи́мо° учи́ться. Рабо́чим? Рабо́чих они́ нанима́ют° на ме́сте. Всего́ до́брого![16]

loud
mysterious
sorry
in no way necessary
hire

И я сно́ва хожу́ в шко́лу, гото́влю уро́ки[17]... Что ж, придётся покори́ться обстоя́тельствам.[18] Хорошо́, я ко́нчу де́сять кла́ссов и да́же поступлю́ в институ́т. Мне тепе́рь всё безразли́чно.[19] Я поступлю́ в институ́т и ста́ну пото́м инжене́ром и́ли учи́телем. Но в моём лице́ лю́ди потеря́ют° вели́кого путеше́ственника.°

lose
traveler

13. small hinged windowpane **14.** трест Trust (Board) **15.** главк Central Board **16.** Всего... good-bye **17.** готовить... do one's homework **18.** придётся... I'll have to resign myself to the circumstances **19.** Мне... it makes no difference now

Вопро́сы к те́ксту, 4, стр. 151.

Подгото́вка к чте́нию

1. Наступи́л дека́брь. Ли́ля ча́сто звони́т мне по телефо́ну и мы до́лго разгова́риваем.	1. December came. Lilya telephoned me often and we would talk for a long time.
2. « Лиля, ты подождёшь меня́ немно́го? » нереши́тельно прошу́ я.	2. "Lilya, will you wait a little (for me)?" I asked with hesitation.
3. Тётя и двою́родная сестра́ удивлены́ и обра́дованы.	3. [My] aunt and cousin were surprised and happy.
4. Она́ смо́трит расписа́ние поездо́в; ближа́йший обра́тный по́езд идёт в оди́ннадцать часо́в.	4. She was looking through the train schedule; the next train back leaves at eleven.
5. Я о́чень спешу́. Де́ло в том, что я не оди́н. Меня́ на у́лице ждёт оди́н прия́тель.	5. I'm in a great hurry. The fact is, I'm not alone. A friend is waiting for me outside.
6. Понемно́гу мы отогрева́емся, пьём чай, а пото́м встаём из-за стола́, потому́ что пора́ е́хать.	6. Little by little we warmed up, drank some tea, and then got up from the table because it was time to go.
7. Я молчу́ и то́лько кре́пче сжима́ю её ру́ку.	7. I was silent and only pressed her hand harder.
8. Я давно́ поцелова́л одну́ де́вочку, но я не по́мню её и́мени. Ли́ля никогда́ ни с кем не целова́лась.	8. I kissed a girl a long time ago, but I don't remember her name. Lilya had never kissed anyone.
9. Е́сли мы дойдём до ста́нции и нас не убью́т, тогда́ я тебя́ поцелу́ю.	9. If we get to the station, and they haven't yet killed us, I'll kiss you.
10. « Тебе́ бы́ло сты́дно? » спроси́ла Ли́ля.	10. "Were you ashamed?" asked Lilya.

5

Наступи́л дека́брь. Всё свобо́дное вре́мя я провожу́° с Ли́лей. Я люблю́ её ещё бо́льше. Я не знал, что любо́вь мо́жет быть бесконе́чной. Но э́то так. С ка́ждым ме́сяцем Ли́ля де́лается мне всё доро́же, и уже́ нет же́ртвы,° на кото́рую я бы не пошёл ра́ди неё.° Она́ ча́сто звони́т мне по телефо́ну. Мы до́лго разгова́риваем, а по́сле разгово́ра я ника́к не могу́ взя́ться за уче́бники.[1] Начали́сь си́льные моро́зы° с метеля́ми.° Мать собира́ется е́хать в дере́вню, но у неё нет тёплого платка́.° Стари́нная° тёплая шаль° есть у тёти, кото́рая живёт за́ городом.° Мне ну́жно пое́хать и привезти́° э́ту шаль.

spend

sacrifice

ради... for her sake

frost

snowstorm

shawl old shawl

за... out of town

bring

В воскресе́нье у́тром я выхожу́ и́з дому. Но вме́сто того́, что́бы е́хать на вокза́л, я захожу́ к Ли́ле. Мы идём с ней на като́к,° пото́м — гре́ться° в Третьяко́вку.[2] В Третьяко́вке зимо́й о́чень тепло́, там есть сту́лья, и на сту́льях мо́жно посиде́ть и потихо́ньку поговори́ть. Мы бро́дим по за́лам, смо́трим карти́ны. Осо́бенно я люблю́ "Де́вочку с пе́рсиками"° Серо́ва.[3] Э́та де́вочка о́чень похо́жа° на Ли́лю. Ли́ля красне́ет и смеётся, когда́ я говорю́ ей об э́том. Иногда́ мы совсе́м забыва́ем о карти́нах, разгова́риваем шёпотом и смо́трим друг на дру́га. Ме́жду тем бы́стро темне́ет.° Третьяко́вка ско́ро закрыва́ется,° мы выхо́дим на моро́з, и тут я вспомина́ю, что мне ну́жно бы́ло съе́здить за ша́лью. Я с испу́гом° говорю́ об э́том Ли́ле. Ну что ж, о́чень хорошо́, мы сейча́с же° пое́дем за́ город.

skating-rink warm (oneself)

peach resemble

get dark

close

с... in a panic

сейчас... right away

И мы е́дем, ра́достные оттого́, что нам не ну́жно расстава́ться. Мы схо́дим на платфо́рме,° засы́панной° сне́гом, и идём доро́гой че́рез по́ле.° Впереди́ и сза́ди темне́ют фигу́ры люде́й, иду́щих вме́сте с на́ми с электри́чки.° Слышны́ разгово́ры и смех, вспы́хивают° огоньки́ папиро́с. Иногда́ кто́-нибудь впереди́ броса́ет° оку́рок° на доро́гу. Мы подхо́дим,

platform

"covered" field

(electric) train

flare up

throw cigarette butt

1. никак... just couldn't get back to my textbooks **2.** Третьяко́вская галере́я *an art gallery in Moscow* **3.** *Valentin A. Serov, a Russian artist (1865–1911)*

он всё ещё све́тится. Вокру́г° огонька́ — ма́ленькое ро́зовое пя́тнышко° на снегу́. Мы не наступа́ем° на него́. Пусть ещё посве́тится во тьме.° Пото́м мы перехо́дим че́рез замёрзшую° ре́ку, и под на́ми гу́лко скрипи́т деревя́нный° мост. О́чень си́льный моро́з. Мы идём тёмной про́секой.° По сторона́м совсе́м чёрные е́ли° и со́сны. Тут гора́здо° темне́е, че́м в по́ле. То́лько из о́кон не́которых дач° па́дают на снег жёлтые по́лосы° све́та. Мно́гие да́чи стоя́т совсе́м глухи́е,° тёмные: в них, наве́рное, зимо́й не живу́т. Си́льно па́хнет берёзовыми° по́чками° и чи́стым сне́гом, в Москве́ так никогда́ не па́хнет.

Наконе́ц мы подхо́дим к до́му мое́й тёти. Почему́-то мне представля́ется° невозмо́жным заходи́ть° к ней вме́сте с Ли́лей.

— Ли́ля, ты подождёшь меня́ немно́го? — нереши́тельно прошу́ я. — Я о́чень ско́ро.

— Хорошо́, — соглаша́ется она́. — То́лько недо́лго. Я совсе́м замёрзла.° У меня́ замёрзли но́ги. И лицо́. Нет, ты не ду́май, я ра́да, что пое́хала с тобо́й! То́лько ты недо́лго, пра́вда?

Я ухожу́, оставля́я её на тёмной про́секе совсе́м одну́. У меня́ о́чень нехорошо́ на се́рдце.[4]

Тётя и двою́родная сестра́ удивлены́ и обра́дованы. Почему́ я так по́здно? Как я вы́рос!° Совсе́м мужчи́на. Наве́рное, я оста́нусь ночева́ть?

— Как здоро́вье° ма́мы?

— Спаси́бо, о́чень хорошо́.

— Па́па рабо́тает?

— Да, па́па рабо́тает.

— Всё там же?° А как здоро́вье дя́ди?

Го́споди,° ты́сячи вопро́сов! Сестра́ смо́трит расписа́ние поездо́в. Ближа́йший обра́тный по́езд идёт в оди́ннадцать часо́в. Я до́лжен разде́ться° и напи́ться ча́ю. И пото́м я до́лжен дать им посмотре́ть на себя́ и рассказа́ть обо всём. Ведь я не́ был у них це́лый° год. Год — э́то о́чень мно́го.

Меня́ наси́льно° раздева́ют. То́пится° пе́чка,° я́рко° гори́т ла́мпа в ро́зовом абажу́ре,° стуча́т° стари́нные часы́. О́чень тепло́, и о́чень хо́чется ча́ю. Но на тёмной про́секе меня́ ждёт Ли́ля!

around
tiny spot step
darkness
frozen
wooden
clearing (in a forest)
spruce much
country house
strip
"deserted"
birch bud
seem come in
frozen
grow up
health
Still at the same place?
"good heavens"
"take off my coat"
whole
by force burn stove
bright lampshade "tick"

4. У... I feel very uneasy.

Наконе́ц я говорю́:

— Прости́те,° но я о́чень спешу́... Де́ло в том, что я не оди́н. Меня́ на у́лице ждёт... оди́н прия́тель.

Как меня́ руга́ют!° Я совсе́м невоспи́танный° челове́к. Ра́зве° мо́жно оставля́ть челове́ка на у́лице в тако́й хо́лод! Сестра́ выбега́ет в сад, я слы́шу под о́кнами хруст° её шаго́в. Немно́го погодя́[5] опя́ть хрусти́т снег, и сестра́ вво́дит° в ко́мнату Ли́лю. Она́ совсе́м бе́лая. Её раздева́ют и сажа́ют° к пе́чке. На́ ноги ей надева́ют° тёплые ва́ленки.°

Понемно́гу мы отогрева́емся. Пото́м сади́мся пить чай. Ли́ля ста́ла пунцо́вой° от тепла́ и смуще́ния.° Она́ почти́ не поднима́ет глаз от ча́шки,° то́лько и́зредка° стра́шно серьёзно взгля́дывает на меня́. Но щёки её напряжены́, и на них дрожа́т я́мочки. Я уже́ зна́ю, что э́то зна́чит,° и о́чень сча́стлив!° Я вы́пил уже́ пять стака́нов° ча́ю.

Пото́м мы встаём из-за стола́. Пора́° е́хать. Мы одева́емся,° мне даю́т шаль. Но вдруг разду́мывают,° веля́т° Ли́ле разде́ться, уку́тывают° её ша́лью и све́рху° натя́гивают° пальто́. Она́ о́чень то́лстая тепе́рь, лицо́ её почти́ всё закры́то ша́лью, то́лько блестя́т глаза́.

Мы выхо́дим на у́лицу и пе́рвое вре́мя[6] ничего́ не ви́дим. Ли́ля кре́пко де́ржится за меня́. Отойдя́ от до́ма, мы начина́ем немно́го различа́ть° тропи́нку.° Ли́ля вдруг начина́ет хохота́ть.° Она́ да́же па́дает два ра́за, и мне прихо́дится[7] поднима́ть её и вытря́хивать° снег из рукаво́в.°

— Како́й у тебя́ был вид![8] — е́ле° выгова́ривает° она́. — Ты смотре́л на меня́, как стра́ус,° когда́ меня́ привели́!°

Я то́же хохочу́ во всё го́рло.[9]

— Алёша! — вдруг со сла́дким° у́жасом° говори́т она́. — А ведь нас мо́гут останови́ть!°

— Кто?

— Ну, ма́ло ли кто![10] Банди́ты... Они́ мо́гут нас уби́ть.°

— Ерунда́!° — говорю́ я гро́мко.

pardon
scold unmannered
is it really
crunch
bring
seat
put on felt boots
crimson
embarrassment cup
from time to time
mean
happy glass
it's time
dress
change one's mind "tell"
wrap around
on top pull on
make out path
laugh boisterously
shake out sleeve
barely utter
ostrich
bring in
"delighted" horror
stop
kill
nonsense

5. Немно́го... a little later **6.** первое... at first **7.** мне... I have to **8.** Какой... What a sight you were! **9.** хохочу... roar with laughter **10.** мало... God knows who!

Ка́жется, я говорю́ э́то сли́шком° гро́мко. И почему́-то вдруг начина́ю чу́вствовать, что на у́лице моро́з.° Он да́же как бу́дто покрепча́л,[11] пока́ мы пи́ли чай и разгова́ривали. too "freezing"

— Ерунда́! — опя́ть повторя́ю я. — Никого́ здесь нет!

— А вдруг есть? — бы́стро спра́шивает Ли́ля и огля́дывается. Я то́же огля́дываюсь.

— Ты бои́шься?° — зво́нко° спра́шивает она́. be afraid "loudly"

— Нет! Хотя́... А ты бои́шься?

— Ах, я стра́шно бою́сь! Нас определённо° разде́нут.° У меня́ предчу́вствие.° definitely "rob" premonition

— Ты ве́ришь° предчу́вствиям? believe

— Ве́рю. Заче́м я пое́хала? Впро́чем, я ра́да всё равно́, что пое́хала.

— Да?

— Да! Е́сли да́же нас разде́нут и убью́т, я всё равно́ не пожале́ю.° А ты? Ты согласи́лся бы умере́ть° ра́ди меня́? regret die

Я молчу́ и то́лько кре́пче сжима́ю° её ру́ку. Е́сли бы мне то́лько предста́вился° слу́чай,° что́бы доказа́ть° ей свою́ любо́вь! press "arise" opportunity prove

— Алёша...

— Да?

— Я у тебя́ хочу́ спроси́ть... То́лько ты не смотри́ на меня́. Не смей° загля́дывать мне в лицо́! Да... о чём я хоте́ла? Отверни́сь! dare

— Ну вот, я отверну́лся. То́лько ты смотри́ на доро́гу. А то мы споткнёмся.° stumble

— Э́то ничего́, я в платке́, мне не бо́льно° па́дать. "hurt"

— Да?

— Алёша... Ты целова́лся° когда́-нибудь? kiss

— Нет. Никогда́ не целова́лся. А что?

— Совсе́м никогда́?

— Я целова́лся оди́н раз... Но э́то бы́ло в пе́рвом кла́ссе. Я поцелова́л одну́ де́вочку. Я да́же не по́мню, как её звать.

— Пра́вда? Ты не по́мнишь её и́мени?

— Нет, не по́мню.

— Тогда́ э́то не счита́ется.° Ты был ещё ма́льчик. count

11. Он... it seems that it even grew colder

— Да, я был ма́льчик.

— Алёша... Ты хо́чешь меня́ поцелова́ть?

Я всё-таки спотыка́юсь. Тепе́рь я не отвора́чиваюсь бо́льше, я внима́тельно смотрю́ на доро́гу.

— Когда́? Сейча́с? — спра́шиваю я.

— Нет, нет... Е́сли мы дойдём до ста́нции и нас не убью́т, тогда́ на ста́нции я тебя́ поцелу́ю.

Я молчу́. Моро́з, ка́жется, послабе́л.[12] Я совсе́м его́ не чу́вствую.[13] О́чень горя́т щёки. И жа́рко.° И́ли мы так бы́стро идём?

hot

— Алёша...

— Да?

— Я совсе́м ни с ке́м не целова́лась.

Я мо́лча взгля́дываю на звёзды. Пото́м я смотрю́ вперёд,° на желтова́тое° за́рево° огне́й над Москво́й. До Москвы́ три́дцать киломе́тров, но за́рево её огне́й ви́дно. Как всё-таки чуде́сна жизнь!

ahead yellowish glow

— Э́то, наве́рное, сты́дно — целова́ться? Тебе́ бы́ло сты́дно?

— Я не по́мню, э́то бы́ло так давно́... По-мо́ему, э́то не осо́бенно сты́дно.

— Да, э́то бы́ло давно́. Но всё-таки э́то, наве́рное, сты́дно.

12. Мороз... It seems that it grew warmer. **13.** Я... I don't feel the cold at all.

Вопро́сы к те́ксту, 5, стр. 151.

Подгото́вка к чте́нию

1. Ни души́ не ви́дно ни впереди́, ни сза́ди; зво́нко скрипя́т по сне́гу на́ши шаги́.	1. Not a soul could be seen ahead or behind; our footsteps crunched loudly in the snow.
2. Мы смо́трим на огонёк и наконе́ц дога́дываемся: э́то электри́ческий фона́рик.	2. We looked at the light and finally guessed: it was a flashlight.
3. Мы ме́дленно идём навстре́чу чёрным фигу́рам.	3. We walked slowly toward the black figures.
4. У ка́ссы гори́т одна́ ла́мпочка и снег на платфо́рме блести́т, как соль.	4. One electric light bulb was burning near the ticket office, and the snow on the platform glittered like salt.
5. Я нагиба́юсь, целу́ю её гу́бы, и весь мир начина́ет бесшу́мно кружи́ться.	5. I leaned over, kissed her lips, and the whole world silently started spinning.
6. Вдали́ слы́шен ни́зкий гудо́к и через мину́ту, подхо́дит электри́чка.	6. A low whistle was heard in the distance, and a minute later the [electric] train approached.
7. Люде́й в ваго́не ма́ло; одни́ чита́ют газе́ты, други́е дре́млют.	7. There aren't many people in the car; some are reading their newspapers, others are dozing.
8. Невозмо́жно с то́чностью указа́ть мину́ту, когда́ я полюби́л Ли́лю.	8. It is impossible to point out precisely the moment I fell in love with Lilya.
9. Тепе́рь вся моя́ жизнь де́лится на две ча́сти.	9. Now, my whole life is divided into two parts.
10. Зимо́й у нас всё бы́ло о́бщее: про́шлое и бу́дущее.	10. In winter we had everything in common: the past and the future.

6

Мы идём уже́ по́лем. На э́тот раз мы совсе́м одни́ в пусто́м° по́ле. Ни души́ не ви́дно ни впереди́, ни сза́ди. Никто́ не броса́ет на доро́гу горя́щих° оку́рков. То́лько зво́нко скрипя́т на́ши шаги́. Вдруг впереди́ вспы́хивает светлячо́к,° бле́дный светлячо́к, похо́жий на далёкую све́чку.° Он вспы́хивает, кача́ется° не́которое вре́мя и га́снет. Пото́м опя́ть зажига́ется, но уже́ бли́же. Мы смо́трим на э́тот огонёк и наконе́ц дога́дываемся: э́то электри́ческий фона́рик. Пото́м мы замеча́ем ма́ленькие чёрные фигу́ры. Они́ иду́т нам навстре́чу от ста́нции. Мо́жет быть, э́то прие́хавшие на электри́чке? Нет, электри́чка не проходи́ла, мы не слыха́ли никако́го шу́ма.

empty
burning
firefly
candle
sway

— Ну вот... — говори́т Ли́ля и кре́пче прижима́ется ко мне. — Я так и зна́ла. Сейча́с нас убью́т. Э́то банди́ты.

Что я могу́ ей сказа́ть? Я ничего́ не говорю́. Мы идём навстре́чу чёрным фигу́рам, мы о́чень ме́дленно идём. Я вгля́дываюсь,° счита́ю: шесть челове́к. Нащу́пываю° в карма́не ключ° и вдруг испы́тываю° прили́в° горя́чего восто́рга[1] и отва́ги.° Как я бу́ду дра́ться° с ни́ми! Я задыха́юсь от волне́ния,° се́рдце моё бу́рно коло́тится.[2] Они́ гро́мко говоря́т о чём-то, но шага́х в двадцати́ от нас замолка́ют.

look intently
feel about key
experience surge courage
fight excitement

— Лу́чше бы я тебя́ поцелова́ла, — печа́льно° говори́т Ли́ля. — Я о́чень жале́ю...

sad

И вот мы встреча́емся на доро́ге среди́ пусты́нного° по́ля. Ше́стеро остана́вливаются, зажига́ют фона́рик, его́ сла́бый краснова́тый° луч,° скользну́в° по сне́гу, па́дает на нас. Мы щу́римся.° Нас огля́дывают° и молча́т. У двои́х распа́хнуты° пальто́. Оди́н торопли́во доку́ривает папиро́су, сплёвывает° в снег. Я жду о́клика° и́ли уда́ра.° Но нас не оклика́ют. Мы прохо́дим.

deserted
reddish beam glide
squint
look over throw open
spit
"yell" blow

— А де́вочка ничего́,° — сожале́юще° замеча́ет кто́-то сза́ди. — Эй, ма́лый, не робе́й! А то отобьём![3]

"not bad" regretfully

1. горячий... ardent enthusiasm 2. бурно... beats wildly 3. Эй... Hey, fellow, don't be scared or we'll take over!

— Ты испуга́лся, да? — спра́шивает Ли́ля немно́го погодя́.

— Нет! Я то́лько за тебя́ боя́лся...

— За меня́? — Она́ сбо́ку стра́нно смо́трит на меня́ и замедля́ет шаги́. — А я ни ка́пельки[4] не боя́лась! Мне то́лько платка́ жа́лко бы́ло.

Бо́льше до са́мой ста́нции мы не говори́м. У ста́нции Ли́ля, становя́сь на цы́почки° и обсыпа́ясь° сне́гом, срыва́ет° ве́точку° сосны́ и суёт в карма́н. Пото́м мы поднима́емся на платфо́рму. Никого́ нет. У ка́ссы гори́т одна́ ла́мпочка, и снег на платфо́рме блести́т, как соль. Мы начина́ем то́пать:° о́чень хо́лодно. Ли́ля вдруг отхо́дит от меня́ и прислоня́ется° к пери́лам.° Я стою́ на краю́° платфо́рмы, над ре́льсами,° и вытя́гиваю° ше́ю, стара́юсь° уви́деть огонёк электри́чки.

— Алёша... — зовёт меня́ Ли́ля. У неё стра́нный го́лос.

Я подхожу́. Но́ги мои́ дрожа́т, мне де́лается вдруг чего́-то стра́шно.

— Прижми́сь° ко мне, Алёша, — про́сит Ли́ля. — Я совсе́м замёрзла.

Я обнима́ю° её и прижима́юсь к ней, и моё лицо́ почти́ каса́ется её лица́. Я бли́зко ви́жу её глаза́. Я впервы́е так бли́зко ви́жу её глаза́. На ресни́цах° у неё густо́й и́ней,° во́лосы вы́бились° из-под ша́ли, и на них то́же и́ней. Каки́е у неё больши́е глаза́ и како́й испу́ганный взгляд!° Снег скрипи́т у нас под нога́ми. Мы стои́м неподви́жно, но он скрипи́т. Сза́ди раздаётся° вдруг зво́нкий щелчо́к.[5] Он су́хо ка́тится° по доска́м, как по льду° на реке́, и затиха́ет° где́-то на краю́ платфо́рмы. Почему́ мы молчи́м? Впро́чем, совсе́м не хо́чется говори́ть.

Ли́ля шевели́т° губа́ми. Глаза́ её де́лаются совсе́м чёрными.

— Что же ты не целу́ешь меня́? — сла́бо ше́пчет° она́. Пар° от на́шего дыха́ния сме́шивается.° Я смотрю́ на её гу́бы. Они́ опя́ть шевеля́тся и приоткрыва́ются.° Я нагиба́юсь и до́лго целу́ю их, и весь мир начина́ет бесшу́мно кружи́ться. Они́ тёп-

tiptoe "sprinkled"
tear off twig
stamp
lean (against) railing edge
rails stretch out try
snuggle up
put one's arms around
eyelash
frost come out
look
be heard
roll ice
die out
move
whisper
vapor blend together
"half-open"

4. ни... not a bit **5.** звонкий... cracking "sound"

лые. Во вре́мя поцелу́я Ли́ля смо́трит на меня́, прикры́в пуши́стые° ресни́цы. Она́ целу́ется и смо́трит на меня́, и тепе́рь я ви́жу, как она́ меня́ лю́бит.

> fluffy

Так мы целу́емся в пе́рвый раз. Пото́м она́ прижима́ется холо́дной щеко́й к моему́ лицу́, и мы стои́м не шевеля́сь. Я смотрю́ пове́рх° её плеча́,° в тёмный зи́мний лес за платфо́рмой. Я чу́вствую на лице́ её тёплое де́тское дыха́ние и слы́шу торопли́вый стук° её се́рдца, а она́, наве́рное, слы́шит стук моего́ се́рдца. Пото́м она́ шевели́тся и зата́ивает дыха́ние.[6] Я отклоня́юсь,° нахожу́° её гу́бы и опя́ть целу́ю. На э́тот раз она́ закрыва́ет глаза́.

> over — shoulder
> "beat"
> lean back — find

Вдали́ слы́шен ни́зкий гудо́к, сверка́ет ослепи́тельная° звёздочка.° Подхо́дит электри́чка. Че́рез мину́ту мы вхо́дим в све́тлый и тёплый ваго́н, со сту́ком° захло́пываем° за собо́й дверь и сади́мся на тёплую ла́вочку.° Люде́й в ваго́не ма́ло. Одни́ чита́ют, шурша́т° газе́тами, други́е дре́млют, пока́чиваясь° вме́сте с ваго́ном. Ли́ля молчи́т и всю доро́гу смо́трит в окно́, хоть стёкла замёрзли, на дворе́[7] ночь и реши́тельно ничего́ нельзя́ уви́деть.

> dazzling — "pinpoint of light"
> noise — slam
> bench
> rustle
> sway

Наве́рное, никогда́ невозмо́жно с то́чностью указа́ть мину́ту, когда́ пришла́ к тебе́ любо́вь. И я ника́к не могу́ реши́ть, когда́ я полюби́л Ли́лю. Мо́жет быть, тогда́, когда́ я, одино́кий,° броди́л по Се́веру? А мо́жет, во вре́мя поцелу́я на платфо́рме? И́ли тогда́, когда́ она́ впервы́е подала́ мне ру́ку и не́жно сказа́ла своё и́мя: Ли́ля? Я не зна́ю. Я то́лько одно́ зна́ю, что тепе́рь уж я не могу́ без неё. Вся моя́ жизнь тепе́рь де́лится на две ча́сти: до неё и при ней. Как бы я жил и что зна́чил без неё? Я да́же ду́мать об э́том не хочу́, как не хочу́ ду́мать о возмо́жной° сме́рти° мои́х бли́зких.°

> alone
> possible
> death — "dear ones"

Зима́ на́ша прошла́ чуде́сно. Всё бы́ло на́ше, всё бы́ло о́бщее: про́шлое и бу́дущее, ра́дость и вся жизнь до после́днего дыха́ния. Како́е счастли́вое вре́мя, каки́е дни, како́е головокруже́ние!°

> giddiness

6. затаивает... holds her breath **7.** на... outside

Вопро́сы к те́ксту, 6, стр. 152.

Подгото́вка к чте́нию

1. Весно́й я с у́жасом начина́ю замеча́ть, что ей не нра́вятся мои́ взгля́ды; мы не́сколько раз ссо́римся.
2. На́ши разгово́ры де́лаются неесте́ственно весёлыми.
3. Вот уже́ весна́... все оживлены́, все собира́ются встреча́ть май.
4. У меня́ це́лых три дня, кото́рые я проведу́ с ней.
5. Ли́ле ну́жно бы́ло е́хать к дя́де — он бо́лен и ему́ стра́шно ску́чно.
6. В назна́ченный час я стоя́л у Телегра́фа.
7. Ря́дом с ней стои́т краси́вый па́рень в шля́пе.
8. На кры́шах домо́в гремя́т репроду́кторы.
9. Ра́ньше она́ всегда́ огля́дывалась, когда́ уходи́ла, а иногда́ да́же возвраща́лась и внима́тельно смотре́ла мне в лицо́.

1. In spring I began noticing with horror that she didn't like my views; we quarreled several times.
2. Our conversations were becoming unnaturally gay.
3. Here it's spring already . . . everyone is in high spirits, everyone is getting ready to celebrate the First of May.
4. I have three whole days to spend with her.
5. Lilya had to go to see her uncle — he was ill and terribly bored.
6. At the appointed hour I was standing by the Telegraph [Building].
7. A handsome fellow wearing a hat was standing beside her.
8. Loudspeakers "blared" on the roofs of the houses.
9. Before, she would always look back when she was leaving; sometimes she would even come back and look at me intently.

7

Но весно́й я начина́ю ко́е-что́ замеча́ть. Нет, я ничего́ не замеча́ю, я то́лько чу́вствую с бо́лью,° что наступа́ет что́-то но́вое. Э́то да́же тру́дно° вы́разить.° Про́сто у нас обнару́живается° ра́зница° в хара́ктерах. Ей не нра́вятся мои́ взгля́ды, она́ смеётся над мои́ми мечта́ми,° смеётся жесто́ко, и мы не́сколько раз ссо́римся. Пото́м... Пото́м всё ка́тится по́д гору,[1] всё быстре́й, всё ужа́снее. Всё ча́ще её не ока́зывается до́ма,[2] всё ча́ще разгово́ры на́ши де́лаются неесте́ственно весёлыми и пусты́ми.° Я чу́вствую, как ухо́дит она́ от меня́ с ка́ждым ра́зом всё да́льше,° всё да́льше...

pain
hard
express come to light
difference
daydream
shallow
farther

Ско́лько в ми́ре де́вушек, кото́рым по семна́дцать лет! Но ты зна́ешь одну́, то́лько одно́й ты смо́тришь в глаза́, ви́дишь их блеск, и глубину́,° и вла́жность,° то́лько её го́лос тро́гает° тебя́ до слёз,° то́лько её ру́ки ты бои́шься да́же поцелова́ть. Она́ говори́т с тобо́й, слу́шает тебя́, смеётся, молчи́т, и ты ви́дишь, что ты еди́нственный° ей ну́жен, что то́лько тобо́й она́ живёт и для тебя́, что тебя́ одного́ она́ лю́бит, так же как и ты её.

depth "mistiness"
move tear
only

Но вот ты с у́жасом замеча́ешь, что глаза́ её, пре́жде отдава́вшие° тебе́ свою́ теплоту́, свой блеск, свою́ жизнь, глаза́ её тепе́рь равноду́шны,° ушли́ в себя́[3] и что вся она́ ушла́ от тебя́ в таку́ю да́льнюю даль,° где тебе́ её уже́ не доста́ть,° отку́да не верну́ть° её. Как бо́льно!° Как тяжело́ жить!

give
indifferent
distance reach
return painful

И вот уже́ весна́... Мно́го со́лнца и све́та, голубо́е не́бо, ли́пы на бульва́рах начина́ют то́нко° па́хнуть. Все бо́дро оживлены́, все собира́ются встреча́ть май.[4] И я, как и все, то́же собира́юсь. Мне подари́ли° к ма́ю сто рубле́й — тепе́рь я са́мый бога́тый° челове́к! И у меня́ впереди́ це́лых три свобо́дных дня. Три дня, кото́рые я проведу́ с Ли́лей — не ста́нет же она́ и в э́ти дни гото́виться° к экза́менам! Нет, я

delicate
give rich
"study"

1. катится... goes downhill 2. Всё... more and more often she wouldn't be home 3. ушли... withdrawn 4. встречать... celebrate the First of May

не пойду́ никуда́, никаки́е компа́нии мне не нужны́, я бу́ду э́ти дни вме́сте° с ней. Мы так давно́ не́ были вме́сте... | together

Но она́ не мо́жет быть со мной. Ей ну́жно е́хать на да́чу к больно́му дя́де. Её дя́дя бо́лен, и ему́ ску́чно, он хо́чет встре́тить май в кругу́ родны́х,[5] и вот они́ е́дут — её роди́тели и она́. Прекра́сно! О́чень хорошо́ встре́тить май на да́че. Но мне так хо́чется побы́ть с ней... Мо́жет быть, второ́го ма́я?

Второ́го? Она́ разду́мывает, намо́рщив° лоб, и слегка́° красне́ет. Да, мо́жет быть, она́ вы́рвется°... Коне́чно, она́ о́чень хо́чет! Мы ведь так давно́ не́ были вме́сте. Ита́к,° второ́го ве́чером, у Телегра́фа[6] на у́лице Го́рького. | wrinkle | slightly get away | so

В назна́ченный час я стою́ у Телегра́фа. Как мно́го здесь наро́ду! Над мое́й голово́й гло́бус.° Ещё су́мерки, но он уже све́тится — голубо́й, с жёлтыми материка́ми° — и тихо́нько кру́тится.° Полыха́ет° иллюмина́ция:° золоты́е° коло́сья,° голубы́е и зелёные и́скры.° От све́та иллюмина́ции ли́ца у всех о́чень краси́вые. У меня́ в карма́не сто рубле́й. Я их не истра́тил° вчера́, и они́ со мной — ма́ло ли куда́[7] мы мо́жем пойти́ сего́дня. В парк и́ли в кино́... Я терпели́во° жду. Круго́м° все не́рвничают, но я удиви́тельно° споко́ен.° | globe | continent spin | blaze "festive lights" golden ears of grain "flashes (of light)" | spend | patient around | amazing calm

По у́лице, пря́мо по середи́не,[8] иду́т то́лпы люде́й. Как мно́го де́вушек и ребя́т, и все пою́т, крича́т° что́-то, игра́ют на аккордео́нах. На всех дома́х фла́ги, ло́зунги,° мно́го огне́й. Пою́т пе́сни,° и мне то́же хо́чется запе́ть, ведь у меня́ хоро́ший го́лос. У меня́ бас. Я когда́-то мечта́л стать певцо́м. О мно́гом я мечта́л... | shout | slogan song

Вдруг я ви́жу Ли́лю. Она́ пробира́ется° ко мне, поднима́ется° по ступе́нькам,° и на неё все огля́дываются — так она́ краси́ва. Я никогда́ не ви́дел её тако́й краси́вой. Се́рдце моё начина́ет колоти́ться. Она́ бы́стро огля́дывает всех, глаза́ её перебега́ют° по ли́цам, и́щут кого́-то. Они́ и́щут меня́. Я де́лаю шаг ей навстре́чу, оди́н то́лько шаг, и вдруг о́страя° | make one's way | climb step | scan | sharp

5. в... with family **6.** Telegraph Building **7.** мало... there are lots of places where **8.** прямо... right in the middle

боль ударя́ет° меня́ в се́рдце, и во рту стано́вится су́хо.° Она́ не одна́! Ря́дом с ней стои́т па́рень в шля́пе и смо́трит на меня́. Он краси́вый, э́тот па́рень, и он де́ржит её по́д руку.[9] Да, он де́ржит её по́д руку, тогда́ как я то́лько на второ́й ме́сяц осме́лился° взять её по́д руку.

— Здра́вствуй, Алёша, — говори́т Ли́ля. Го́лос у неё немно́го дрожи́т, а в глаза́х смуще́ние.° То́лько небольшо́е смуще́ние, совсе́м ма́ленькое. — Ты давно́ ждёшь? Мы, ка́жется, опозда́ли°...

Она́ смо́трит на больши́е часы́ под гло́бусом и чуть° хму́рится.° Пото́м она́ повора́чивает го́лову и смо́трит на па́рня. У неё о́чень не́жная ше́я,° когда́ она́ смо́трит на него́. Смотре́ла ли она́ так на меня́?

— Познако́мьтесь, пожа́луйста!

Мы знако́мимся. Он кре́пко жмёт мне ру́ку. В его́ пожа́тии° уве́ренность.°

— Ты зна́ешь, Алёша, сего́дня у нас с тобо́й ничего́ не вы́йдет. Мы идём сейча́с в Большо́й теа́тр... Ты не обижа́ешься?°

— Нет, я не обижа́юсь.

— Ты прово́дишь° нас немно́жко? Тебе́ ведь всё равно́ сейча́с не́чего де́лать.[10]

— Провожу́. Мне действи́тельно° не́чего де́лать.

Мы влива́емся° в пото́к° и вме́сте с пото́ком дви́жемся° вниз, к Охо́тному ря́ду.[11] Заче́м я иду́? Что со мной де́лается?[12] Круго́м пою́т. Игра́ют аккордео́ны. На кры́шах домо́в гремя́т репроду́кторы. В карма́не у меня́ сто рубле́й! Совсе́м но́вая хрустя́щая бума́жка в сто рубле́й. Но заче́м я иду́, куда́ я иду́!

— Ну, как дя́дя? — спра́шиваю я.

— Дя́дя? Како́й дя́дя... Ах, ты про вчера́шнее?° — Она́ заку́сывает° губу́ и бы́стро взгля́дывает на па́рня. — Дя́дя поправля́ется°... Мы о́чень здо́рово° встре́тили май, так ве́село бы́ло! Танцева́ли... А ты? Ты хорошо́ встре́тил?

— Я? О́чень хорошо́.

— Ну, я ра́да!

Мы завора́чиваем к Большо́му теа́тру. Мы идём

strike
dry
dare
embarrassment
be late
a little frown
neck
handshake confidence
feel hurt
"walk along (with)"
really
"join" stream (of people)
move
yesterday's
bite
is better **очень...** "really"

9. он... he holds her by the arm **10.** нечего... nothing else to do **11.** Охотный ряд *a main street in Moscow* **12.** Что... What is happening to me?

все ря́дом, втроём.° Тепе́рь не я держу́ её по́д руку. Её ру́ку де́ржит э́тот краси́вый па́рень. И она́ уже́ не со мной, она́ с ним. Она́ сейча́с за ты́сячу вёрст[13] о́т меня́. Почему́ у меня́ перши́т в го́рле?[14] И щи́плет° глаза́? Заболе́л я, что ли?[15] Дохо́дим до Большо́го теа́тра, остана́вливаемся. Молчи́м. Соверше́нно не́ о чем говори́ть. Я ви́жу, как па́рень лего́нько° сжима́ет её ло́коть.°

— Ну мы пойдём. До свида́ния! — говори́т Ли́ля и улыба́ется мне. Кака́я у неё винова́тая° и в то же вре́мя отсу́тствующая° улы́бка!°

Я пожима́ю её ру́ку. Всё-таки у неё прекра́сная рука́. Они́ повора́чиваются и нетороплйво° иду́т под коло́нны.° А я стою́ и смотрю́ ей вслед.[16] Она́ о́чень вы́росла за э́тот год. Ей уже́ семна́дцать лет. У неё лёгкая° фигу́ра. Где я впервы́е уви́дел её фигу́ру? Ах, да, в чёрной дыре́ воро́т, когда́ я прие́хал с Се́вера. Тогда́ её фигу́ра порази́ла° меня́. Пото́м я любова́лся° ею в Коло́нном за́ле[17] и в Консервато́рии.° Пото́м на шко́льном балу́... Изуми́тельный° зи́мний бал! А сейча́с она́ ухо́дит и не огля́дывается. Ра́ньше она́ всегда́ огля́дывалась, когда́ уходи́ла. Иногда́ она́ да́же возвраща́лась, внима́тельно смотре́ла мне в лицо́ и спра́шивала:

— Ты что́-то хо́чешь мне сказа́ть?

— Нет, ничего́, — отвеча́л я со сме́хом, счастли́вый от того́, что она́ верну́лась.

Она́ бы́стро огля́дывалась по сторона́м и говори́ла:

— Поцелу́й меня́!

И я целова́л её, па́хнущую моро́зом, на пло́щади и́ли на углу́ у́лицы. Она́ люби́ла э́ти мгнове́нные° поцелу́и на у́лице.

— Отку́да им знать! — говори́ла она́ о лю́дях, кото́рые могли́ уви́деть наш поцелу́й. — Они́ ничего́ не зна́ют! Мо́жет, мы брат и сестра́. Пра́вда?

Тепе́рь она́ не огля́дывается. Я стою́, и ми́мо меня́ иду́т лю́ди, обхо́дят меня́, как столб,° как вещь. То

the three of us
sting
gently
elbow
guilty
"abstracted" smile
slow
column
"slender"
"attracted"
admire Conservatory
wonderful
"fleeting"
pillar

13. за... miles away **14.** у... I have a tickling in my throat **15.** Заболел... Did I get sick or something? **16.** смотрю... follow her with my eyes **17.** *a traditional center for festivities, located in what is now the House of Trade Unions*

и де́ло слы́шен смех. Иду́т по двóе и по трóе и це́лыми гру́ппами,° — совсе́м нет одино́ких.° Одино́кому невыноси́мо на пра́здничной° у́лице. Одино́кие, наве́рное, сидя́т до́ма. Я стою́ и смотрю́... Вот они́ уже́ скры́лись° в освещённом° подъе́зде. Весь ве́чер они́ бу́дут слу́шать о́перу, наслажда́ясь° свое́й бли́зостью.° Надо мно́й в фиоле́товом° не́бе лети́т и ника́к не мо́жет улете́ть° крыла́тая четвёрка коне́й.[18] И в карма́не у меня́ сто рубле́й. Совсе́м но́вая бума́жка, кото́рую я не истра́тил вчера́.

group "single"
festive
disappear lighted
revel
"closeness" purple
fly away

18. крылатая... four-winged horses (*a sculpture on the portico of the Bolshoi Theater*)

Вопро́сы к те́ксту, 7, стр. 152.

Подгото́вка к чте́нию

1. Прошёл год. У меня́ произошло́ за э́то вре́мя мно́го но́вого.
2. Я занима́юсь пла́ванием и наконе́ц овладе́л кро́лем.
3. Одна́жды я получи́л от неё письмо́. Она́ пи́шет, что вы́шла за́муж и уезжа́ет с му́жем на Се́вер.
4. Она́ называ́ет меня́ « ми́лый » и про́сит меня́ прийти́ на вокза́л её проводи́ть.
5. Внеза́пно я уви́дел её; она́ стоя́ла с родны́ми.
6. Я ра́да, что ты прие́хал. Ты о́чень вы́рос.
7. Мы бы́ли про́сто глу́пые де́ти. Пра́вда?
8. Ли́ля и́скоса взгля́дывает на меня́ и немно́го красне́ет.
9. Все улыба́ются, ма́шут платка́ми, крича́т, иду́т ря́дом с ваго́нами.
10. Сра́зу игра́ют две и́ли три гармо́шки; в одно́м ваго́не гро́мко пою́т.

1. One year has passed. A lot of new things have happened in that time.
2. I'm taking up swimming and I've finally mastered the crawl.
3. Once I received a letter from her. She wrote that she had got married and that she is going up North with her husband.
4. She called me "dear" and asked me to come to the station to see her off.
5. Suddenly I saw her; she was standing with her relatives.
6. I'm glad you came. You've grown up a lot.
7. We were simply foolish children. Isn't it true?
8. Lilya glanced sideways at me and blushed a little.
9. Everyone is smiling, waving handkerchiefs, shouting, walking alongside the cars.
10. Two or three accordions are playing at the same time; in one of the cars people are singing loudly.

8

Прошёл год. Мир не разру́шился,° жизнь не останови́лась. Я почти́ позабы́л о Ли́ле. Да, я забы́л о ней. Верне́е,° я стара́лся° не ду́мать о ней. Заче́м ду́мать? Оди́н раз я встре́тился с ней на у́лице. Пра́вда, у меня́ похолоде́ла° спина́,° но я держа́лся ро́вно.[1] Я совсе́м потеря́л интере́с к её жи́зни. Я не спра́шивал, как она́ живёт, а она́ не спроси́ла, как живу́ я. Хотя́ у меня́ произошло́ за э́то вре́мя мно́го но́вого. Год — э́то ведь о́чень мно́го!

crumble · rather · try · "froze" · "spine"

Я учу́сь в институ́те. Я о́чень хорошо́ учу́сь, никто́ не отвлека́ет° меня́ от учёбы,° никто́ не зовёт° меня́ гуля́ть. У меня́ мно́го обще́ственной° рабо́ты.° Я занима́юсь пла́ванием и уже́ вы́полнил но́рму пе́рвого разря́да.[2] Наконе́ц-то я овладе́л кро́лем. Кроль — са́мый стреми́тельный стиль. Впро́чем, э́то не ва́жно.

distract · studies · invite · "public service" · work

Одна́жды° я получа́ю° от неё письмо́. Опя́ть весна́, сно́ва май, лёгкий май, у меня́ о́чень легко́ на душе́. Я люблю́ весну́. Я сдаю́° экза́мены и перехожу́ на второ́й курс.[3] И вот я получа́ю от неё письмо́. Она́ пи́шет, что вы́шла за́муж.[4] Ещё она́ пи́шет, что уезжа́ет с му́жем на Се́вер и о́чень про́сит прийти́ проводи́ть° её. Она́ называ́ет меня́ « ми́лый », и она́ пи́шет в конце́ письма́: « Твоя́ ста́рая, ста́рая знако́мая ».

once · receive · pass · see off

Я до́лго сижу́ и смотрю́ на обо́и.° У нас краси́вые обо́и с о́чень замыслова́тым° рису́нком.° Я люблю́ смотре́ть на э́ти рису́нки. Коне́чно, я провожу́ её, раз она́ хо́чет. Почему́ бы нет? Она́ не враг° мой, она́ не сде́лала мне ничего́ плохо́го. Я провожу́ её, тем бо́лее что[5] я давно́ всё забы́л: ма́ло ли чего́ не быва́ет[6] в жи́зни! Ра́зве всё запо́мнишь, что случи́лось° с тобо́й год наза́д.

wallpaper · complicated · design · enemy · happen

И я е́ду на вокза́л в тот день и час, кото́рые на-

1. держался... "controlled myself" **2.** выполнил... passed the first-class requirements **3.** перехожу... enter the second-year studies **4.** вышла... got married **5.** тем... especially since **6.** мало... all kinds of things happen

писа́ла она́ мне в письме́. До́лго ищу́ я её на перро́не,° наконе́ц нахожу́. Я уви́дел её внеза́пно и да́же вздро́гнул. Она́ стои́т в све́тлом пла́тье с откры́тыми° рука́ми, и пе́рвый зага́р° уже́ тро́нул° её ру́ки и лицо́. У неё попре́жнему° не́жные ру́ки. Но лицо́ измени́лось, оно́ ста́ло лицо́м же́нщины. Она́ уже́ не де́вочка, нет, не де́вочка... С ней стоя́т родны́е и муж — тот са́мый па́рень. Они́ все гро́мко говоря́т и смею́тся, но я замеча́ю, как Ли́ля нетерпели́во огля́дывается: она́ ждёт меня́.

platform
bare sun tan touch
as before

Я подхожу́. Она́ то́тчас° берёт меня́ по́д руку.

immediately

— Я на одну́ мину́ту, — говори́т она́ му́жу с не́жной улы́бкой.

Муж кива́ет° и приве́тливо° смо́трит на меня́. Да, он меня́ по́мнит. Он великоду́шно° протя́гивает мне ру́ку. Пото́м мы с Ли́лей отхо́дим.

nod friendly
magnanimous

— Ну вот я и да́ма,° и уезжа́ю, и проща́й° Москва́, — говори́т Ли́ля и гру́стно смо́трит на ба́шни вокза́ла. — Я ра́да, что ты прие́хал. Стра́нно как-то всё... Ты о́чень вы́рос. Как ты живёшь?

married woman farewell

— Хорошо́, — отвеча́ю я и пыта́юсь° улыбну́ться. Но улы́бка у меня́ не получа́ется,[7] почему́-то деревене́ет° лицо́. Ли́ля внима́тельно смо́трит на меня́, лоб её перереза́ет° морщи́нка. Э́то у неё всегда́, когда́ она́ ду́мает.

try
become stiff
cut across

— Что с тобо́й? — спра́шивает она́.

— Ничего́. Я про́сто рад за тебя́. Давно́ вы пожени́лись?°

marry

— Всего́° неде́лю. Э́то тако́е сча́стье!°

only happiness

— Да, э́то сча́стье.

Ли́ля смеётся.

— Отку́да тебе́ знать! Но посто́й,° у тебя́ о́чень стра́нное лицо́!

"wait"

— Э́то ка́жется. Э́то от со́лнца. Пото́м я немно́го уста́л, у меня́ ведь экза́мены. Неме́цкий°...

German

— Прокля́тый° неме́цкий? — смеётся она́. — По́мнишь, я тебе́ помога́ла?

damned

— Да, я по́мню. — Я раздвига́ю° гу́бы и улыба́юсь.

"part"

— Слу́шай, Алёша, в чём де́ло? — трево́жно°

alarming

7. Но... but the smile doesn't come off

спра́шивает Ли́ля, придвига́ясь° ко мне. И я опя́ть бли́зко ви́жу её прекра́сное лицо́, из кото́рого уже́ ушло́ что́-то. Да, оно́ перемени́лось,° оно́ тепе́рь почти́ чужо́е мне. Лу́чше ли оно́ ста́ло, я не могу́ реши́ть. — Ты скрыва́ешь° что́-то, — с упрёком° говори́т она́. — Ра́ньше ты был не тако́й!

move closer / change / hide / reproach

— Нет, нет, ты ошиба́ешься,° — убеждённо° говорю́ я. — Про́сто я не спал ночь.

be mistaken / "firmly"

Она́ смо́трит на часы́. Пото́м огля́дывается. Муж кива́ет ей.

— Сейча́с! — кричи́т она́ ему́ и сно́ва берёт меня́ за́ руку. — Ты зна́ешь, как я сча́стлива! Пора́дуйся° же за меня́. Мы е́дем на Се́вер, на рабо́ту... По́мнишь, как ты расска́зывал мне о Се́вере? Вот... Ты рад за меня́?

be happy

Заче́м, заче́м она́ спра́шивает у меня́ об э́том! Вдруг она́ начина́ет смея́ться.

— Ты зна́ешь, я вспо́мнила... По́мнишь, зимо́й на платфо́рме мы с тобо́й поцелова́лись? Я тебя́ поцелова́ла, а ты дрожа́л так, что платфо́рма скрипе́ла. Ха-ха-ха... У тебя́ был тогда́ глу́пый вид.°

look

Она́ смеётся. Пото́м смо́трит на меня́ весёлыми се́рыми глаза́ми. Днём° глаза́ у неё се́рые. То́лько ве́чером они́ ка́жутся тёмными. На щека́х у неё дрожа́т я́мочки.

in the daytime

— Каки́е мы дураки́° бы́ли! — беспе́чно говори́т она́ и огля́дывается на му́жа. Во взгля́де её не́жность.°

fool / affection

— Да, мы бы́ли дураки́, — соглаша́юсь я.

— Нет, дураки́ — не так, не то... Мы бы́ли про́сто глу́пые де́ти. Пра́вда?

— Да, мы бы́ли глу́пые де́ти.

Впереди́ загора́ется зелёный огонёк светофо́ра.° Ли́ля идёт к ваго́ну. Её ждут.

signal lights

— Ну, проща́й! — говори́т она́. — Нет, до свида́нья! Я тебе́ напишу́, обяза́тельно!°

for sure

— Хорошо́.

Я зна́ю, что она́ не напи́шет. Заче́м? И она́ зна́ет э́то. Она́ и́скоса взгля́дывает на меня́ и немно́го красне́ет.

— Я всё-таки ра́да, что ты прие́хал проводи́ть. И,

коне́чно, без цвето́в! Ты никогда́ не подари́л мне ни одного́ цветка́!

— Да, я не подари́л тебе́ ничего́...

Она́ оставля́ет мою́ ру́ку, берёт по́д руку му́жа, и они́ поднима́ются на площа́дку ваго́на.[8] Мы остаёмся° внизу́ на платфо́рме. Её родны́е что́-то спра́шивают у меня́, но я ничего́ не понима́ю. Впереди́ ни́зко и до́лго гуди́т электрово́з.° Ваго́ны тро́гаются. Удиви́тельно мя́гко тро́гает° электрово́з ваго́ны! Все улыба́ются, ма́шут платка́ми, ке́пками,° крича́т, иду́т ря́дом с ваго́нами. Игра́ют сра́зу две и́ли три гармо́шки в ра́зных места́х, в одно́м ваго́не гро́мко пою́т. Наве́рно, студе́нты. Ли́ля уже́ далеко́. Одно́й руко́й она́ де́ржится за плечо́ му́жа, друго́й ма́шет нам. Да́же и́здали° ви́дно, каки́е не́жные у неё ру́ки. И ещё ви́дно, кака́я счастли́вая у неё улы́бка.

remain
electric locomotive
"move"
cap
from a distance

8. они... they climb up on the train

Вопро́сы к те́ксту, 8, стр. 152.

Подгото́вка к чте́нию

1. Я заку́риваю, засо́вываю ру́ки в карма́ны и выхожу́ на пло́щадь.

   I lit a cigarette, thrust my hands into my pockets, and went out onto the square.

2. После́дний раз я пла́кал, когда́ мне бы́ло пятна́дцать лет.

   The last time I cried was when I was fifteen years old.

3. В метро́ мно́гие на меня́ при́стально смо́трят.

   Many people stared at me on the subway.

4. Ничто́ не ве́чно в э́том ми́ре, да́же го́ре.

   Nothing is eternal in this world, not even sorrow.

5. Я ко́нчил институ́т и тепе́рь я взро́слый челове́к.

   I've finished the Institute and now I'm a grown man.

6. Я не стал ни поэ́том, ни музыка́нтом.

   I didn't become a poet or a musician.

7. Я научи́лся танцева́ть, познако́мился с краси́выми и у́мными де́вушками.

   I've learned how to dance, and have met beautiful, intelligent girls.

8. Иногда́ мне сни́тся Ли́ля.

   Sometimes I dream of Lilya.

9. Я е́ду на ле́кции, но мне почему́-то тяжело́ и хо́чется побы́ть одному́.

   I go to lectures, but for some reason I feel depressed and want to stay alone.

10. Я не люблю́ снов. Я ста́ну спать на пра́вом боку́ и у́тром просыпа́ться весёлым.

    I don't like dreams. I'll start sleeping on my right side, and I'll wake up cheerful in the morning.

9

По́езд ухо́дит. Я заку́риваю, засо́вываю ру́ки в карма́ны и с пото́ком провожа́ющих иду́ к вы́ходу на пло́щадь. Я сжима́ю° папиро́су в зуба́х° и смотрю́ на серебри́стые° фона́рные столбы́. Они́ о́чень блестя́т от со́лнца, да́же глаза́м бо́льно. И я опуска́ю глаза́. Тепе́рь мо́жно призна́ться:° весь год во мне всё-таки жила́ наде́жда.° Тепе́рь всё ко́нчено.° Ну что ж, я рад за неё, че́стное сло́во,[1] рад! То́лько почему́-то о́чень боли́т се́рдце.

clench teeth / silvery / confess / hope finish

Обы́чное° де́ло, де́вушка вы́шла за́муж — э́то ведь всегда́ так случа́ется. Де́вушки выхо́дят за́муж, э́то о́чень хорошо́. Пло́хо то́лько, что я не могу́ пла́кать.° После́дний раз я пла́кал в пятна́дцать лет. Тепе́рь мне двадца́тый. И се́рдце стои́т в го́рле и поднима́ется всё вы́ше — ско́ро его́ мо́жно бу́дет жева́ть,° а я не могу́ пла́кать. О́чень хорошо́, что де́вушки выхо́дят за́муж...

ordinary / cry / chew

Я выхожу́ на пло́щадь, в глаза́ мне броса́ется[2] цифербла́т° часо́в на Каза́нском вокза́ле.[3] Стра́нные фигу́ры вме́сто цифр° — я никогда́ не мог в них разобра́ться.° Я подхожу́ к газиро́вщице.[4] Снача́ла я прошу́ с сиро́пом,° но пото́м разду́мываю и прошу́ чи́стой воды́. Нело́вко° пить с сиро́пом, когда́ се́рдце подступа́ет° к го́рлу. Я беру́ холо́дный стака́н и набира́ю° в рот воды́, но не могу́ проглоти́ть.° Ко́е-ка́к° я глота́ю° наконе́ц, всего́ оди́н глото́к.° Ка́жется, ста́ло ле́гче.

clock dial / number / make out / "fruit flavor" / awkward / come up / take swallow / with difficulty swallow gulp

Пото́м я спуска́юсь в метро́. Что́-то сде́лалось° с мои́м лицо́м: я замеча́ю, что мно́гие при́стально на меня́ смо́трят.[5] До́ма я не́которое вре́мя ду́маю о Ли́ле. Пото́м я сно́ва начина́ю рассма́тривать узо́ры на обо́ях. Е́сли загляде́ться° на них, мо́жно уви́деть мно́го любопы́тного.° Мо́жно уви́деть джу́нгли и слоно́в° с за́дранными° хо́ботами.° И́ли фигу́ры стра́нных люде́й в бере́тах° и плаща́х.° И́ли ли́ца

happen / stare / curious (things) / elephant raised trunk / beret cape

1. честное... honestly! **2.** в глаза... my eye catches **3.** *a railway station in Moscow* **4.** soda water vender **5.** пристально... stare at me

своúх знакóмых. Тóлько Лúлиного лицá нет на обóях...

Навéрное, онá сейчáс проезжáет мúмо той платфóрмы, на котóрой мы поцеловáлись в пéрвый раз. Тóлько сейчáс платфóрма вся в зéлени.[6] Посмóтрит ли онá на э́ту платфóрму? Подýмает ли обо мнé? Впрóчем, зачéм ей смотрéть? Онá смóтрит сейчáс на своегó мýжа. Онá егó лю́бит. Он óчень красúвый, её муж.

Ничтó не вéчно в э́том мúре, дáже гóре. А жизнь не останáвливается. Нет, никогдá не останáвливается жизнь, влáстно° вхóдит в твою́ дýшу, и все твоú печáли° развéиваются,° как дым, мáленькие человéческие° печáли, совсéм мáленькие по сравнéнию[7] с жúзнью. Так прекрáсно устрóен° мир.

overbearing
sorrow dissipate
human
arrange

Тепéрь я кончáю институ́т. Кóнчилась моя́ ю́ность,° отошлá далекó-далекó, навсегдá.° И э́то хорошó: я взрóслый человéк и всё могý, и мне не ерóшат вóлосы, как ребёнку. Скóро я поéду на Сéвер. Не знáю, почемý-то меня́ всё тя́нет на Сéвер.[8] Навéрное, потомý, что я там охóтился когдá-то и был счáстлив. Лúлю я совсéм забы́л, ведь стóлько лет прошлó! Бы́ло бы óчень трýдно жить, éсли бы ничтó не забывáлось. Но, к счáстью,[9] мнóгое забывáется. Конéчно, онá так и не написáла мне с Сéвера. Где онá — я не знáю, да и не хочý знать. Я о ней совсéм не дýмаю. Жизнь у меня́ хорошá. Прáвда, не стал я ни поэ́том, ни музыкáнтом... Ну что ж, не всем быть поэ́тами! Спортúвные° соревновáния,° конферéнции, прáктика,° экзáмены — всё э́то óчень занимáет меня́, ни однóй минýты нет свобóдной. Крóме тогó, я научúлся танцевáть, познакóмился со мнóгими красúвыми и ýмными дéвушками, встречáюсь с нúми, в нéкоторых влюбля́юсь,° и онú влюбля́ются в меня́...

youth forever
athletic "games"
training
fall in love

Но иногдá мне снúтся Лúля. Онá прихóдит ко мне во сне, и я вновь слы́шу её гóлос, её нéжный смех, трóгаю её рýки, говорю́ с ней — о чём, я не пóмню. Иногдá онá печáльна и темнá, иногдá рáдостна, на щекáх её дрожáт я́мочки, óчень мáленькие, совсéм

6. вся... all surrounded by greenery **7.** по... in comparison **8.** меня... I have a longing for the North **9.** к... fortunately

незаме́тные для чужо́го взгля́да. И я тогда́ вновь ожива́ю,° и то́же смею́сь, и чу́вствую себя́ ю́ным и засте́нчивым,° бу́дто мне по-пре́жнему семна́дцать лет и я люблю́ впервы́е в жи́зни.

"cheer up"
bashful

Я просыпа́юсь° у́тром, е́ду в институ́т на ле́кции, дежу́рю в профко́ме[10] и́ли выступа́ю° на комсомо́льском[11] собра́нии.° Но мне почему́-то тяжело́ в э́тот день и хо́чется побы́ть одному́, посиде́ть где́-нибудь с закры́тыми глаза́ми.

wake up
speak
meeting

Но э́то быва́ет ре́дко:° ра́за четы́ре в год. И пото́м э́то всё сны. Сны, сны... Непро́шенные° сны!

seldom
uninvited

Я не хочу́ снов. Я люблю́, когда́ мне сни́тся му́зыка. Говоря́т, е́сли спать на пра́вом боку́, сны переста́нут сни́ться. Я ста́ну спать тепе́рь на пра́вом боку́. Я бу́ду спать кре́пко и у́тром просыпа́ться весёлым. Жизнь ведь так прекра́сна!

Ах, го́споди, как я не хочу́ снов!

1956

10. дежурю... help out at the trade-union committee **11.** комсомол Young Communist League

Вопро́сы к те́ксту, 9, стр. 152.

Перемéна óбраза жúзни

ВАСИ́ЛИЙ АКСЁНОВ
(1932–)

The province of Aksënov is youth. He is thoroughly at home with the teen-agers and young adults of Soviet Russia, who constitute a special in-group and a special problem that Communist planners could hardly have foreseen a generation ago. In spirit, Aksënov is a member of this group, examining with unusual understanding the moods and experiences of youth, and recording its language with great fidelity.

The reader who knows Salinger's *The Catcher in the Rye* will recognize the symptoms of youthfulness. A typical Aksënov character harbors a smouldering suspicion of phoniness, in whatever guise it may appear; he is skeptical of the values that the world around him accepts without question. This critical attitude toward the uncriticizable is evident in the two Aksënov stories chosen for this anthology (**Перемéна óбраза жúзни** and **Пáпа, сложú!**); it is most apparent in Aksënov's controversial novel, **Апельсúны из Марóкко**. The weapon of criticism may, of course, be turned inward. A case in point is Sergei's cruel self-analysis in **Пáпа, сложú!**, which recalls the famous dialogue of Ivan Karamazov and the Devil. These stories offer fresh evidence that to be young is not easy.

A second clear symptom of youth, revealed in both our selections, is insecurity and defensiveness. The narrator of **Перемéна óбраза жúзни** hides his feelings beneath a façade of toughness and indifference. The adherence to fads in speech, dress, and language also suggests his desperate need for identity with peers. For the hero of **Па́па, сложи́!**, the camaraderie of his soccer-playing buddies has always been a substitute fór a satisfactory relationship with his wife. The loneliness and vulnerability of the nonheroic Sergei are effectively developed, especially through the contrast provided by the appealing figure of Olya, his six-year-old daughter. Like his heroes, Aksënov is fully aware of the ironies of life.

Whether or not Aksënov's characters are "representative" of Soviet youth (his critics deny it), there is little doubt that his language is authentic. The student will find in these stories a liberal sampling of the colloquial Russian spoken by the "young men of the sixties."

Aksënov has lived and traveled widely in Siberia and the Far East. A graduate of the Leningrad Medical Institute, he has been prominent in literature since the 1960's. His works include **Колле́ги**, **Звёздный биле́т**, **Катапу́льта** (a collection of short stories), and **Апельси́ны из Маро́кко**.

Подгото́вка к чте́нию

1. Ве́тра не́ было; шторм шёл далеко́ в мо́ре.

   There was no wind; there was a storm far out at sea.

2. Отдыха́ющие рассужда́ли о воде́, атмосфе́рных явле́ниях и отчего́ коле́блется температу́ра воды́ в мо́ре.

   The vacationers discussed the water, atmospheric phenomena, and why the temperature of the water in the sea fluctuates.

3. Он прекра́сно разбира́лся в существе́ вопро́са, но волне́ние меша́ло ему́ объясня́ть.

   He understood perfectly the essence of the question, but excitement prevented him from explaining.

4. Мне ста́ло не по себе́ оттого́, что они́ бы́ли до конца́ друг за дру́га.

   I felt strange because they were completely devoted to each other.

5. За час до вы́лета я зашёл в телефо́нную бу́дку, набра́л её но́мер и сказа́л, что уезжа́ю в дом о́тдыха.

   An hour before take-off I went to the telephone booth, dialed her number, and said that I was going away to a resort home.

6. На́до загада́ть жела́ние когда́ звезда́ па́дает, а сейча́с уже́ по́здно.

   One has to make a wish while a star is falling, but now it's too late.

7. В телегра́мме бы́ло напи́сано: « Выезжа́ю, по́езд тако́й-то, встреча́й ».

   In the telegram was written: Am leaving/such and such a train/meet me.

8. Де́ло в том, что не́сколько лет наза́д э́та же́нщина вообрази́ла, что я появи́лся на свет то́лько для того́, что́бы стать её му́жем.

   The fact is that several years ago, this woman imagined that I came into the world for the sole purpose of becoming her husband.

9. Я выключа́ю телефо́н у себя́ в мастерско́й, на́чисто забыва́ю о её существова́нии, но в како́й-то моме́нт она́ всё-таки дозва́нивается до меня́.

   I would disconnect the phone in my office and completely forget about her existence; nevertheless, at certain moments she would reach me by phone.

Переме́на о́браза жи́зни

1

Авиа́ция° проде́лывает с на́ми стра́нные номера́.[1] Когда́ я прилета́ю° куда́-нибудь самолётом, мне хо́чется чертыхну́ться° по а́дресу геогра́фии.[2] Э́то потому́ что ме́жду те́ми места́ми, отку́да я прие́хал,° и Черномо́рским° побере́жьем° Кавка́за,° ока́зывается,° нет ни Средне-Ру́сской возвы́шенности,[3] ни лесостепе́й,° ни про́сто степе́й.° Ока́зывается, ме́жду на́ми про́сто-на́просто° не́сколько часо́в лёта.° Два затёртых° но́мера° « Огонька́ »,[4] четы́ре улы́бки де́вушки-стюарде́ссы,° караме́лька° при взлёте° и караме́лька во вре́мя поса́дки.° Пора́ бы привы́кнуть.° Глу́по да́же рассужда́ть° на э́ту те́му,° ду́мал я, стоя́ ве́чером на на́бережной° в Га́гре.

aviation
arrive
swear
come Black Sea coast Caucasus
it turns out
forest-steppe steppe
simply
flight soiled issue
stewardess
candy take-off
landing get accustomed
discuss subject
embankment

Ве́тра не́ было. Шторм шёл где́-то далеко́ в откры́том мо́ре, а здесь он лишь дава́л о себе́ зна́ть[5] мо́щными,° но чуть лени́выми° уда́рами по пля́жам.°

powerful "slow"
beach

Отдыха́ющие рассужда́ли о воде́ и атмосфе́рных явле́ниях. Сре́дних лет[6] грузи́н,° волну́ясь,° объясня́л пожило́й° па́ре, отчего́ коле́блется температу́ра воды́ в Чёрном мо́ре.

Georgian be excited
elderly

— Но, Го́ги, вы забыва́ете о тече́ниях,° Го́ги! —

current

1. проделывает номера plays tricks 2. по... at geography 3. Средне... Central Russian Uplands 4. *Soviet magazine* 5. давал... showed itself 6. Средних... middle-aged

капри́зно° сказа́ла пожила́я да́ма, с удово́льствием произнося́ и́мя Го́ги. | capricious

— Тече́ние? — почему́-то волну́ясь, воскли́кнул° грузи́н и заговори́л о тече́ниях. Он говори́л о тече́ниях, о Средизе́мном° мо́ре и о проли́вах° Босфо́р° и Дардане́ллы.° Он си́льно кове́ркал° ру́сские слова́, то и де́ло[7] переходя́ на свой язы́к. Чу́вствовалось, что он прекра́сно разбира́ется в существе́ вопро́са, про́сто волне́ние меша́ет ему́ объясни́ть всё, как есть. | exclaim; Mediterranean strait Bosporus; the Dardanelles "distort"

— Как, Го́ги, — рассе́янно° протяну́ла° да́ма, гля́дя куда́-то в сто́рону, — ра́зве сюда́ втека́ет° Средизе́мное мо́ре? | absent-minded drawl; flow in

Её муж сказа́л ве́ско:° | weighty

— Да° нет. Сюда́ идёт° Кра́сное мо́ре от Вели́кого, и́ли Ти́хого, океа́на,[8] вот как.[9] | "oh" "stretch"

Го́ги тру́дно бы́ло всё э́то вы́нести° Он почти́ крича́л, объясня́л что́-то про Гольфстри́м,° про ра́зные тече́ния и про Чёрное мо́ре. Он прекра́сно всё знал и, мо́жет быть, явля́лся° специали́стом в э́той о́бласти,° но ему́ меша́ло волне́ние. | bear; Gulf Stream; "was"; field

— От Вели́кого, или Ти́хого, — с удово́льствием повтори́л° из-под велю́ровой° шля́пы пожило́й « отдыха́ющий ». | repeat velour

Не́рвно,° но ве́жливо° попроща́вшись, грузи́н ушёл в темноту́, а па́ра напра́вилась° по́д руку вдоль° на́бережной. Мне ста́ло не по себе́ при ви́де[10] их сплочённости.° Они́ бы́ли до конца́ друг за дру́га, и у них бы́ло еди́ное° представле́ние° о ми́ре, в кото́ром мы живём. | nervous polite; make one's way; along; "togetherness"; one and the same concept

Я то́же пошёл по на́бережной. Огоньки́ Га́гры висе́ли надо мно́й. До́мики здесь кара́бкаются° высо́ко в го́ру, но сейча́с ко́нтуров° горы́ не́ было ви́дно — гора́ слива́лась° с тёмным не́бом, и мо́жно бы́ло поду́мать, что э́то све́тятся в ночи́[11] ве́рхние этажи́ небоскрёбов.° Я прошёл ми́мо экскурсио́нных° авто́бусов, они́ стоя́ли в ряд° во́зле на́бережной. | climb; outline; merge; skyscraper; excursion row

В тонне́ле° под па́льмами° плы́ли° огоньки́ папиро́с. Я шёл навстре́чу э́тим огонька́м, то и де́ло | tunnel palm float

7. то... every so often **8.** Великий или Тихий океан Pacific Ocean
9. вот... that's how it is **10.** при... at the sight **11.** в... at night (*poetic*)

забыва́я, что э́то и́менно° я иду́ здесь, под па́льмами, поду́мать то́лько! Я, ста́рый затво́рник,° гуля́ю себе́ под па́льмами. По су́ти де́ла,[12] я ещё был там, отку́да я прие́хал. Там, где у́тром я за́втракал° в моло́чной столо́вой,[13] чи́стил° боти́нки у знако́мого чисти́льщика° и покупа́л газе́ты. Там, где, за час до вы́лета, я зашёл в телефо́нную бу́дку, набра́л но́мер и в отве́т на за́спанный° го́лос сказа́л, что уезжа́ю, а по́сле до́лгих и не́рвных расспро́сов° да́же сказа́л куда́, назва́л дом о́тдыха. Там, отку́да я прие́хал, па́хло выхлопны́ми° га́зами,° как во́зле стоя́нки° экскурсио́нных авто́бусов, но во́все не роско́шным° парфюме́рным° буке́том,° как в э́той па́льмовой алле́е.[14]

— Звезда́ упа́ла,° — сказа́л впереди́ же́нский° го́лос, прозвуча́вший° как бы че́рез си́лу.[15]

— Загада́й жела́ние, — откли́кнулся° мужчи́на.

— На́до зага́дывать, когда́ она́ па́дает, а сейча́с уже́ по́здно, — без те́ни° отча́яния° сказа́ла же́нщина.

— Загада́й постфа́ктум, — ве́ско посове́товал мужчи́на, и я уви́дел впереди́ тяжёлые ко́нтуры велю́ровой шля́пы.

По горизо́нту,° отделя́я° бу́хту° от всего́ остально́го мо́ря, прошёл луч проже́ктора.° Я отпра́вился спать. В хо́лле° до́ма о́тдыха дежу́рная° передала́° мне телегра́мму, в кото́рой бы́ло напи́сано: « Выезжа́ю, по́езд тако́й-то, ваго́н тако́й-то, встреча́й, ско́ро бу́дем вме́сте ». Не́чего бы́ло до́лго лома́ть го́лову[16] — телегра́мма от Ни́ки. Верне́е, от Ве́ры. Де́ло в том, что её и́мя Веро́ника. Все друзья́° зову́т её Ни́кой, и э́то ей нра́вится, а я упо́рно° зову́ её Ве́рой, и э́то явля́ется ли́шним° по́водом° для постоя́нной° грызни́.°

Де́ло в том, что э́та же́нщина, Ни́ка-Ве́ра-Веро́ника, не́сколько лет наза́д вообрази́ла, что я появи́лся на э́тот свет то́лько для того́, что́бы стать её му́жем. Мы все тогда́ про́сто обалде́ли° от пе́сенки°

precisely
recluse
have breakfast shine
shoe-shiner
sleepy
questions
exhaust gas
terminal
luxurious "fragrant" bouquet
fall down feminine
sound
respond
"trace" despair
horizon cut off bay
search light
hall "attendant" hand
friend
persistent
additional cause
constant bickering
be driven insane song

12. По... essentially **13.** молочная... milk bar **14.** пальмовая... avenue bordered by palm trees **15.** через... with great effort **16.** Нечего... it was not necessary to strain your brain so long

« Джóни, тóлько ты мне нýжен ». Её крути́ли° кáждый вéчер раз пятнáдцать, а Верóника всё врéмя подпевáла° « Гéнка, тóлько ты мне нýжен ». Я дýмал тогдá, что э́то прóсто шýточки,° и вот нá тебе![17]

"play" (the record)
hum along
joke

Сáмое смешнóе, что всё э́то тя́нется° ужé нéсколько лет. Я выключáю телефóн у себя́ в мастерскóй, недéлями и месяцáми торчý в командирóвках,[18] встречáюсь иногдá с други́ми жéнщинами и дáже завя́зываю кое-каки́е ромáнчики,[19] я то и дéло забывáю о Вéре, прóсто нáчисто забывáю о её существовáнии, но в какóй-то момéнт онá всё-таки дозвáнивается до меня́ и́ли прихóдит самá, сия́ющая,° румя́ная,° одержи́мая° своéй идéей,° что тóлько я ей нýжен, и краси́вая, ой какáя краси́вая!

drag on
radiant
rosy-cheeked obsessed
idea

— Скучáл?° — спрáшивает онá.

be bored

— Ещё как,[20] — отвечáю я.

— Ну, здрáвствуй, — говори́т онá и подхóдит бли́зко-бли́зко.

И я оклáдываю° в стóрону то, что в э́тот момéнт у меня́ в рукáх, — карандáш, кассéту,° пáпку° с материáлами.° А ýтром, не остáвив запи́ски,° перебирáюсь° к приятелю в пустýю дáчу. Привéтик!° Я опя́ть ушёл цéлым и невреди́мым.[21]

put aside
box folder
"paper" note
move hello

— Во вся́ком слýчае,[22] — говори́т иногдá онá, — я освобождáю° тебя́ от определённых забóт,° приношý э́тим пóльзу[23] госудáрству.°

free worries
state

Онá говори́т э́то цини́чно° и гóрько, но э́то у неё напускнóе.°

cynical
"affectation"

17. вот... here you are **18.** торчу... spend time on "business" trips **19.** завязываю... get involved in (love) affairs **20.** Ещё... and how **21.** ушёл... got away safe and sound **22.** Во... in any case **23.** приношу... in this way I benefit

Вопрóсы к тéксту, 1, стр. 152.

Подгото́вка к чте́нию

1. Я понима́ю, что давно́ на́до бы́ло бы ко́нчить э́ту коме́дию и жени́ться на ней.
2. А Веро́ника и не ду́мает старе́ть, она́ ни ка́пельки не измени́лась.
3. В то вре́мя когда́ я лете́л, она́ уже́ развива́ла свою́ акти́вность, что́бы доста́ть путёвку в дом о́тдыха.
4. Я подня́лся по тёмной ле́стнице, вошёл в свою́ ко́мнату, разде́лся и засну́л.
5. Спо́ртом я не занима́юсь, но не обхожу́сь без у́тренней гимна́стики и абонеме́нта в пла́вательный бассе́йн.
6. Что́бы поня́ть, над чем мы рабо́таем, ну́жно бы́ло си́льно поду́мать, но мно́гие из нас утра́тили э́ту спосо́бность.
7. За пять мину́т до прихо́да по́езда на перро́не появи́лось не́сколько разгово́рчивых студе́нтов.
8. Блонди́н был неопису́емо сча́стлив, он подхвати́л чемода́н и пошёл лёгкой похо́дкой.

1. I understand that I should have ended this comedy long ago and married her.
2. And Veronika is not about to grow older; she didn't change a bit.
3. While I was on the flight, she was already busying herself in acquiring a permit for the resort home.
4. I went up the dark staircase, entered my room, undressed, and fell asleep.
5. I do not participate in sports, but I cannot manage without morning exercises and a season ticket to the swimming pool.
6. In order to understand what we are working on, we should think hard, but many of us have lost this ability.
7. Five minutes before the arrival of the train, some talkative students appeared on the platform.
8. The blond man was indescribably happy; he picked up his suitcase and started off with a light step.

2

Я понима́ю, что давно́ на́до бы́ло бы ко́нчить э́ту коме́дию и жени́ться на ней. Иногда́ меня́ охва́тывает така́я тоска́[1]... Тоска́, кото́рую Ве́ра, я зна́ю, мо́жет уня́ть° одни́м движе́нием° руки́. Но я бою́сь, потому́ что зна́ю: с той мину́ты, когда́ мы вы́йдем из за́гса,[2] моя́ жи́знь изме́нится коренны́м,° а мо́жет быть, и катастрофи́ческим° о́бразом.°

Да, мне быва́ет неую́тно,° когда́ я но́чью отхожу́ от своего́ рабо́чего стола́ к окну́ и ви́жу за реко́й дом, кото́рый стои́т там три́ста лет, но ведь челове́чество° насто́лько ушло́ вперёд, что мо́жет позво́лить° отде́льным° свои́м представи́телям° не заводи́ть° семьи́°... А мо́жет быть, мы́сли и чу́вства° ка́ждого, слива́ясь с мы́слями и чу́вствами поколе́ний,° передаю́тся° да́льше, так же, как ге́ны?°

А Веро́ника и не ду́мает старе́ть. Она́ влюби́лась в меня́, когда́ ей бы́ло два́дцать лет, и с тех пор[3] ни ка́пельки не измени́лась. Мо́жет быть, ей ка́жется, что прошли́ не го́ды, а неде́ли? Шу́мная,° цвету́щая,° она́ — дитя́° Технологи́ческого° институ́та, и отсю́да ра́зные хо́хмы,° и ре́зкая° мане́ра° говори́ть, а в глубине́ она́ до тошноты́[4] сентимента́льна.° Мне ка́жется, что она́ родила́сь на ю́ге,° но она́ говори́т — нет, на се́вере.

Чёрт дёрнул меня́[5] позвони́ть° ей сего́дня у́тром за час до отлёта, что я, забы́л, дура́к, что она́ не мо́жет зли́ться° на меня́ бо́льше ча́са? Ведь в то вре́мя, когда́ я лете́л, она́ уже́ развива́ла свою́ хвалёную акти́вность[6] и, наве́рно, да́же умудри́лась° доста́ть путёвку в э́тот са́мый дом о́тдыха.

— Во ско́лько[7] прихо́дит тако́й-то по́езд? — спроси́л я дежу́рную. Она́ сказа́ла, во ско́лько, и я подня́лся по тёмной ле́стнице, вошёл в свою́ ко́мнату, разде́лся и засну́л.

soothe movement
radical
catastrophic way
uncomfortable
mankind
allow individual representative
acquire family feeling
generation be carried gene
noisy blooming
child Technological
witty remarks abrupt manner
sentimental
south
call
be angry
manage

1. меня... I am seized by such depression **2.** civil registrar's office (*a place for the registration of marriages*) **3.** с... from that time **4.** до... sickeningly **5.** Чёрт... what possessed me **6.** развивала... displayed famous activity (busied herself) **7.** Во... at what time

На́до сказа́ть, что мне три́дцать оди́н год. Со спо́ртом всё поко́нчено,[8] одна́ко я стара́юсь не опуска́ться.° У́тренняя гимна́стика, абонеме́нт в пла́вательный бассе́йн — без э́того не обхо́дится.[9] Пра́вда, все э́ти гигиени́ческие° процеду́ры° — а ина́че их не назовёшь — летя́т к чертя́м,[10] когда́ я завожу́сь.° А так как я почти́ постоя́нно на по́лном « заво́де »[11]... В о́бщем,[12] попро́буйте° попла́вать!° Во вре́мя « заво́да » я выключа́ю телефо́н и не отхожу́ от своего́ рабо́чего стола́, спуска́юсь° то́лько за сигаре́тами. Хозя́йка° прино́сит мне обе́д и ко́фе, тако́й, что от него́ коло́тится се́рдце. Почти́ все мои́ това́рищи веду́т° тако́й же о́браз° жи́зни.

"let myself go"
hygienic treatment
get wound up
try swim
go downstairs
landlady
lead kind

Ра́ньше я рабо́тал в прое́ктном° бюро́.° Одна́ стена́ у нас была́ стекля́нная,° и зимо́ю ра́нняя луна́° име́ла возмо́жность[13] наблюда́ть° за рабо́той со́тни° парне́й и де́вушек, склони́вшихся° над свои́ми доска́ми.° Мы все бы́ли в ковбо́йках.° В глаза́х ряби́ло[14] от шотла́ндской° кле́тки,° когда́ ты по́сле переку́ра° заходи́л в зал. Грань° ме́жду институ́том и э́тим бюро́ для всех нас стёрлась,° мы все продолжа́ли выполня́ть како́й-то отвлечённый° уро́к, похо́жий° на теоре́му,° кото́рая взяла́сь° неизве́стно отку́да. Что́бы поня́ть, над чем мы рабо́таем, ну́жно бы́ло си́льно поду́мать, но мно́гие из нас бы́стро утра́тили э́ту спосо́бность. Мне каза́лось тогда́, что весь мир сиди́т в больши́х и ни́зких за́лах, где одна́ стена́ стекля́нная. И луна́ прице́нивается° к ка́ждому из нас.

designing department
glass moon
observe hundred
bend over
drawing-board plaid shirt
Scotch plaid
"having a smoke" distinction
become obliterated
abstract
similar theorem appear
price

Пото́м мне ста́ло представля́ться, что весь мир сиди́т до утра́ в се́рых скле́пах° свои́х мастерски́х, ко́рчится в тво́рческих му́ках,[15] томи́тся° у окна́, ду́мая о же́нской любви́, кото́рая, возмо́жно, прочне́е° любо́го° до́ма на той стороне́ реки́, нау́тро° начина́ет ка́шлять,° и — вот тебе́ на́! — бац,° в лёгких° каки́е-то очажки́!°

crypt
languish
more durable any in the morning
cough wham!
lung nidus

Пото́м ты ле́чишься° без отры́ва от труда́[16]

take treatment

8. всё... I am finished 9. без... I cannot get along without all this 10. летят... fly to the devil 11. на... all wound up 12. В... in general 13. имела... was able 14. В... you were dazzled 15. корчится... writhes in throes of creation 16. без... without giving up work

(уко́лы° в пра́вую я́годицу° и порошо́к° столо́выми ло́жками[17]), и пожа́луйста°...

— Тепе́рь вы практи́чески° здоро́вы. А с пси́хикой у вас всё в поря́дке?[18] Вы зна́ете, в органи́зме всё взаимосвя́зано.° Ну́жно замени́ть о́браз жи́зни.

— Ты что, Ге́нка, взя́лся за перпе́туум-мо́биле? Како́й-то блеск в глаза́х[19]...

— Как бу́дто бы ты, Генна́дий, сам не понима́ешь, что органи́зму ну́жен о́тдых.°

Три го́да уже́ я никуда́ не е́здил без де́ла, и вот я в Га́гре. Я сплю го́лый° в большо́й ко́мнате, и Га́гра шевели́тся во мне, как то́лстое° пресмыка́ющееся° со светя́щимися° вну́тренностями.°

У́тром я уви́дел вме́сто окна́ плака́т, призыва́ющий° вноси́ть° де́ньги в сберега́тельную ка́ссу.[20] На нём бы́ло всё, что полага́ется°: си́нее мо́ре, в угла́х симметри́чно кипари́сы,° видне́лся° кусо́к° распрекра́сной° колонна́ды и верху́шка° па́льмы. Я встал на э́том фо́не° и кри́кнул на весь мир:[21] « Накопи́л° и путёвку купи́л! » Пото́м вспо́мнил про телегра́мму и стал одева́ться. Посмотре́лся° в зе́ркало. Вид пока́ что[22] не плака́тный,° но всё впереди́.

На вокза́ле в каду́шках° стоя́ли па́льмы. За пять мину́т до прихо́да по́езда на перро́не появи́лись неразгово́рчивые моско́вские студе́нты. Из су́мок° у них высо́вывались° дыха́тельные тру́бки,[23] ла́сты° и раке́тки° для бадминто́на. Компа́нийка° была́ первокла́ссная,° на́до сказа́ть. Пото́м их бего́м° догнала́° одна́ — уж така́я! — де́вушка... Но по́езд подошёл.

Пе́рвым вы́прыгнул° на перро́н здорове́нный° блонди́н. Он бро́сил на асфа́льт чемода́н, раскры́л° ру́ки и заора́л:°

— О па́льмы в Га́гре!

Он был неопису́емо сча́стлив. Со зна́нием де́ла[24] осмотре́л° « ту » де́вушку, подхвати́л чемода́н и пошёл лёгкой упру́гой° похо́дкой, гото́вый к повторе́-

shot buttock powder
"if you please"
actually
interrelated
rest
naked
fat reptile
luminous viscera
invite deposit
one would expect
cypress be seen section
beautiful top
background
save up
look at oneself
as on a poster
tub
bag
stick out flipper
racket group
first-class running
catch up
jump out husky
throw open
start to shout
examine
resilient

17. столовыми... by tablespoons **18.** с... is your mental state all right? **19.** Какой-то... Your eyes somehow glitter... **20.** сберегательная... savings bank **21.** на... to the world **22.** пока... at the moment **23.** дыхательные... snorkles **24.** Со... knowingly

нию° прошлогóднего° сезóна° сокрушúтельных° побéд.

repetition last year's season smashing

Пóезд ещё двúгался. Мужчúны в солóменных° шля́пах трусúли° за ним, держá пéред собóй букéты, как эстафéтные пáлочки.[25] Я сдéлал скачóк[26] в стóрону, купúл букéт и побежáл за э́тими мужчúнами, ужé вúдя в окнé блéдную от волнéния Верóнику. Онá замéтила у меня́ в рукáх букéт и изумлённо° вскúнула° брóви.

straw
trot
in amazement "raise"

— Здрáвствуй, Нúка, — сказáл я, обнимáя её, — ты знáешь...

25. эстафетные... batons (of relay race) **26.** сделал... jumped

Вопрóсы к тéксту, 2, стр. 152.

Подгото́вка к чте́нию

1. Мы вели́ удиви́тельный о́браз жи́зни: е́ли фру́кты, купа́лись и загора́ли.

   We were leading an amazing kind of life: eating fruits, swimming, and getting sun-tanned.

2. Я ка́ждый день приноси́л ей цветы́; она́ хороше́ла с ка́ждым днём.

   Every day I brought flowers to her; she became prettier day by day.

3. Она́ уплыва́ла далеко́ от бе́рега, ныря́ла и до́лго не появля́лась на пове́рхность.

   She would swim out a long distance from the shore, dive, and for a long time would not appear on the surface.

4. На пля́же мы не разгова́риваем друг с дру́гом, я сижу́ с блокно́том, пишу́, рису́ю, обду́мываю но́вые прое́кты.

   At the beach we didn't talk to each other; I would sit with a notebook, write, draw, and plan new projects.

5. Всё мне меша́ло: и смех, и шум, но я всё-таки де́лал вид, что рабо́таю.

   Everything would disturb me — the laughter and the noise — but nevertheless I pretended that I was working.

6. Каза́лось, она́ никогда́ не ходи́ла в лаборато́рию, не пробива́ла свой тало́н в часа́х, кото́рые понаста́вили во всех кру́пных учрежде́ниях.

   It seemed she never used to go to the laboratory to punch her timecard in the time clocks, which have been set in all large institutions.

7. Почему́ ты хо́дишь всё вре́мя в э́той руба́шке? Мо́жет быть пу́говицы ото́рваны на други́х?

   Why do you wear that shirt all the time? Perhaps the buttons are torn off your other shirts?

8. Я така́я впечатли́тельная: когда́ при мне говоря́т "змея́", я па́даю в о́бморок.

   I'm so sensitive: when people say "snake" in my presence, I faint.

9. Мы спо́рили о чём-то тако́м, о чём, со́бственно, и не сто́ило нам с ней спо́рить.

   We argued with her about something that wasn't worth arguing about.

3

Мы вели́ удиви́тельный о́браз жи́зни: е́ли фру́кты, купа́лись и загора́ли, а ве́чером ве́село у́жинали° в скве́рном° рестора́не « Га́грипш », ве́село отпля́сывали° под бо́лее чем стра́нный восто́чный джаз, и всё это бы́ло так, как бу́дто так и должно́ быть. Мы наблюда́ли за за́лом, в кото́ром задава́ли тон[1] блонди́ны титани́ческой° выно́сливости,° и смея́сь называ́ли мужчи́н « га́герами », а же́нщин « гага́рами », а дете́й « га́гриками ».[2] Я называ́л Веро́нику Ни́кой и ка́ждый день приноси́л ей цветы́, а она́ не могла́ нара́доваться° на меня́ и хороше́ла с ка́ждым днём.

have supper
wretched
dance
titanic hardiness
dote

Ей всё здесь стра́шно нра́вилось: пря́ные° за́пахи па́рков и меланхо́лия буфе́тчиков°-армя́н,° чурчхе́ла[3] и сыр « сулгу́ни »[4] и, разуме́ется,° го́ры, мо́ре, со́лнце... Она́ уплыва́ла далеко́ от бе́рега в ла́стах и ма́ске с дыха́тельной тру́бкой и заставля́ла° о себе́ ду́мать: ныря́ла и до́лго не появля́лась на пове́рхность. Пото́м она́ выходи́ла из воды́, ложи́лась в пяти́ ме́трах от меня́ на га́льку° и погля́дывала, блестя́ глаза́ми,[5] сло́вно говоря́: « Ну и дура́к ты, Ге́нка! Где ещё таку́ю найдёшь?° »

heady
buffet-keeper Armenian
of course
force
pebbles
find

На пля́же мы не разгова́ривали друг с дру́гом, счита́лось,° что я рабо́таю — сижу́ с блокно́том, пишу́, рису́ю, обду́мываю но́вые прое́кты. Я действи́тельно сиде́л с блокно́том и писа́л в нём, когда́ Веро́ника выходи́ла из воды́: « Вот тебе́ на́! Она́ не утону́ла.° Ну и ну́, на не́бе ни о́блачка.° О-хо-хо, по́езд пошёл... Ту-ру-ру, он пошёл на се́вер... Эге-ге, хо́чется есть... Че-пу-ха́! Съе́м-ка° гру́шу°... » — и рисова́л живо́тных.°

be assumed
drown cloud
eat pear
animal

И так ка́ждый день по не́скольку страни́ц в блокно́те. Я не мог здесь рабо́тать. Всё мне меша́ло: весь блеск,° и смех, и шум, и гам,° и Ни́ка, хотя́ она́

brilliance uproar

1. задавали... set the tone **2.** « гагерами »... « гагарами »... *nicknames derived from "Gagra"* **3.** glazed nuts **4.** *a Georgian cheese dish* **5.** блестя... flashing her eyes

и лежа́ла мо́лча. Но всё-таки я де́лал вид,[6] что рабо́таю, и она́ не посяга́ла° на э́ти часы́. Мо́жет быть, она́ понима́ла, что я э́тими жа́лкими° уси́лиями° отста́иваю° своё пра́во° на одино́чество.° А мо́жет быть, она́ ничего́ не ду́мала по э́тому по́воду,[7] а про́сто ей бы́ло доста́точно° лежа́ть в пяти́ ме́трах от меня́ на га́льке и блесте́ть глаза́ми. Наве́рно, ей бы́ло доста́точно за́втрака и обе́да, и послеобе́денного вре́мени,[8] и ве́чера, и той ча́сти но́чи, что мы проводи́ли вме́сте, — всего́ того́ вре́мени, когда́ мы бы́ли в доста́точной бли́зости.

infringe
pitiful
effort assert right privacy
sufficient

Она́ была́ соверше́нно сча́стлива. Всё окружа́ющее° бы́ло для неё соверше́нно есте́ственной° и, каза́лось, еди́нственно возмо́жной средо́й,° в кото́рой она́ должна́ была́ жить с де́тства до ста́рости.° Каза́лось, она́ никогда́ не ходи́ла в лаборато́рию, не пробива́ла свой тало́н в часа́х, что понаста́вили сейча́с во всех кру́пных учрежде́ниях. Никогда́ она́ не ёжилась° от хо́лода под моросящим° се́верным дождём, никогда́ не простаивала° в унизи́тельном° ожида́нии во́зле подъе́зда моего́ до́ма, никогда́ не звони́ла мне по ноча́м. Всегда́ она́ была́ сча́стлива в любви́, всегда́ она́ ше́ствовала° в о́чень сме́лом° сарафа́не° по па́льмовой алле́е навстре́чу люби́мому и ве́рному° челове́ку.

surrounding natural
environment
old age
huddle up drizzling
stand (for hours) humiliating
march along daring
"sun-dress"
faithful

— Приве́т, га́гер!

— Приве́т, гага́ра!

— Хо́чешь меня́ поцелова́ть?

Всегда́ она́ спра́шивала так, зна́я, что я тут же её поцелу́ю и преподнесу́° ей магно́лию и мы чуть ли не[9] вприпры́жку° отпра́вимся на пляж.

present
skipping

Вдруг она́ сказа́ла мне:

— Почему́ ты хо́дишь всё вре́мя в э́той? У тебя́ ведь есть и други́е руба́шки.

Я вздро́гнул и посмотре́л на неё. В её глаза́х мелькну́ло° беспоко́йство,° но она́ уже́ шла напроло́м.[10]

appear for a moment
anxiety

— Ско́лько у тебя́ руба́шек?

— Пять, — сказа́л я.

— Ну вот ви́дишь! А ты хо́дишь всё вре́мя в од-

6. делал... pretended **7.** по... regarding this **8.** послеобеденное... afternoon **9.** чуть... almost **10.** шла... pushed on

но́й.° Мо́жет быть, пу́говицы ото́рваны на други́х? Ну коне́чно! Ра́зве у тебя́ бы́ли когда́-нибудь руба́шки с це́лыми пу́говицами!

"the same one"

— Да, нет пу́говиц, — сказа́л я, отводя́ взгляд.[11]

— Пойдём, пришью́,° — сказа́ла она́ реши́тельно.

sew on

Мы пришли́ в мою́ ко́мнату, я вы́тащил° чемода́н, положи́л° его́ на крова́ть, и Ни́ка, как мне показа́лось, с каки́м-то вожделе́нием[12] погрузи́лась° в его́ содержи́мое°...

pull out / put / immerse oneself / content

Я вы́шел из ко́мнаты на балко́н. Всё бы́ло как поло́жено:[13] кра́сное со́лнце сади́лось° в си́нее мо́ре. Все кра́ски бы́ли о́чень то́чные° — ю́гу чу́жды° полутона́. Внизу́, пря́мо под балко́ном, на площа́дке,° на́ша культу́рница° Нади́ко проводи́ла° мероприя́тие.°

set / "pure" alien / "ground" / recreation director conduct / "program"

— Прекра́сный фрукто́вый° та́нец° « Я́блочко »!° — крича́ла она́, легко́ пронося́° по площа́дке своё по́лное° те́ло.°

fruit dance apple / "move" / stout body

Среди́ танцу́ющих я заме́тил челове́ка, кото́рый в день моего́ прие́зда° на на́бережной спо́рил с грузи́ном Го́ги по вопро́су о тече́ниях. Я с трудо́м узна́л его́. Кре́пкий° зага́р скра́дывал° дря́блость° его́ щёк, велю́ровую шля́пу он смени́л° на головно́й убо́р[14] сбо́рщиков° ча́я. Он соверше́нно° есте́ственно отпля́сывал в есте́ственно веселя́щейся° толпе́. Он выки́дывал смешны́е коле́нца,[15] был о́чень неле́п° и мил, ви́димо на́чисто забы́в в э́тот прекра́сный миг,° к чему́ его́ обя́зывают занима́емый пост[16] и о́бщая ситуа́ция. Тут же я уви́дел его́ жену́. Она́ шла пря́мо под мои́м балко́ном с двумя́ други́ми же́нщинами.

arrival / "heavy" conceal flabbiness / replace / picker quite / enjoy oneself / awkward / moment

— Вы да́же не зна́ете, кака́я я впечатли́тельная, — лепета́ла° она́. — Когда́ при мне говоря́т « змея́ », я уже́ па́даю в о́бморок.

babble

Я стоя́л на балко́не и смотре́л на Га́гру, на э́ту у́зкую, про́сто ме́тров две́сти ширино́й,° поло́ску° ро́вной° земли́,° зажа́тую° ме́жду мра́чно темне́ющими гора́ми и напряжённо°-багро́вым° мо́рем. Э́та дли́нная и у́зкая Га́гра, Дзве́ли[17] Га́гра, Га́грипш и Аха́ли[18] Га́гра, ро́бко, но насты́рно° пульси́ровала,°

in width strip / level land squeezed / intensely crimson / persistent pulsate

11. отводя... looking aside **12.** с... lustily **13.** как... as it should be **14.** головной... headdress **15.** выкидывал... was cutting comical figures **16.** к... what the post that he occupies requires of him **17.** Old (*Georgian*) **18.** New (*Georgian*)

уже́ зажига́лись° фонари́ и освеща́лись° больши́е о́кна, авто́бусы включа́ли фа́ры,° а зво́нкие голоса́ культрабо́тников° крича́ли по всему́ побере́жью:

— Весёлый спорти́вный та́нец фокстро́т!

Кто мо́жет поручи́ться,° что мо́ре не вспу́чится,° а го́ры не изве́ргнут° огня́? Тако́е ощуще́ние° бы́ло у меня́ в э́тот моме́нт. То́нкие ру́ки Ни́ки легли́ мне на пле́чи. Она́ вздохну́ла и вы́молвила:°

— Бо́же мой, как краси́во...

— Что краси́во? — спроси́л я ро́вным го́лосом.

— Всё, всё, — е́ле слы́шно вы́молвила она́.

— Всё э́то иску́сственное,° — ре́зко сказа́л я, и она́ отдёрнула° па́льцы.

— Что иску́сственное?

— Па́льмы, наприме́р,° — пробурча́л° я, — э́то иску́сственные па́льмы.

— Не говори́ глу́постей!° — вскрича́ла° она́.

— Зимо́й, когда́ уезжа́ют все куро́ртники,° их кра́сят° осо́бой усто́йчивой° кра́ской. Неуже́ли ты не зна́ла? Наи́вное° дитя́!

— Дура́к! — облегчённо засмея́лась она́.

— Блаже́н,° кто ве́рует,° — проскрипе́л[19] я. — Всё иску́сственное. И э́ти парфюме́рные за́пахи то́же. По ноча́м дере́вья опры́скивают° из пульвериза́тора° специа́льным химраство́ром,° а изготовля́ет° э́тот раство́р заво́д в Челя́бинской о́бласти.° Ко́поть° там, вони́ща!° Перераба́тывают° ка́менный у́голь[20] и дёготь°...

— Ну хва́тит!° — серди́то° сказа́ла она́.

— Все э́ти субтро́пики° — ли́па.°

— А что же не ли́па? — спроси́ла она́.

— Дождь и мо́крый снег, гли́на под нога́ми, ки́рзовые° сапоги́, това́рные° поезда́, пассажи́рские,° пожа́луй, то́же. Самолёты — э́то ли́па. Мой рабо́чий стол — не ли́па и твоя́ лаборато́рия то́же. Рентге́н°... — помолча́в, добáвил° я.

— Не понима́ю, — потя́рянно° прошепта́ла она́.

— Ну как же ты не понима́ешь? Вот когда́ стро́или° э́тот дом и вози́ли° в та́чках° раство́р, а кран° поднима́л пане́ли° — э́то была́ не ли́па, а когда́

light up — be illuminated
headlight
recreation director
guarantee — swell up
disgorge — sensation
say
artificial
jerk back
for example — grumble
nonsense — cry out
health-resort visitor
paint — durable
naive
blessed — believe
spray
sprayer — chemical solution
manufacture — region
soot — stench — process
tar
enough — angry
subtropics — "hoax"
tarpaulin — freight
passenger
X-ray — add
perplexed
build — "bring" — wheelbarrow — crane
panel

19. said in a grating voice 20. каменный... coal

здесь танцу́ют фрукто́вый та́нец « Я́блочко » — э́то ли́па.

— Каку́ю чушь ты ме́лешь![21] — воскли́кнула она́. — Лю́ди сюда́ приезжа́ют отдыха́ть. Э́то есте́ственно...

— Пра́вильно.° Но не меша́ло бы им[22] поду́мать и о друго́м на тако́й у́зкой поло́ске ро́вной земли́, — сказа́л я, но она́ продолжа́ла свою́ мысль: correct

— Ведь ты же сам рабо́таешь для того́, что́бы лю́ди могли́ лу́чше отдыха́ть.

— Я рабо́таю ра́ди само́й рабо́ты, — сказа́л я из чи́стого пижо́нства,° и она́ тут же вскрича́ла: foppery

— Ты пижо́н и сноб!

Каки́м-то о́бразом я возрази́л ей,[23] и она́ что́-то сно́ва ста́ла говори́ть, я ей ка́к-то отвеча́л, и до́лго мы спо́рили о чём-то тако́м, о чём, со́бственно, и не сто́ило нам с ней спо́рить.

— Ге́нка, что с тобо́й сего́дня происхо́дит? — спроси́ла наконе́ц она́.

— Про́сто хо́чется вы́пить, — отве́тил я.

21. Какую... What nonsense are you peddling? **22.** не... it wouldn't hurt them **23.** возразил... objected to her words

Вопро́сы к те́ксту, 3, стр. 152–53.

Подгото́вка к чте́нию

1. Мы сде́лали зака́з; официа́нтка не́сколько раз подбега́ла, а пото́м, наконе́ц, принесла́ что́-то.
2. Блонди́ну ужа́сно везло́: он пойма́л такси́.
3. Мы смотре́ли в ту сто́рону, где скры́лись стоп-сигна́лы маши́ны.
4. Он спроси́л, расписа́лись ли мы.
5. У́тром я уложи́л чемода́н, благополу́чно проскользну́л ми́мо столо́вой и вы́шел на шоссе́.
6. Я знал, что там подаю́т кре́пкий ко́фе.
7. Никто́ в ми́ре не знал, где я нахожу́сь в э́тот моме́нт.
8. Я не удиви́лся, что Ни́ка шла мне навстре́чу.

1. We ordered; the waitress came running to us several times and finally brought us something.
2. The blond man was awfully lucky: he caught a taxi.
3. We looked in the direction from which the brake lights of the car had vanished.
4. He asked whether we had registered our marriage.
5. In the morning I packed my suitcase, successfully stole past the dining room, and went out on the road.
6. I knew they served strong coffee there.
7. Nobody in the world knew where I was at that moment.
8. I wasn't surprised that Nika was coming toward me.

4

« Га́грипш » был битко́м наби́т,[1] и мы с трудо́м нашли́ свобо́дные места́ за одни́м столо́м с двумя́ молоды́ми людьми́ — блонди́нами в пиджака́х° с у́зкими ла́цканами.°

coat
lapel

Мы сде́лали зака́з. Официа́нтка не́сколько раз подбега́ла, а пото́м всё-таки принесла́ что-то. В зал вошёл Грохачёв. Он шёл меж сто́ликов, тако́й же, как всегда́, ирони́чно°-рассла́бленный,° с нея́сной° улы́бкой на уста́х.° Уви́деть его́ здесь бы́ло неожи́данно° и прия́тно. Грохачёв тако́й же затво́рник, как я, и рабо́таем мы с ним в одно́й о́бласти, ча́сто да́же в командиро́вки е́здим вме́сте.

ironically feeble vague
lips
unexpected

— Эй, Грох! — я помаха́л° ему́ руко́й, и он, раздобы́в° где-то стул, подсе́л° к нам.

wave
get sit close to

Ока́зывается, он оста́вил жену́ в Гуда́утах и сейча́с в го́рдом° одино́честве шпа́рил° в своём « Москвиче́ »[2] домо́й.

proud "speed"

Мы заговори́ли о свои́х дела́х. Под конья́к° э́то шло хорошо́, и мы забы́ли обо всём. Иногда́ я ви́дел, как Ве́ра танцу́ет то с одни́м блонди́нчиком, то с други́м.

cognac

Пото́м мы впятеро́м[3] вы́шли на шоссе́ и ста́ли лови́ть[4] такси́. Блонди́ну ужа́сно везло́. Он пойма́л° « Москви́ч » и усе́лся° в него́ с Веро́никой и со свои́м прия́телем, таки́м же, как он, блонди́ном. А « Москви́ч », как изве́стно, берёт то́лько трои́х. Я смотре́л в ту сто́рону, где скры́лись стоп-сигна́лы такси́, и слу́шал Гро́ха. Он расска́зывал о свое́й да́вней° тя́жбе° с одни́м управле́нием,° кото́рое осуществля́ло° его́ прое́кт. Мину́т че́рез пятна́дцать он опо́мнился.°

catch
seat oneself
long-standing
law-suit department
carry out
recollect

— Слу́шай, у меня́ же маши́на в со́тне ме́тров отсю́да. Заче́м ты отпусти́л Ни́ку с э́тими подо́нками?°

"bum"

— Что ты, не зна́ешь Ни́ку? — сказа́л я. — Она́ уже́ давно́ с ни́ми распра́вилась° и ложи́тся спать.

get rid of

1. битком... packed **2.** *make of a Soviet car* **3.** мы... the five of us
4. стали... tried to catch

Мы нашли́ его́ маши́ну, се́ли в неё и пое́хали. Грох спроси́л:

— Вы с ней расписа́лись наконе́ц?

— Пока́ нет.

— Чего́ ты тя́нешь? Пове́рь,° э́то не так уж стра́шно. — believe

— Ско́лько киломе́тров отсю́да до Гудау́т? — спроси́л я.

Он посмея́лся, и сно́ва мы перешли́ на профессиона́льные те́мы. Стра́нно, не́сколько лет наза́д мы могли́ болта́ть° мно́го часо́в подря́д° о чём уго́дно,[5] а вот тепе́рь, куда́ ни гни[6] — всё равно́ возвраща́ешься к рабо́те. — chatter; on end

Грох довёз° меня́ до до́ма. Я вы́лез° из маши́ны и сра́зу заме́тил Ни́ку. Она́ сиде́ла на скаме́йке и ждала́ меня́. Я оберну́лся.° Маши́на ещё не отъе́хала.° — take; get out; turn around; drive off

— Грох, ты во ско́лько за́втра е́дешь?

— Приме́рно в по́лдень.° — noon

— Твоя́ стоя́нка° во́зле гости́ницы? Мо́жет быть я пое́ду с тобо́й. — parking place

— Ну что ж! — сказа́л Грох.

Он уе́хал, а я подошёл к Ни́ке. Она́, смея́сь, ста́ла расска́зывать о ма́льчиках, как они́ её « ка́дрили »,° как э́то бы́ло смешно́. Обня́вшись, мы пошли́ к до́му, кото́рый беле́л в темноте́ в конце́ кипари́совой алле́и. Я не сказа́л Ни́ке, что за́втра уе́ду из э́того ра́я,° где на́ша любо́вь мо́жет расцве́сть° и окре́пнуть,° где лю́ди меня́ют° тяжёлые шля́пы на головны́е убо́ры сбо́рщиков ча́я. А уе́ду я не потому́, что не люблю́ её, а мо́жет быть потому́, что Грох ка́тит° домо́й и бу́дет в свое́й норе́° ра́ньше меня́ на неде́лю, е́сли я оста́нусь в э́том раю́. — "examine"; paradise; flourish; get firmly established; replace; "drive"; hole

У́тром я уложи́л чемода́н и благополу́чно проскользну́л ми́мо столо́вой. Оста́вил у дежу́рной запи́ску для Ни́ки и вы́шел на шоссе́. Авто́бусом я дое́хал до па́рка и пошёл за́втракать в чебуре́чную.° Я знал, что там подаю́т кре́пкий восто́чный° ко́фе, и реши́л сра́зу, с утра́, накача́ться° ко́фе вме́сто всех э́тих кефи́рчиков и ацидофили́нов,[7] чем по́тчуют° в до́ме о́тдыха. — "snack bar"; "Turkish"; fill up on; treat

5. о... "about anything at all" **6.** куда... wherever you turn **7.** кефирчиков... *varieties of cultured milk*

Чебуре́чная была́ под откры́тым не́бом, верне́е, под кро́ной° огро́много де́рева. С удово́льствием я глота́л обжига́ющую° чёрную вла́гу,° чу́вствуя, ка́к проясня́ется° мой за́спанный мозг.° Чемода́н стоя́л ря́дом, и никто́ в ми́ре не знал, где я нахожу́сь° в э́тот моме́нт. За сосе́дним° сто́ликом ел° челове́к в шля́пе сбо́рщика ча́я. Жир° стека́л° у него́ по подборо́дку,° он наслажда́лся, попива́я° све́тлое вино́, в кото́ром отража́лось со́лнце. Мо́жет быть, он наслажда́лся тем же, что и я.

crown | burning "liquid" | clear up brain | be | near by eat | grease stream down | chin sip

Вдруг он отложи́л чебуре́к[8] и позва́л:

— Чи́бисов! Васи́лий!

Смущённо° улыба́ясь и переминая́сь с ноги́ на́ ногу,[9] к нему́ подошёл стри́женный « под бокс »[10] па́рень в голубо́й « бо́бочке »,° в кори́чневых° широ́ких штана́х.°

with embarrassment | shirt-jacket brown | pants

— Куро́ртный приве́т, това́рищ Ува́ров!

— Сади́сь. Давно́ прие́хал? — торопли́во спроси́л Ува́ров, снял° и спря́тал за́ спину свою́ бе́лую шля́пу.

take off

— Вчера́ прилете́л.

— Ну, как там у нас? Пусти́ли тре́тий цех?[11]

— Нет ещё.

— Почему́?

— Те́хника безопа́сности рези́ну тя́нет.[12]

— Безобра́зие!° Ве́чно° сую́т па́лки в колёса.[13]

it's a shame "always"

Они́ заговори́ли о строи́тельстве.° Ува́ров говори́л ре́зко, возмущённо,° а Чи́бисов отвеча́л обстоя́тельно° и с винова́той улы́бочкой.

construction | with indignation | in detail

— Да́йте ещё оди́н стака́н, — серди́то сказа́л Ува́ров официа́нтке.

Она́ принесла́ стака́н, и он нали́л в него́ « цинанда́ли ».[14]

— Пей, Васи́лий!

— За попра́вку,° зна́чит, — с ухмы́лкой° сказа́л Чи́бисов и по́днял стака́н двумя́ па́льцами.

recovery smirk

— Ну как тебе́ тут? — спроси́л Ува́ров.

Чи́бисов за́лпом вы́пил[15] « цинанда́ли ».

8. lamb pie (*a Caucasian dish*) **9.** переминаясь... shifting from one foot to the other **10.** стриженный... with a crew cut **11.** Ну...? How are things at our factory? Did they start the third shop? **12.** Техника... Safety Regulations is holding things up. **13.** суют... put a spoke in one's wheel **14.** *a red wine* **15.** залпом... drank down in one breath

— Хорошо́, да то́лько непривы́чно.° "strange"

Ува́ров встал.

— Ну ла́дно! Тебе́ когда́ на рабо́ту выходи́ть?° "go"

— Са́ми зна́ете, Серге́й Серге́ич.

— Вот и́менно[16] — зна́ю, смотри́, ты не забу́дь. Ну ла́дно, пока́.° По́льзуйся° пра́вом на о́тдых. so long "enjoy"

Он ушёл. Чи́бисов сиде́л за сто́ликом, верте́л° в па́льцах пусто́й стака́н и неуве́ренным взгля́дом обводи́л[17] горя́щий на со́лнце морско́й горизо́нт. У па́рня бы́ло кра́сное, обожжённое ве́тром лицо́, ше́я тако́го же цве́та° и ки́сти рук,[18] а да́льше ру́ки бы́ли бе́лые, и, сло́вно склеро́з, на предпле́чье° сине́ла° татуиро́вка.° Мне хоте́лось вы́пить с э́тим па́рнем и сде́лать всё для того́, что́бы он поскоре́е почу́вствовал себя́ здесь в свое́й таре́лке,[19] потому́ что уж о́н-то зна́ет, что тако́е ли́па, а что — нет, и он зна́ет, что рай — э́то непривы́чное ме́сто для челове́ка. twist about / color / forearm showed blue / tatoo

Я встал, по́днял чемода́н и пошёл по алле́е. Над мно́й висе́ли огро́мные ли́стья° незнако́мых мне дере́вьев, алле́ю окаймля́ли° огро́мные голубы́е цветы́. Навстре́чу мне шла Ни́ка. Я не удиви́лся. Я удиви́лся бы, е́сли бы её здесь не оказа́лось. Э́та алле́я была́ специа́льно обору́дована° для того́, что́бы по ней навстре́чу мне, сверка́я° зуба́ми, глаза́ми и волоса́ми, шла то́ненькая де́вушка Веро́ника, Ве́ра-Ни́ка. Она́ взяла́ меня́ по́д руку и пошла́ со мной. leaf / border / arrange / sparkle

— Что же, на́ша любо́вь — э́то то́же ли́па?[20] — спроси́ла она́ улыба́ясь.

— Э́то магно́лия, — отве́тил я.

На шоссе́ нас догна́л Грохачёв. Он притормози́л° и спроси́л меня́: put on the brakes

— Зна́чит, не е́дешь?

— У меня́ есть ещё де́сять дней, — отве́тил я, — в конце́ концо́в, я име́ю пра́во на о́тдых.

Грох улыбну́лся нам о́чень по-до́брому.° kindly

— Ну, пока́, — сказа́л он. — Всё равно́ ско́ро уви́димся.[21]

1961

16. Вот... that's it **17.** неуверенным... with uncertainty looked around **18.** кисти... hands **19.** в... at home **20.** липа (*a*) linden tree (*see p.* 16); (*b*) hoax **21.** скоро... see you soon

Вопро́сы к те́ксту, 4, стр. 153.

Ки́ра Гео́ргиевна

ВИ́КТОР НЕКРА́СОВ

(1911–)

NEKRASOV is the oldest of the writers represented in our anthology. A student of architecture and the theater, he first achieved prominence through his writings about World War II. In 1947 he was awarded the Stalin Prize for literature. His works include **В око́пах Сталингра́да**, **В родно́м го́роде**, **Втора́я ночь**, **Ва́ся Конаков**, and **Ки́ра Гео́ргиевна**. He is best known in this country for **По о́бе стороны́ океа́на**, a record of a visit to Europe and the United States. His efforts to discover positive aspects of American life were criticized in the Soviet Union.

Ки́ра Гео́ргиевна is a novel of the Soviet intelligentsia. The heroine is married to a professor; previously, she had been married to a poet and had spent her young married years in avant-garde art circles. In a brief but suggestive flashback, Nekrasov recounts the arrest and disappearance of her first husband, Dimka, during the purges of the 1930's. The Kira of 1960 is less than a model of Soviet womanhood. The chief flaw in her character — selfishness — is perhaps magnified by the personal and social tragedy which she has lived. Her life since Dimka's arrest has not really been her own, and she has submitted to the necessity of forgetting the past and living only for the present.

The potential moral deterioration of Kira is outlined in the portion of the novel presented here (approximately one-third of the whole). In the continuation, she goes away with her first husband (who has also remarried), in a vain attempt to recapture the past. In the process of discovering the vanity of this action, she attains a new maturity. This change in character is described in a convincing way, without benefit of comment by the author.

The reader is cautioned that Nekrasov's style is remarkably in tune with the style of his heroine: a certain inelegance and laxity pervades the novel. On the other hand, in the second Nekrasov selection (**Са́нта Мари́я**) the style is the author's own.

Подгото́вка к чте́нию

1. По́сле тре́тьей и́ли четвёртой рю́мки на́чали спо́рить.

   1. After the third or fourth (wine) glass they began to argue.

2. Мо́жно ли счита́ть настоя́щим произведе́нием иску́сства неопублико́ванный рома́н или расска́з?

   2. Can an unpublished novel or story be considered a genuine work of art?

3. Она́ говори́ла ве́село, не дава́я никому́ себя́ переби́ть.

   3. She would talk gaily, not allowing anyone to interrupt her.

4. Когда́ все заговори́ли хо́ром, она́ потре́бовала коньяку́.

   4. When they all started to talk together, she asked for some cognac.

5. Высо́тные зда́ния бы́ли освещены́ проже́кторами и отража́лись в воде́.

   5. The tall buildings were lit up with floodlights and were reflected in the water.

6. Весь ве́чер она́ его́ поддра́знивала: снача́ла веле́ла ему́ снять га́лстук, пото́м при всех ста́ла говори́ть о его́ му́жественном подборо́дке.

   6. All evening long she teased him: at first she told him to take off his tie, and then, in front of everybody, she began to talk about his masculine chin.

7. Он электромонтёр, а её друзья́ все худо́жники и ску́льпторы.

   7. He was an electrician and her friends were all artists and sculptors.

8. « Я провожу́ вас наве́рх », мра́чно сказа́л Ю́рочка, « лифт не рабо́тает ».

   8. "I'll walk upstairs with you," said Yurochka, gloomily. "The elevator isn't working."

9. Она стоя́ла у раскры́того окна́, вдыха́я све́жий, весе́нний во́здух.

   9. She stood at the open window, breathing in the fresh spring air.

10. Она́ ду́мала о том, како́й до́брый и чу́ткий челове́к её муж.

    10. She was thinking what a kind and sensitive man her husband was.

Ки́ра Гео́ргиевна

По́весть[1]

1

По́сле тре́тьей и́ли четвёртой рю́мки на́чали спо́рить об иску́сстве. О том, о сём° и наконе́ц о том, мо́жно ли счита́ть настоя́щим произведе́нием иску́сства неопублико́ванный рома́н, по́весть или расска́з. Тут мне́ния° расколо́лись.° Одни́ говори́ли да, други́е — нет. И те и други́е о́чень убеди́тельно.° Убеди́тельней же всех Ки́ра Гео́ргиевна. Так, во вся́ком слу́чае,[2] каза́лось ей. Ну не всё ли равно́,[3] напеча́тан расска́з в типогра́фии[4] и́ли напи́сан от руки́ в де́тской тетра́ди.° Он есть, он появи́лся, роди́лся° — и всё! Ско́лько у э́того расска́за чита́телей — нева́жно, хотя́ бы[5] оди́н, хотя́ бы сам а́втор, ва́жно, чтоб он был напи́сан.

this · opinion · split · convincing · notebook · be born

— Вот я вы́секу° из мра́мора° твою́, Лёшка, го́лову. — Лёшка, молодо́й, зади́ристый° худо́жник, был её гла́вным° оппоне́нтом. — Вы́секу со все́ми её вихра́ми° во все сто́роны° и оста́влю в мастерско́й,° на вы́ставку° не дам. Что ж, оттого́, что она́ бу́дет стоя́ть у меня́ на Си́вцевом Вра́жке,[6] а не на Кузне́цком,[7] в вы́ставочном° за́ле, что ж, зна́чит, она́ уже́ не произведе́ние иску́сства? Ерунда́!

carve · marble · badgering · main · tufts of hair · direction · studio · exhibit · exhibition

Всё э́то Ки́ра Гео́ргиевна говори́ла ве́село, как всегда́ напо́ристо,° не дава́я себя́ переби́ть. Она́

aggressive

1. novelette *or* short story **2.** во... anyway **3.** Ну... what difference does it make **4.** напечатан в типографии printed **5.** хотя бы even if **6.** Сивцев Вражек *a street in Moscow* **7.** Кузнецкий мост *a street in Moscow*

люби́ла спо́рить. Ей доставля́л° удово́льствие са́мый проце́сс спо́ра, обстано́вка° его́. Проку́ренная° ко́мната, худо́жники, горя́щие° глаза́, все друг дру́га перебива́ют. Бие́ние° мы́сли... В э́том то́же есть что́-то от самого́ иску́сства.

— А вообще́, де́ло не в э́том,[8] — продолжа́ла° она́, — не в том, где и как вы́ставлено° то и́ли ино́е произведе́ние, а в том уме́нии° худо́жника, ухвати́в° са́мое я́ркое, своеобра́зное,° созда́ть° обобщённый° о́браз°...

— Ну и так да́лее.[9] Я́сно! То́чка!° — переби́л её весёлый, лохма́тый° Лёшка. — А что ты ска́жешь о Шу́бине,[10] вели́ком ску́льпторе Шу́бине? Обобща́л он и́ли нет? А? Ка́ждый его́ вельмо́жа° сам по себе́,[11] индивидуа́лен, чёрт возьми́![12]

— Погоди́,° погоди́...

Но тут все заговори́ли хо́ром. Ки́ра Гео́ргиевна сби́лась,° потеря́ла° нить° свои́х рассужде́ний° и потре́бовала коньяку́. От коньяка́ вдруг захмеле́ла° (она́ бо́льше говори́ла, что мо́жет мно́го вы́пить) и вы́шла на балко́н.

Внизу́ до са́мого горизо́нта мига́ла° огня́ми пра́здничная Москва́. Кремль и высо́тные зда́ния бы́ли освещены́ проже́кторами.

« А вот и краси́во, — поду́мала Ки́ра Гео́ргиевна, — да́же о́чень. И Кремль, и высо́тные зда́ния, и как всё э́то отража́ется в воде́. И чёрт с ним,[13] что в э́тих высо́тных зда́ниях нет ло́гики. Сейча́с они́ краси́вы, и́менно сейча́с, — бе́лые среди́ но́чи, колю́чие.° Вот и вся ло́гика. И маши́ны бе́гают внизу́ с кра́сными огонька́ми... Нет, вниз смотре́ть не на́до... — Она́ отверну́лась. В ко́мнате продолжа́лся спор. — И ребя́та все сла́вные.° Хоро́шие, сла́вные ребя́та. И Лёшка, и Вовка, и Григо́рий Алекса́ндрович... Ну, э́тот, пра́вда, немно́го болва́н° и рабо́тать не уме́ет, но стари́к до́брый, покла́дистый.° Пил бы то́лько ме́ньше.[14] И Ю́рочка, кста́ти,° то́же. Он что-то там подсе́л к э́тому пья́нице° Сморо́дницкому, а ему́ ещё домо́й меня́ отвози́ть[15]... »

give
"setting"
smoke-filled "fiery"
pulsation
continue
exhibit
ability catch
distinctive create generalized
image
period
shaggy-haired
nobleman
wait
become confused lose thread "arguments"
become tipsy
twinkle
"spiked"
nice
blockhead
obliging
by the way
drunk

8. дело... that's not the point **9.** и... etc. **10.** *Fedor I. Shubin* (*1740–1805*) **11.** сам... in his own way **12.** чёрт... damn it! **13.** И... "who the devil cares" **14.** Пил... If only he would drink less. **15.** а... and he still has to take me home

И пото́м, в такси́, си́дя ря́дом с Ю́рочкой, она́ ду́мала, како́й он, Ю́рочка, сла́вный, како́й ми́лый и делика́тный,° как стесня́ется,° вот да́же сейча́с, хотя́ бы нечая́нно° заде́ть° её руко́й. « А ведь я нра́влюсь ему́, че́стное сло́во, нра́влюсь », — поду́мала она́, и э́та мысль, что она́ мо́жет нра́виться просто́му, здоро́вому,° двадцатидвухле́тнему па́рню, была́ ей осо́бенно прия́тна. Она́ и́скоса посмотре́ла на него́. Он сиде́л пря́мо, положи́в ру́ки на коле́ни,° и че́рез плечо́ шофёра° смотре́л на бегу́щий навстре́чу асфа́льт.

tactful feel shy
accidentally touch
robust
knee driver

— Ду́ешься,° Ю́рочка, а?

be annoyed

Ю́рочка ничего́ не отве́тил. Весь ве́чер она́ слегка́ поддра́знивала его́, а он, дурачо́к,° обижа́лся. Снача́ла веле́ла ему́ снять га́лстук (у него́, мол,° краси́вая ше́я и не́зачем° э́тот хому́т° таска́ть°), и он послу́шно° снял га́лстук, расстегну́л во́рот, и все почему́-то рассмея́лись.° Пото́м при всех[16] ста́ла говори́ть о ле́пке° его́ лица́, о му́жественной ли́нии подборо́дка, о том, что начала́ лепи́ть° его́ го́лову, и тут он совсе́м смути́лся. Ю́рочка вообще́ всегда́ смуща́лся в её компа́нии — он электромонтёр, а Ки́рины друзья́ все худо́жники, ску́льпторы. От смуще́ния он подсе́л к Серге́ю Сморо́дницкому, бы́вшему° моряку́,° от кото́рого то́лько в тре́тьем часу́ но́чи Ки́ра Гео́ргиевна с трудо́м его́ оторвала́. Сейча́с он ду́лся. А ей бы́ло смешно́. И прия́тно.

silly boy
"she said"
no need yoke drag
obedient
burst out laughing
modeling
model
former sailor

У подъе́зда грома́дного° до́ма по у́лице Немиро́вича-Да́нченко они́ отпусти́ли° такси́.

huge
let go

— Я провожу́ вас наве́рх, — мра́чно сказа́л Ю́рочка, — лифт не рабо́тает.

— Не сто́ит,[17] я не бою́сь, — сказа́ла Ки́ра Гео́ргиевна, но он, ничего́ не отве́тив, вошёл в пара́дное° и бы́стро побежа́л вверх.°

front door
up

« Сла́вный, хоро́ший, бесхи́тростный° па́рень, — поду́мала Ки́ра Гео́ргиевна. — Куда́ всем Сморо́дницким и Куля́виным до него́! »[18]

ingenuous

Слегка́ запыха́вшись,° она подняла́сь на шесто́й эта́ж. Ю́рочка стоя́л, облокоти́вшись° о пери́ла,° и смотре́л в пролёт ле́стницы.[19]

out of breath
lean banister

16. при... in front of everyone **17.** Не... don't bother **18.** Куда... He is much better than all the S-s' and K-s'! **19.** пролёт... stairwell

— Ну, спаси́бо, — сказа́ла она́ и протяну́ла ру́ку. — До за́втра. В одиннадцать прошу́, мину́та в мину́ту.

Вме́сто отве́та Ю́рочка реши́тельно° притяну́л° её к себе́, неуклю́же,° кре́пко поцелова́л и так же реши́тельно ри́нулся° вниз.°

with determination draw
awkward
dash down

Пе́рвой мы́слью Ки́ры Гео́ргиевны бы́ло — как хорошо́, что не она́ э́то сде́лала, второ́й — как неприя́тен за́пах ви́нного перега́ра,[20] и то́лько тре́тьей — что за́втра Ю́рочку на́до бу́дет отчита́ть.°

lecture

Внизу́ хло́пнула° дверь.

bang

Ки́ра Гео́ргиевна отвори́ла ключо́м англи́йский замо́к.° До́ма все спа́ли. Она загляну́ла° заче́м-то° в ку́хню,° пото́м на цы́почках° подошла́ к ко́мнате Никола́я Ива́новича и слегка́ приоткры́ла дверь. Он, как всегда́, сра́зу же включи́л свет и приподня́лся° на своём дива́не,° морга́я° близору́кими° глаза́ми.

lock glance for some reason
kitchen **на...** (on) tiptoe
raise (oneself) a little
sofa blink near-sighted

— Ну как, повесели́лась?[21]

— Спи, спи. Повесели́лась.

Он наде́л очки́° и стал ша́рить° папиро́сы.

eyeglasses grope for

— А Серге́й Влади́мирович был?

— Был, был... И заче́м ты но́чью ку́ришь? Спи.

Он улыбну́лся мя́гкой, винова́той улы́бкой и вме́сто папиро́сы взял из пе́пельницы° бычо́к.°

ash tray cigarette butt

— Ну ра́зве э́то куре́ние?° Про́сто так...

smoking

— Вот э́то « про́сто так » ху́же всего́, — сказа́ла Ки́ра Гео́ргиевна и, гля́дя на его́ слегка́ обрю́згшее,° с мешка́ми° под глаза́ми, до́брое лицо́, поду́мала: « Нет, ей-бо́гу,° нет на све́те° челове́ка лу́чше его́ ». И пото́м, стоя́ в свое́й ко́мнате у раскры́того окна́ и вдыха́я све́жий, весе́нний, совсе́м не городско́й во́здух, гля́дя на поме́ркнувшую° уже́ Москву́, на чётко° вырисо́вывавшийся° на восто́ке° силуэ́т го́рода, она ду́мала, как сейча́с хорошо́ и како́й до́брый, чу́ткий, настоя́щий челове́к Никола́й Ива́нович — её муж.

flabby
bag
really and truly world
"dark"
clear outlined east

20. винный... stale liquor **21.** Ну... Well, did you have a good time?

Вопро́сы к те́ксту, 1, стр. 153.

Подгото́вка к чте́нию

1. Ки́ра родила́сь в Ки́еве; оте́ц её был врачо́м, мать домохозя́йкой.
2. Уча́сь в шко́ле, Ки́ра мечта́ла стать балери́ной, но пото́м ста́ла мечта́ть о карье́ре киноактри́сы, потому́ что она́ была́ исключи́тельно фотогени́чна.
3. Бы́ло прия́тно с профессиона́льным апло́мбом рассужда́ть о колори́те или прозра́чности тене́й и восторга́ться Мати́ссом.
4. Реше́ние она́ принима́ла сра́зу и тут же его́ выполня́ла.
5. Они́ посели́лись в кро́хотной ко́мнатке на пя́том этаже́, кото́рую Ди́мка снима́л, поссо́рившись с отцо́м, кру́пным инжене́ром.
6. Окно́ выходи́ло на кры́шу и за не́ю видне́лись со́тни други́х крыш.
7. Когда́ Ки́лю исключи́ли из институ́та, оте́ц взял о́тпуск за свой счёт.
8. Как и отку́да бы́ло отпра́влено его́ письмо́ — неизве́стно, но на конве́рте был ште́мпель Москвы́, и а́дрес был надпи́сан незнако́мой руко́й.
9. Она́ рабо́тала в ме́стной газе́те, писа́ла плака́ты для кинотеа́тра, и преподава́ла рисова́ние.
10. Ми́шка влюби́лся по́ уши в Ди́мку за то, что тот научи́л его́ пры́гать в во́ду вниз голово́й и соска́кивать с трамва́я на по́лном ходу́.

1. Kira was born in Kiev; her father was a doctor, her mother a housewife.
2. While attending school, Kira dreamed of becoming a ballet dancer, but later, because she was exceptionally photogenic, she began to dream about a career as a movie actress.
3. It was nice to discuss colors or the transparency of shadows with professional aplomb, and to rave about Matisse.
4. She would make a decision in a flash and carry it out immediately.
5. They settled down in a tiny fifth floor room which Dimka rented after having quarreled with his father, a prominent engineer.
6. The window looked out on the roof; beyond it one could see hundreds of other roofs.
7. When Kilya was expelled from the institute her father took a leave of absence at his own expense.
8. How and from where the letter was sent, no one knew, but the envelope bore a Moscow postmark and the address was written in an unfamiliar hand.
9. She worked for a local newspaper, painted posters for the movie theater, and taught drawing.
10. Mishka was head over heels in love with Dimka because he had taught him how to jump head first into water, and [how] to jump off streetcars while they were going full speed.

2

Жизнь у Ки́ры Гео́ргиевны — и́ли, как её называ́ли друзья́, Ки́ли (в де́тстве она́ до́лго не могла́ произнести́ бу́кву « р ») — понача́лу° сложи́лась° как бу́дто ве́село и легко́. Родила́сь и жила́ она́ до войны́° в Ки́еве. Оте́ц был врачо́м-отоларинго́логом° — сло́во, кото́рое Ки́ля то́же о́чень до́лго не могла́ вы́говорить,° — мать, как пи́шут в анке́тах,° домохозя́йкой. Был ещё мла́дший брат Ми́шка — лентя́й,° футболи́ст и пе́рвый во дворе́ драчу́н.°

Уча́сь в шко́ле, Ки́ля мечта́ла стать балери́ной и ходи́ла да́же в бале́тную сту́дию, пото́м, поступи́в в скучне́йшую, ненави́стную° ей торго́во-промы́шленную профшко́лу[1] (« почему́-то на́до обяза́тельно куда́-то поступа́ть »), ста́ла мечта́ть о карье́ре киноактри́сы — она́ была́ стро́йненькой,° с весёлыми глаза́ми, кудря́вой,° подстри́женной° под ма́льчика,[2] и профшко́льные друзья́ уверя́ли° её, что она́ исключи́тельно фотогени́чна (в то вре́мя о́чень мо́дным° бы́ло э́то сло́во). В зе́ркале на её туале́те° появи́лись фотогра́фии знамени́тых° киноарти́стов тех лет. Одно́ вре́мя она́ носи́ла° да́же чёлочку° а-ля Ли́а де-Пу́тти. Пото́м она́ осты́ла° к кино́ и увлекла́сь° жи́вописью, о́чень ле́вой,° приводи́вшей её добропоря́дочных° роди́телей в у́жас.[3] На экза́мене в худо́жественный° институ́т старика́ швейца́ра,° пози́ровавшего° экзамену́ющимся, сде́лала зелёным и под° Сеза́нна. Тем не ме́нее[4] её при́няли° — пра́вда, не на живопи́сный,° а почему́-то на скульпту́рный факульте́т.°

В институ́те бы́ло ве́село и не о́чень утоми́тельно.° Прия́тно бы́ло ходи́ть с этю́дником,° отмыва́ть° бензи́ном° на пла́тье ма́сляную° кра́ску и гли́ну,° с профессиона́льным апло́мбом рассужда́ть о колори́те, густоте́° то́на,° прозра́чности тене́й, восторга́ться Мати́ссом, Гоге́ном, Майо́лем, скепти́чески° улыба́ться, когда́ упомина́ли° Су́ри-

at first shape
war ear and throat specialist
pronounce questionnaire
lazybones fighter
hateful
slender
curly-headed cropped
assure
fashionable dressing table
famous
wear bangs
cool down
be carried away avant-garde
respectable
art porter
model
"after" accept
"painting"
department
exhausting
sketch book clean off
benzine oil clay
richness tone
sceptical mention

1. торгово-... Commercial Technical School **2.** под... like a boy's **3.** приводившей в ужас which horrified **4.** Тем... nevertheless

кова[5] или Антоко́льского.[6] В институ́те она́ научи́лась кури́ть. Там же она́ влюби́лась. Сперва́ в Са́шку Лози́нского, своего́ однoку́рсника,° фи́зкульту́рника,° певца́ и гитари́ста, пото́м в очка́стого° Ве́ньку Ли́фшица, писа́вшего стихи́. Ве́нька ввёл° её в кружо́к° поэ́тов. Там оказа́лось ещё веселе́е. Чита́ли друг дру́гу стихи́, свои́ и чужи́е,° украи́нские, ру́сские, спо́рили, остри́ли,° броди́ли ноча́ми по надднепро́вским° па́ркам, немно́жко пи́ли — не сто́лько по охо́те, ско́лько для взро́слости.[7] Там же она́ познако́милась с Вади́мом Кудря́вцевым.

classmate; athlete; bespectacled; introduce; circle; others'; crack jokes; above the Dnieper

Всё, что ни де́лала Ки́ля, она́ де́лала, не заду́мываясь.° Отка́зывать° себе́ в чём-либо она́ не люби́ла. Реше́ние принима́ла сра́зу и тут же выполня́ла, роди́тели не успева́ли да́же пи́кнуть.[8] Ка́к-то° ве́чером она́ привела́ в дом высо́кого, стро́йного, голубогла́зого па́рня лет двадцати́, в зелёной футбо́лке,° с копно́й° чёрных, как у цыга́на,° воло́с, па́давших на глаза́. Предста́вила° его́ как тала́нтливейшего из всех изве́стных° ей сейча́с поэ́тов. Тут же, стра́шно смуща́ясь,° он вы́нужден° был проче́сть две свои́ поэ́мы — « Муравьи́ные° следы́ »° и « Скуча́ющий бумера́нг ». Роди́тели, с трудо́м признава́вшие° да́же Бло́ка,[9] растéрянно° слу́шали. Ки́ля же не своди́ла сия́ющих, восто́рженных° глаз со своего́ Ди́мки. Че́рез три дня они́ пожени́лись.

не... without hesitation; deny; once; sport shirt; mop; Gypsy; introduce; known; be embarrassed; forced; ant; footprint; recognize; in bewilderment; ecstatic

С ми́лым° рай° и в шалаше́.° Ей бы́ло восемна́дцать лет, ему́ два́дцать. Посели́лись они́ в кро́хотной Ди́мкиной ко́мнатке на пя́том этаже́, кото́рую он снима́л, поссо́рившись с отцо́м, кру́пным инжене́ром. Окно́ ко́мнаты выходи́ло на кры́шу, но за не́ю видне́лись со́тни други́х крыш, и обо́им э́то о́чень нра́вилось — совсе́м° Монма́ртр, манса́рда.° « Монма́ртрскими » каза́лись° им и сверхле́вые° Ки́лины упражне́ния,° разве́шанные° по всем стена́м, и две чёрные негритя́нские ма́ски с оттопы́рен-

loved one; paradise; twig house; just like; garret; seem; ultra avant-garde; "sketches"; hang

5. *Vasilii I. Surikov, Russian artist (1848–1916)* **6.** *Mark M. Antokolskii, Russian sculptor (1843–1902)* **7.** не... not so much because they liked it as to prove that they were adult **8.** не... before her parents could utter a sound **9.** *Aleksandr A. Blok, Russian symbolist poet (1880–1921)*

ными° губа́ми, сде́ланные то́же е́ю. В ко́мнате всегда́ был ди́кий беспоря́док,° везде́ валя́лись° на обры́вках° бума́ги Ди́мкины стихи́, а одно́ бы́ло напи́сано пря́мо на стене́.

protruding
disorder be scattered around
scrap

Кро́ме стихо́в, у Вади́ма была́ ещё кинофа́брика.° Рабо́тал он там ассисте́нтом режиссёра,° хотя́ никако́го специа́льного образова́ния° не име́л, про́сто был мо́лод, предприи́мчив° и люби́л кинематографи́ческую суету́.° Ки́ля то́же люби́ла суету́. И арти́стов люби́ла, и свет юпи́теров,° и ночны́е съёмки,° на кото́рые ста́ла е́здить вме́сте с Вади́мом, и заезды° в ночно́й « Контийента́ль » — одни́м сло́вом, всё то, что на пре́сном° языке́ её роди́телей называ́лось стра́шным сло́вом « богема ».°

movie studio
director
education
enterprising
"hustle and bustle"
arc lamp
film shooting
stopping at
insipid
"Bohemian"

Заня́тия в институ́те бы́ли почти́ совсе́м забро́шены.° Их вы́теснили° ле́пка и стро́йка° каки́х-то декора́ций° в грома́дном павильо́не кинофа́брики. Всё э́то происходи́ло° в три́дцать шесто́м году́. Че́рез год Вади́ма арестова́ли.°

neglect crowd out
building
stage set
happen
arrest

Симпати́чную° монма́ртрскую ко́мнату опеча́тали.° Ки́ля верну́лась к роди́телям. До́ма цари́л° тра́ур.° Не́сколько раз Ки́лю вызыва́ли° в большо́й се́рый дом на у́лице Короле́нко и говори́ли о Ди́мке стра́шные ве́щи, кото́рым невозмо́жно бы́ло пове́рить. В институ́те её то́же не́сколько раз приглаша́ли° на собесе́дование° и че́рез ме́сяц исключи́ли. Начало́сь хожде́ние° по каки́м-то учрежде́ниям.° Оте́ц взял о́тпуск за свой счёт и пое́хал с Ки́лей в Москву́. Че́рез год Ки́лю восстанови́ли,° но не на её ку́рсе,° а ку́рсом ни́же.

nice
seal up (officially) reign
"gloom" summon
invite interview
"round of visits" office
reinstate
class

Пе́рвые неде́ли и да́же ме́сяцы по́сле аре́ста Вади́ма Ки́ля ходи́ла сама́ не своя́.[10] Всё бы́ло так неожи́данно, так стра́шно. Весёлый её Ди́мка, бесшаба́шный° Ди́мка, писа́вший стихи́ о « ту́чках зелёных, стрело́ю° пронзённых° Аму́ра,° что о́тдал колча́н° свой в ломба́рд »,° голубогла́зый её Ди́мка, безала́берный,° лёгкий,° всё всем раздаю́щий,° всео́бщий° люби́мец,° и вдруг — враг° наро́да...

reckless
arrow pierce Cupid
quiver pawnshop
disorderly "light-hearted"
give away
everybody's favorite
enemy

Че́рез год и́ли полтора́ по́сле его́ аре́ста пришло́ от него́ письмо́. Как и отку́да оно́ бы́ло отпра́влено

10. ходила... walked around as if she were lost

— неизве́стно, но на конве́рте был штёмпель Москвы́, и а́дрес надпи́сан незнако́мой руко́й. В письме́ бы́ло всего́ не́сколько стро́чек° — жив, здоро́в, а кро́ме того́,[11] ска́зано, что она́ мо́жет не счита́ть° себя́ его́ жено́й, он даёт ей свобо́ду.° Вот и всё. « Целу́ю. Твой Ди́мка ». Напи́сано на обры́вке бума́ги, торопли́вым кривы́м° по́черком.° Бо́льше о нём она́ ничего́ не слыха́ла.

Наложи́ли ли все э́ти собы́тия° каку́ю-либо печа́ть[12] на Ки́лю? И да, и нет. Беспе́чная,° жи́вшая как бы на пове́рхности жи́зни, ве́село скользи́вшая° по ней, Ки́ля вдруг поняла́, что, кро́ме шу́мных вечери́нок° и чте́ния стихо́в, кро́ме ми́лых рису́ночков,° разве́шанных по стена́м, есть не́что° бо́лее сло́жное,° ва́жное, не всегда́ поня́тное и, увы́,° не всегда́ прия́тное.° Но у неё был зави́дный° хара́ктер,° она́ уме́ла бы́стро забыва́ть то, что осложня́ет° жизнь. Возмо́жно,° э́то и не лу́чшая черта́° челове́ческого хара́ктера,° но Ки́ле само́й и её окружа́ющим° э́та черта́ облегча́ла° жизнь. Че́рез три го́да, в эвакуа́ции, она́ помогла́ Ки́ре — тепе́рь её всё ре́же зва́ли Ки́лей, — её ма́тери и мла́дшему бра́ту жить в тех не сли́шком° лёгких усло́виях,° в кото́рых они́ жи́ли, помогла́ пережи́ть° и смерть° отца́. Коро́че, Ки́ра уме́ла не унива́ть.° Она́ рабо́тала в ме́стной газе́те, снабжа́я° её карикату́рами на Ги́тлера и Ге́ббельса, писа́ла ло́зунги° в клу́бе, плака́ты для кинотеа́тра, преподава́ла рисова́ние в пе́рвых кла́ссах, стоя́ла в очередя́х,° носи́ла пайки́,° а иногда́ по ноча́м раста́скивала° вме́сте с сосе́дями деревя́нные забо́ры° на дрова́.° Всё э́то она́ де́лала легко́, и е́сли не всегда́ с удово́льствием, то никогда́ не хны́ча.°

О Вади́ме она́ всегда́ по́мнила — две его́ ка́рточки,° одна́ серьёзная, па́спортная, друга́я, где он снят° де́лающим сто́йку° на пля́же, висе́ли у неё над крова́тью,° — но, что говори́ть,° вре́мя прошло́, и первонача́льная° острота́° поте́ри° притупи́лась.° Как ни стра́нно,[13] ча́ще вспомина́ли о нём Со́фья Григо́рьевна, Ки́рина мать, в своё вре́мя называ́в-

line
consider
freedom
crooked handwriting
event
carefree
glide
party
little sketch something
complicated alas!
pleasant enviable
disposition complicate
perhaps trait
nature
associates make easier
too condition
"get over" death
lose heart
supply
slogan
line ration
pilfer
fence firewood
complain
photo
photographed handstand
bed **что...** it goes without saying
original sharpness loss become dulled

11. кроме... besides **12.** наложить печать leave an imprint **13.** Как... strangely enough

шая его́ « э́тот тип »,° и мла́дший брат Ми́шка, влюби́вшийся по́ уши в своего́ зя́тя и́ли шу́рина[14] (никто́ то́лком° не знал, кем он ему́ прихо́дится[15]), научи́вшего его́ пла́вать, пры́гать в во́ду вниз голово́й, соска́кивать с трамва́я на по́лном ходу́,[16] а гла́вное, кури́ть.

"character"

clearly

14. *Russians find it difficult to distinguish between* **зять** (*the husband of one's sister*) *and* **шурин** (*the brother of one's wife*). *The English "brother-in-law" covers both kinship terms.* **15.** кем... what his kinship was **16.** на... going at full speed

Вопро́сы к те́ксту, 2, стр. 153.

Подготóвка к чтéнию

1. Бéдная мать не моглá привы́кнуть к мы́сли, что Ки́ра вы́шла зáмуж за пожилóго профéссора.	1. Poor Mother couldn't get used to the idea that Kira had married an elderly professor.
2. Он был седóй вдовéц, — извéстный и состоя́тельный человéк.	2. He was a gray-haired widower, a well-known and well-to-do person.
3. Онá не дýмала ни о какóй диéте и не жáловалась на сéрдце и́ли головны́е бóли.	3. She didn't think about dieting, and didn't complain about her (bad) heart or headaches.
4. Вóлосы, прáвда, онá ужé подкрáшивала, но лицó её бы́ло свéжее, почти́ без морщи́н.	4. It's true she was already touching up her hair, but her complexion was fresh, with hardly a wrinkle.
5. Как ни стрáнно, он по-прéжнему оставáлся скрóмным, дáже застéнчивым человéком, лю́бящим свою́ рабóту.	5. Strangely enough, he remained as before—a modest, even shy person who loved his work.
6. Егó женá умерлá до войны́, а сын, лейтенáнт-артиллери́ст, поги́б под Москвóй в октябрé сóрок пéрвого гóда.	6. His wife had died before the war, and his son, a lieutenant in the artillery, had perished near Moscow in October 1941.
7. Дáчу купи́ли глáвным óбразом потомý, что Ми́шка жени́лся.	7. They bought the country house mainly because Mishka got married.
8. Они́ познакóмились с ним в прóшлом годý когдá у них испóртилась мотóрка.	8. They got to know him last year, when their motor boat broke down.
9. Он сказáл, что он рабóтал монтёром и Ки́ра записáла егó служéбный телефóн.	9. He said that he worked as an electrician, and Kira wrote down his business telephone.
10. К Ю́рочке у неё чи́сто матери́нское чýвство, он óчень ми́ло по-дéтски смущáется и обижáется.	10. Her feeling for Yurochka is purely maternal; he gets embarrassed and offended in a delightfully childish way.

3

Прошло́ ещё пять лет. В со́рок шесто́м году́, в Алма́-Ате́, Ки́ля познако́милась с Никола́ем Ива́новичем Оболе́нским, профе́ссором худо́жественного институ́та, и ещё че́рез год уе́хала с ним в Москву́. Не́сколько° по́зже° перебрала́сь туда́ же и Со́фья Григо́рьевна с Ми́шкой.

somewhat later

Бе́дные ма́тери, как тру́дно им ко всему́ привыка́ть. Куда́° трудне́е, чем де́тям. И как не могла́ Со́фья Григо́рьевна сра́зу привы́кнуть к тому́, что их ма́ленькая Ки́ля ста́ла вдруг жено́й како́го-то никому́ не изве́стного челове́ка в зелёной футбо́лке, от кото́рого па́хло табако́м, а иногда́ и во́дкой, так же тру́дно бы́ло ей свы́кнуться° с мы́слью, что Ки́ля её вы́шла за́муж за Оболе́нского. Вади́м всё-таки был почти́ рове́сником° Ки́ли, и, как говори́ли сосе́дки,° они́ « чуде́сная па́ра ». И вообще́, как вско́ре вы́яснилось,° при всём своём легкомы́слии° Вади́м был до́брый, весёлый, услу́жливый° и, гла́вное,° люби́л Ки́лю. И она́ его́. И Со́фья Григо́рьевна полюби́ла его́ то́же. А Оболе́нский? Седо́й, лы́сый,° пожило́й вдове́ц с брюшко́м,° с диабе́том, всегда́ обсы́панный° пе́плом,° молчали́вый, ти́хий. Пра́вда, изве́стный и состоя́тельный. Неуже́ли Ки́ля позари́лась° на положе́ние,° на де́ньги, свя́зи?° Не мо́жет быть...

"much"
get used
of the same age neighbor
turn out lack of seriousness
obliging main thing
bald
paunch
covered cigarette ash
have an eye position connection

Ки́ре Гео́ргиевне шёл со́рок второ́й год,[1] но, как ни стра́нно, она́ э́того не чу́вствовала. Она́ по-пре́жнему была́ стройна́ (осо́бое удово́льствие ей доставля́ло,° когда́ на у́лице и́ли в магази́не° её называ́ли « де́вушка »),° по-пре́жнему люби́ла пляж, пла́ванье, гре́блю° (к сожале́нию,° на э́то тепе́рь остава́лось о́чень ма́ло вре́мени). Она́ не ду́мала, в отли́чие от[2] свои́х прия́тельниц, ни о како́й дие́те, сохраня́ющей° фигу́ру, не жа́ловалась на се́рдце, головны́е бо́ли. Во́лосы, пра́вда, она́ уже́ подкра́шивала, и, ну́жно сказа́ть, дово́льно° тща́тельно,°

give store
"Miss"
rowing **к...** unfortunately
preserve
rather thorough

1. шёл... going on forty-two **2.** в... unlike

что́б не́ было ви́дно седе́ющего пробо́ра,° но во рту бы́ли то́лько две золоты́е коро́нки,° в са́мой глубине́,[3] ви́дные то́лько, когда́ она́ смея́лась, лицо́ бы́ло све́жее, почти́ без морщи́н — посторо́нние° дава́ли ей ника́к не бо́льше тридцати́ двух — тридцати́ трёх лет. Но гла́вное не э́то. Гла́вное, что она́ умудри́лась за э́ти го́ды не растеря́ть° то, что с во́зрастом° обы́чно исчеза́ет, — она́ оста́лась тако́й же увлека́ющейся° в рабо́те, како́й была́ и в два́дцать лет. Но, кро́ме того́, она́ приобрела́° и не́что° но́вое — и, ска́жем пря́мо, для друзе́й её неожи́данное° — она́ научи́лась рабо́тать. И в э́том ей о́чень помо́г° Никола́й Ива́нович Оболе́нский.

Он был ста́рше Ки́ли бо́лее чем на два́дцать лет. Роди́лся ещё в девятна́дцатом ве́ке.° К нача́лу револю́ции ему́ мину́л два́дцать пе́рвый год.[4] Благодаря́° своему́ отцу́, то́же худо́жнику, учи́вшемуся в Акаде́мии вме́сте с Кусто́диевым[5] и Маля́виным,[5] он попа́л в ру́ки к Не́стерову[5] и к концу́ тридца́тых годо́в стал дово́льно уже́ изве́стным худо́жником. В го́ды Оте́чественной войны́[6] удосто́ен° был Ста́линской пре́мии.° Че́рез не́которое вре́мя он был и́збран° чле́ном-°корреспонде́нтом Акаде́мии худо́жеств.°

Как ни стра́нно, несмотря́ на все э́ти зва́ния,° он по-пре́жнему остава́лся скро́мным, да́же засте́нчивым челове́ком, лю́бящим свою́ рабо́ту, ки́сти,° мольбе́рты,° кра́ски, свои́х студе́нтов и ту обще́ственную° де́ятельность° — он был чле́ном всевозмо́жных° жюри́° и выставко́мов,[7] — кото́рой отдава́лся с охо́той[8] и вели́кой добросо́вестностью.° Бо́льше у него́ ничего́ не оста́лось: жена́ умерла́ ещё до войны́, а сын, лейтена́нт-артиллери́ст, поги́б под Москво́й в октябре́ со́рок пе́рвого го́да.

Когда́ Ки́ля впервы́е пришла́ к Никола́ю Ива́новичу (э́то бы́ло ещё в Алма́-Ате́, она́ была́ тогда́ агита́тором°), вид его́ ко́мнаты ужасну́л° её. Портре́ты, рису́нки,° немы́тая° посу́да,° кастрю́ли° — всё впереме́шку,° и среди́ всего́ э́того первозда́н-

part
crown
stranger
lose age
"enthusiastic"
acquire something
unexpected
help
century
thanks to
be awarded
prize elect
member arts
"honor"
paintbrush
easel
social activity
all sorts of jury
conscientiousness
propagandist horrify
drawing unwashed
dishes saucepan
pell-mell

3. в... far back **4.** ему... he was twenty-one **5.** *Boris M. Kustodiev, Filipp A. Maliavin, Mikhail V. Nesterov, Russian nineteenth- and twentieth-century artists* **6.** Отечественная... World War II **7.** выставком exhibition committee **8.** отдавался... devoted himself eagerly

ного° ха́оса° мра́морная ко́пия гудо́новского[9] Вольте́ра, ирони́чески погля́дывавшая с высоты́ полуживо́го° гардеро́ба на весь э́тот разва́л.° Возмо́жно, э́тот хи́трый,° му́дрый° ста́рец и сосва́тал° немолодо́го профе́ссора с то́же уже́ не совсе́м молодо́й недоучи́вшейся° студе́нткой.

primordial chaos
"dilapidated" "debris"
cunning wise "brought together"
"un-graduated"

Институ́т она́ зако́нчила уже́ в Москве́, посели́вшись в полупусто́й кварти́ре° Никола́я Ива́новича. Кое-кто́ многозначи́тельно° по э́тому по́воду° улыба́лся и подми́гивал,° но Ки́ра Гео́ргиевна (тепе́рь уже́ её так называ́ли) говори́ла « плева́ла я на э́то »[10] — о дипло́мной рабо́те[11] её, получи́вшей отли́чную° оце́нку,° да́же стари́к Матве́ев сказа́л: « У э́той шально́й° деви́цы° что́-то есть... » А многозначи́тельные улы́бки, перегля́дывания?° Плева́ла она́ на э́то!

apartment
significant **по...** apropos of this
wink
excellent rating
scatterbrained girl
exchange of glances

Да, у неё ста́рый муж. Но она́ его́ лю́бит. Сме́йтесь ско́лько уго́дно[12] — лю́бит. Да, он стар, он ча́сто боле́ет,° у него́ диабе́т, гипертони́я,° больно́е се́рдце, он беспо́мощен° и беззащи́тен во всём, что не каса́ется° его́ иску́сства, в иску́сстве же, сла́ва бо́гу,[13] не зна́ет никаки́х компроми́ссов. Он ни к кому́ никогда́ не приспоса́бливается,° и е́сли голосу́ет° « за » и́ли « про́тив »° тако́го-то, то потому́ то́лько, что он сам « за » и́ли « про́тив » тако́го-то, а не по каки́м-либо други́м причи́нам.° Студе́нты лю́бят и уважа́ют° его́, а они́-то зна́ют, кого́ на́до, а кого́ не на́до люби́ть и уважа́ть. Да, у него́ да́ча в Кра́сной Пахре́,[14] но купи́ли° её гла́вным о́бразом[15] потому́, что Ми́шка жени́лся и совсе́м некста́ти° обзавёлся° сра́зу дво́йней.° Да, её муж стар и не о́чень краси́в, у него́ лы́сина,° брюшко́, но с ним легко́ и про́сто, он всё понима́ет с полусло́ва, он удиви́тельно делика́тен, он понима́ет, что у Ки́ли есть свои́ интере́сы, свой круг друзе́й. Ну вот хотя́ бы Ю́рочка.[16] Молодо́й, краси́вый нату́рщик° тре́тий ме́сяц пози́рует° ей для скульпту́ры « Ю́ность ». Друго́й на ме́сте Никола́я Ива́новича не относи́лся° бы так

be sick high blood pressure
helpless
concern
"kowtow"
vote against
reason
respect
buy
inopportunely
acquire twins
bald spot
model
sit
treat

9. *Jean-Antoine Houdon, French sculptor (1741–1828)* **10.** плевала... I don't give a damn **11.** дипломная... graduation thesis **12.** сколько... as much as you want **13.** слава... thank God **14.** *a resort area near Moscow* **15.** главным... mainly **16.** Ну... Well, here is Yurochka, for example.

легко́ к э́тому, а он, напро́тив,° о́чень лю́бит Ю́рочку, приве́тливо его́ встреча́ет,° пропуска́ет с ним да́же рю́мочку-другу́ю[17] коньяку́. Он прекра́сно понима́ет, что для Ки́ры Ю́рочка то́лько ма́льчик с хорошо́ развито́й° мускулату́рой,° кото́рую так прия́тно лепи́ть, сла́вный,° немно́го неотёсанный° ма́льчик, с кото́рым они́ познако́мились в про́шлом году́ на пля́же, когда́ у них испо́ртилась мото́рка. Ю́рочка дово́льно до́лго вози́лся° с их загло́хшим° мото́ром, и тогда́ же, профессиона́льно оцени́в° его́ подтя́нутую° мальчи́шескую фигу́ру, Ки́ра Гео́ргиевна записа́ла его́ служе́бный телефо́н — он рабо́тал монтёром° в како́м-то СМУ.[18] Пото́м подверну́лся° зака́з° для сельхозвы́ставки,[19] она́ позвони́ла Ю́рочке и убеди́ла° попози́ровать ей, хотя́ он и сопротивля́лся,° счита́я, как и большинство́° люде́й, что в э́том заня́тии° есть что́-то недосто́йное.° Вот и всё. Тепе́рь он хо́дит к ней три ра́за в неде́лю по́сле рабо́ты и пози́рует ей. И Никола́й Ива́нович всё э́то прекра́сно понима́ет. И она́ понима́ет — ей всё-таки уже́ перевали́ло за со́рок,[20] к Ю́рочке у неё чи́сто матери́нское чу́вство, а поддра́знивает она́ его́ про́сто потому́, что он всегда́ о́чень ми́ло, по-де́тски смуща́ется и обижа́ется. Мальчи́шка ещё. Совсе́м ведь мальчи́шка. Взял вдруг и поцелова́л её на ле́стнице. Что у него́, свои́х де́вушек нет? И поцелова́л-то, как медве́дь.° Сти́снул° свои́ми ручи́щами,° чуть ше́ю ей не сверну́л.°

« Да, на́до всё-таки его́ отчита́ть, — поду́мала Ки́ра Гео́ргиевна и закры́ла окно́: станови́лось° прохла́дно,° — и серьёзно отчита́ть. Мальчи́шка всё-таки... »

on the contrary
greet
developed muscles
nice uncouth
"tinker" stalled
appraise
smart
electrician
turn up commission
persuade
be reluctant
majority occupation
undignified
bear
hug great big arm wring
get
chilly

17. пропускает... even has a glass or two with him **18.** Building Department **19.** Сельскохозяйственная выставка Agricultural Exhibit **20.** ей... after all, she was already past forty

Вопро́сы к те́ксту, 3, стр. 153.

Подгото́вка к чте́нию

1. Она́ просну́лась ра́ньше обы́чного и заста́ла Никола́я Ива́новича ещё в столо́вой.
2. Он встава́л ра́но и за́втракал оди́н.
3. Он всю ночь воро́чался и ви́дел вся́кие дура́цкие сны.
4. Да, сего́дня пра́здник, но я уже́ усло́вилась с Ю́рочкой.
5. В са́мом де́ле глу́по принима́ть всерьёз вчера́шнее происше́ствие.
6. Курно́сый, ко́ротко остри́женный — он вы́глядел совсе́м мальчи́шкой.
7. В мастерско́й бы́ло прохла́дно и он, что́бы согре́ться, бокси́ровал вообража́емого проти́вника.
8. Наступи́ло ду́шное, пы́льное моско́вское ле́то.
9. Она́ пригласи́ла друзе́й и показа́ла им почти́ зако́нченную рабо́ту.
10. Он спо́рил по любо́му по́воду.

1. She woke up earlier than usual and found Nikolai Ivanovich still in the dining room.
2. He (usually) got up early and had his breakfast alone.
3. He tossed and turned all night long and had all sorts of foolish dreams.
4. Yes, today is a holiday, but I've made arrangements with Yurochka.
5. Indeed, it would be silly to take yesterday's incident seriously.
6. Snub-nosed, with closely cropped hair, he looked just like a (little) boy.
7. It was chilly in the studio and he was shadowboxing to keep warm.
8. A stifling, dusty Moscow summer set in.
9. She invited friends and showed them the almost finished work.
10. He argued on every occasion.

4

Сле́дующее° у́тро бы́ло со́лнечным и голубы́м. Ки́ра Гео́ргиевна просну́лась ра́ньше обы́чного — обы́чно она́ встава́ла часо́в в де́вять, полови́на деся́того — и заста́ла Никола́я Ива́новича ещё в столо́вой: он встава́л ра́но и за́втракал всегда́ оди́н. — next

— Ты что́-то пло́хо вы́глядишь° сего́дня, — сказа́ла она́, подходя́ к нему́ и целу́я в лоб. — look

— Во́зраст тако́й, — отве́тил Никола́й Ива́нович, встава́я. — Всю ночь чего́-то воро́чался. И сны вся́кие дура́цкие. — Он закури́л. — Ты рабо́таешь сего́дня?

— Рабо́таю. А что?

— Да ничего́. Про́сто поду́мал — пра́здник, весна́... Ма́ло мы во́здухом ды́шим.[1]

— Ма́ло. Но я уже́ усло́вилась с Ю́рочкой. А позвони́ть ему́ не́куда.[2]

— Ну, раз усло́вилась...

Ки́ра Гео́ргиевна прошла́ в ва́нную.° — bathroom

Холо́дный душ° согна́л° после́дние оста́тки° вчера́шнего хме́ля.° Всё показа́лось сейча́с смешны́м и заба́вным.° И э́тот спор об иску́сстве, и восто́рженные° Лёшкины — гла́вного её оппоне́нта — то́сты за «тво́рческий»° и про́тив «комме́рческого» реали́зма, и смешно́й оби́девшийся Ю́рочка, его́ де́тская вы́ходка° на ле́стнице. Нет, не на́до его́ отчи́тывать, на́до про́сто с улы́бкой сказа́ть, что она́ ста́рше его́ на два́дцать лет и что ей в её во́зрасте... Нет, не на́до. Про́сто пожури́ть:° «Ай-ай-ай,° Ю́рочка». А мо́жет, и совсе́м промолча́ть,° как бу́дто ничего́ не́ было. — shower, chase away, remnant, intoxication, amusing, enthusiastic, creative, prank, reprove, "tut-tut", say nothing

В мастерску́ю — она́ находи́лась на Си́вцевом Вра́жке — Ки́ра Гео́ргиевна пошла́ пешко́м.° Дойдя́ до Ники́тских воро́т, она́ реши́ла, что Ю́рочку всё-таки на́до отчита́ть. Со́бственно говоря́,[3] на́до бы́ло сде́лать э́то ещё вчера́, но поско́льку° она́ — by foot, as long as

1. Мало... We don't get enough fresh air. **2.** А... And there is no way of reaching him by phone. **3.** Собственно... as a matter of fact

вчера́, растеря́вшись,° не сде́лала э́того, на́до сего́дня... Вы́йдя на Арба́т, она́ переду́мала.° В са́мом де́ле, смешно́ всерьёз принима́ть вчера́шнее происше́ствие. Про́сто глу́по.

Так и не приняла́ она́ никако́го реше́ния.[4]

Ю́рочка ждал её уже́ о́коло получа́са. Сиде́л у окна́ на ста́ром скрипу́чем° дива́не и листа́л° « Огонёк ». Вид был мра́чный.

— Де́нь-то сего́дня како́й, настоя́щая весна́, — ве́село сказа́ла Ки́ра Гео́ргиевна, входя́, и тут же° оконча́тельно° поняла́, что отчи́тывать его́ не бу́дет, раз° с э́того пря́мо не начала́.

Ю́рочка по́днял го́лову и сра́зу же опусти́л.

— Настоя́щая, — сказа́л он.

— Я вот сейча́с шла по Ники́тскому бульва́ру, и, зна́ешь, на дере́вьях уже́ по́чки. Ей-бо́гу. Я да́же сорвала́° одну́ и съе́ла.

« Го́споди, что я несу́ »,[5] — тут же поду́мала она́.

Ю́рочка ничего́ не отве́тил. Курно́сый, ко́ротко остри́женный, с вихра́ми на маку́шке,° он вы́глядел совсе́м мальчи́шкой. А ру́ки взро́слого — жи́листые,° ладо́нь° широ́кая, гру́бая.°

— И вообще́, на́до уже́ поду́мывать° о ле́те. А то° стои́т мото́рка без де́ла,[6] никто́ е́ю не по́льзуется. Прове́рил° бы ка́к-нибудь° мото́р. А?

— Ла́дно,° — мра́чно сказа́л Ю́рочка и, отложи́в журна́л,° напра́вился к камо́рке,° где он переодева́лся.° — Начнём, что ли?[7]

— Да, да, начнём.

Ки́ра Гео́ргиевна ста́ла иска́ть комбинезо́н,° в кото́ром рабо́тала, не нашла́, подошла́ к скульпту́ре — чему́-то большо́му, обмо́танному° тря́пками,° — начала́ её разма́тывать,° бро́сила,° не доко́нчив, опя́ть ста́ла иска́ть комбинезо́н — чёрт его́ зна́ет, всегда́ куда́-нибудь де́нется°...

Сквозь° большо́е окно́-фона́рь° в мастерску́ю врыва́лся° то́лстый со́лнечный луч с дрожа́щими в нём пыли́нками.° Он освеща́л часть по́ла° и кусо́к сте́нки, на кото́рой висе́ли ги́псовые° ма́ски.

« Каки́е они́ все мёртвые,° — поду́мала Ки́ра

be taken aback
change one's mind
squeaky leaf through
right here
once and for all
since
pluck
crown (top of the head)
sinewy palm coarse
think **А...** otherwise
check some time
O.K.
magazine closet
change clothes
coveralls
wrap around
rag unwrap give up
disappear
through bay window
"penetrate"
speck of dust floor
plaster
dead

4. принять решение make a decision **5.** Господи... My God, what am I talking about? **6.** без... idle **7.** что... shall we?

Гео́ргиевна. — Бе́лые, мёртвые, с закры́тыми глаза́ми. Ну их... Сниму́ ».[8]

Вы́шел из камо́рки Ю́рочка, слегка́ поёживаясь:° в мастерско́й бы́ло прохла́дно. | shiver

— Ты не вида́л моего́ комбинезо́на?

— Он там. — Ю́рочка кивну́л голово́й в сто́рону камо́рки. — Принести́?[9]

— Не на́до.

Ки́ра Гео́ргиевна вы́несла из камо́рки комбинезо́н и с си́лой встряхну́ла° его́ — в со́лнечном луче́ краси́во заклуби́лись° облака́° пы́ли.° Комбинезо́н был ста́рый, гря́зный° и люби́мый.° | shake; swirl cloud dust; dirty favorite

— Слу́шай, зна́ешь что? — Ки́ра Гео́ргиевна бро́сила комбинезо́н на дива́н и серди́то° гля́нула° на Ю́рочку. Он, что́бы согре́ться, бокси́ровал вообража́емого проти́вника. | angry glance

— Что? — Он прекрати́л° бокси́ровать и оберну́лся. | stop

« Вот сейча́с всё ему́ и скажу́. Кра́тко,° споко́йно, без ли́шних° слов. Са́мое глу́пое — де́лать вид, что ничего́ не́ было... Бы́ло... А раз бы́ло, на́до сказа́ть... » | brief; unnecessary

Ю́рочка со сжа́тыми° ещё кулака́ми,° полуоберну́вшись, выжида́тельно° смотре́л на неё. | clenched fist; expectant

— Зна́ешь что? — сказа́ла она́ вдруг. — Ну его́ к чёрту! Поéдем за́ город[10]...

И они́ поéхали за́ город.

К пяти́ часа́м они́ верну́лись, прия́тно уста́лые, голо́дные.° | hungry

— Хочу́ есть, зве́рски хочу́ есть,[11] — сказа́ла Ки́ра Гео́ргиевна и заглян́ула° в су́мочку,° ско́лько там де́нег. — Ты был когда́-нибудь в « Арара́те »? | look purse

Ю́рочка в « Арара́те » никогда́ не́ был, и они́ пошли́ в « Арара́т ». Там Ки́ра Гео́ргиевна спохвати́лась,° что её ждёт к обе́ду° Никола́й Ива́нович, и тут же из дире́кторской клету́шки[12] позвони́ла домо́й и веле́ла Лу́ше переда́ть° Никола́ю Ива́новичу, кото́рый ещё не верну́лся, что она́ встре́тила прия́тель- | remember suddenly; dinner; give a message

8. Ну... Let them go... I'll take them down. 9. Should I bring it? 10. Поедем... Let's go out into the country. 11. зверски... I am ravenously hungry 12. директорская... manager's "tiny room"

ницу и обе́дать бу́дет у неё, пусть Никола́й Ива́нович не дожида́ется.

В « Арара́те » они́ пи́ли снача́ла сухо́е вино́,° пото́м конья́к, пото́м ко́фе, пото́м опя́ть конья́к, како́й-то осо́бенный, о́чень дорого́й. Пото́м, уже́ о́коло оди́ннадцати часо́в, Ки́ра Гео́ргиевна опя́ть позвони́ла домо́й и, стара́тельно° выгова́ривая все бу́квы, сообщи́ла° Никола́ю Ива́новичу, что прия́тельница — он не зна́ет её, они́ жи́ли вме́сте в эвакуа́ции — пригласи́ла её к себе́ на да́чу и ей нело́вко отказа́ть, по́этому ночева́ть она́ сего́дня до́ма не бу́дет.

wine
with great care
inform

— Ну что ж, хоть во́здухом поды́шишь, — сказа́л в тру́бку° Никола́й Ива́нович. — Смотри́ то́лько не простуди́сь.° Ты, наде́юсь,° в пальто́?°

receiver
catch cold hope
overcoat

— В пальто́, в пальто́... — ве́село отве́тила Ки́ра Гео́ргиевна и пове́сила тру́бку.

Прошло́ два ме́сяца. Наступи́ло ду́шное, пы́льное моско́вское ле́то. Тут бы и пое́хать[13] куда́-нибудь на юг,° к мо́рю, да° не пуска́ла° скульпту́ра — к пятна́дцатому ию́ля её на́до бы́ло сдать.° Ки́ра Гео́ргиевна рабо́тала сейча́с мно́го и упо́рно.° То, что она́ де́лала, ей нра́вилось. Она́ пригласи́ла друзе́й и показа́ла им почти́ зако́нченную уже́ рабо́ту. « Ю́ность » предназнача́лась° для сельскохозя́йственной вы́ставки, и большинство́ друзе́й говори́ло, что она́ не станда́ртна,° что в ней есть что́-то своё, о́чень убеди́тельное. Э́то был не безли́кий° анти́чный° атле́т° с вы́тянутой руко́й, а про́сто ю́ноша с обнажённым° то́рсом,° в рабо́чих штана́х, глядя́щий в не́бо. Да́же вихра́стый° Лёшка нашёл в скульпту́ре кое-каки́е° досто́инства° профессиона́льного хара́ктера (уже́ успе́х!°), хотя́ в при́нципе° и возража́л° про́тив неё, счита́я скульпту́ру е́сли и не ярча́йшим (его́ люби́мое слове́чко), то во вся́ком слу́чае[14] доста́точно я́рким образцо́м° « комме́рческого » реали́зма. Но э́то был Лёшка, по любо́му по́воду, всегда́ и со все́ми спо́рящий, так что осо́бого значе́ния э́тому мо́жно бы́ло не придава́ть.°

south but let
turn in
persistent
intend
"stereotyped"
impersonal
"classic" athlete
bare torso
shaggy-haired
certain merit
success principle
object
example
attach

13. Тут... just the right time to go **14.** во... in any case

Вопро́сы к те́ксту, 4, стр. 153.

Подгото́вка к чте́нию

1. Ра́ньше он ходи́л к ним дово́льно ча́сто, а за э́тот ме́сяц был то́лько оди́н раз, когда́ в ку́хне чини́л прово́дку.
2. До знако́мства с Ки́рой ему́ не приходи́лось ста́лкиваться с жи́вописью.
3. Пе́ред ним откры́лся соверше́нно незнако́мый ему́ мир иску́сства, напряжённой рабо́ты и борьбы́.
4. Бле́дный и уста́лый, в расстёгнутой от жары́ руба́хе, он сиде́л как раз напро́тив Ю́рочки.
5. Ему́ бы́ло сты́дно за свои́ гру́бые, загоре́лые ру́ки.
6. Я его́ счита́ю, счита́ла и всегда́ бу́ду счита́ть лу́чшим челове́ком на земле́.
7. Она́ гро́мко доба́вила, что ме́жду ни́ми ра́зница в два́дцать лет.
8. Вообще́, дорого́й това́рищ, мо́жешь поступа́ть как тебе́ уго́дно.
9. Она́ встава́ла, иска́ла снотво́рное, опя́ть ложи́лась, но не могла́ засну́ть.

1. Previously, he used to visit them rather often, but last month he only came once — to fix the wiring in the kitchen.
2. Before he got to know Kira, he had no opportunity to come in contact with painting.
3. A completely unknown world of art, of intense work and struggle, had opened up before him.
4. Pale and tired, his shirt unbuttoned because of the heat, he sat right across from Yurochka.
5. He was ashamed of his rough, sun-tanned hands.
6. I consider, have considered, and always will consider him the best man on earth.
7. She added loudly that there was a difference of twenty years between them.
8. In general, dear comrade, you can do as you please.
9. She would get up, look for a sleeping pill, and go back to bed; but she couldn't get to sleep.

5

Прие́хал ка́к-то° в мастерску́ю и Никола́й Ива́нович — де́лал он э́то о́чень ре́дко, — до́лго стоя́л и рассма́тривал скульпту́ру с ра́зных сторо́н, пото́м сказа́л: « Ну что ж, зака́нчивай »[1] — и уе́хал. Зна́чит,° понра́вилось. В проти́вном слу́чае[2] он похвали́л° бы каки́е-нибудь дета́ли, а пото́м, ве́чером и́ли на сле́дующий день, нача́в отку́да-нибудь издалека́,[3] под коне́ц разнёс бы в пух и прах.[4] А сейча́с он до́лго стоя́л, смотре́л и сказа́л « зака́нчивай ». На каку́ю-то до́лю° секу́нды Ки́ре Гео́ргиевне показа́лось, что, гля́дя на скульпту́ру, он разгля́дывает в ней конкре́тное° лицо́,° но, когда́ он, проща́ясь с Ю́рочкой, сказа́л ему́: « Что́-то давно́ вы у нас не́ были, загляну́ли бы ка́к-нибудь,[5] у меня́ но́вые альбо́мы », — она́ поняла́, что оши́блась.

once — it means — praise — fraction — specific — person

Тем не ме́нее,° когда́ Никола́й Ива́нович уе́хал, она́ сказа́ла Ю́рочке:

Тем... nevertheless

— Действи́тельно, зашёл бы ка́к-нибудь. Ра́ньше ходи́л, ходи́л, а за э́тот ме́сяц оди́н то́лько раз был, когда́ прово́дку в ку́хне чини́л. Нело́вко ка́к-то.

Ю́рочка ничего́ не отве́тил. С того́ дня, когда́ они́ бы́ли в « Арара́те », в его́ отноше́нии° к Никола́ю Ива́новичу что́-то измени́лось. Ра́ньше он приходи́л дово́льно ча́сто. Ему́ нра́вилась и э́та непривы́чная для него́[6] больша́я кварти́ра, уве́шанная° карти́нами, нра́вились и са́мые карти́ны, хотя́ не всё в них бы́ло поня́тно, нра́вилось, как о них расска́зывает Никола́й Ива́нович.

relationship — hung (with many)

До знако́мства с Ки́рой и Никола́ем Ива́новичем Ю́рочка, по пра́вде говоря́,[7] жи́вописью не о́чень-то интересова́лся. Ну, был ра́за два — в шко́льные ещё го́ды — в Третьяко́вке, пото́м солда́том° води́ли° его́ на каку́ю-то юбиле́йную° вы́ставку, вот и всё. В карти́нах нра́вилось ему́ бо́льше всего́ содержа́ние:°

when he was a soldier — "took" — anniversary — subject matter

1. Ну... All right, finish it up. **2.** В... otherwise **3.** начав... starting from some far-distant point **4.** под... finally would have torn it to pieces **5.** заглянули... drop in some time **6.** непривычная... to which he was not accustomed **7.** по... to tell the truth

Ива́н Гро́зный, наприме́р, убива́ющий своего́ сы́на,[8] и́ли « У́тро стреле́цкой ка́зни »[9] — мо́жно дово́льно до́лго стоя́ть и рассма́тривать ка́ждого стрельца́ в отде́льности.° Нра́вилась ему́ в карти́нах и « похо́жесть »° их, « всамде́лишность »° их — шёлк,° наприме́р, у княжны́ Тарака́новой[10] тако́й, что па́льцами хо́чется пощу́пать.° Но в о́бщем, музе́и он не люби́л — сли́шком мно́го всего́, — в други́х же места́х с жи́вописью ста́лкиваться ка́к-то не приходи́лось.

в... separately
"likeness" "real-like" quality silk
touch

И вот столкну́лся. И оказа́лось да́же интере́сно. Никола́й Ива́нович брал с по́лки° одну́ из грома́дных книг в краси́вых, с зо́лотом, переплётах,° и, усе́вшись ря́дом на дива́не, они́ вдвоём листа́ли её, иногда́ це́лый ве́чер напролёт.[11]

shelf
binding

Ки́ра Гео́ргиевна то́же люби́ла говори́ть о карти́нах. Вскочи́в° на стул и сняв со стены́ не́что пёстрое,° в изло́манных° ли́ниях, она́, как всегда́ гро́мко, увлека́ясь, и нея́сно начина́ла объясня́ть, что э́то должно́ зна́чить и почему́, хотя́ и тала́нтливо, о́чень да́же тала́нтливо, но не годи́тся° для на́шего зри́теля.° Ю́рочка поко́рно° слу́шал и ничего́ не понима́л. Когда́ же начина́л говори́ть Никола́й Ива́нович, ему́ сра́зу станови́лось интере́сно, хоте́лось слу́шать, спра́шивать. Они́, наприме́р, два ве́чера просиде́ли над одно́й то́лько кни́гой про одного́ худо́жника — Ивано́ва, да́же про одну́ его́ карти́ну. Ю́рочка был про́сто потрясён° — бог ты мой, ско́лько рабо́ты, како́й труд, всю жизнь челове́к о́тдал ему́. И как интере́сно карти́на сде́лана — Христо́с°[12] сам ма́ленький и где́-то далеко́-далеко́, а спе́реди° мно́го наро́ду, а вот смо́тришь в пе́рвую о́чередь[13] на Христа́. И про боя́рыню° Моро́зову[14] то́же о́чень интере́сно расска́зывал Никола́й Ива́нович. И про « передви́жников »,[15] взбунтова́вшихся° сто лет тому́ наза́д, и про францу́зских худо́жников, рисова́вших свои́ карти́ны так, что на них на́до

jump up colorful
broken
не... not suitable
"public" submissive
shock
Christ
in front
boyar's wife
rebel

8. "*Ivan the Terrible and His Son Ivan*" *by Ilya E. Repin* (*1844–1930*) **9.** "*The Morning of the Streltsy Execution*" *by Vasilii I. Surikov* (*1848–1916*) **10.** "*Princess Tarakanova*" *by Konstantin D. Flavitskii* (*1830–66*) **11.** целый... the whole evening through **12.** "*Christ Before the People*" *by Aleksandr A. Ivanov* (*1806–58*) **13.** в... first of all **14.** "*Boyarynya Morozova*" *by Vasilii I. Surikov* **15.** Wanderers (*a realistic movement in art beginning in 1863*)

смотре́ть то́лько и́здали. Пе́ред Ю́рочкой откры́лся но́вый, соверше́нно незнако́мый ему́ мир — мир иску́сства и в то же вре́мя мир напряжённой рабо́ты, борьбы́, бу́нтов,° о́чень, ока́зывается, неспоко́йный° мир.

rebellion restless

И всё э́то откры́л ему́ Никола́й Ива́нович. Поэ́тому Ю́рочка и полюби́л его́ дом.

Тепе́рь Ю́рочка переста́л заходи́ть. Ему́ бы́ло сты́дно. В после́дний раз, в тот день, когда́ меня́л прово́дку на ку́хне, ве́чером, за ча́ем, он стара́лся не смотре́ть на Никола́я Ива́новича. Бле́дный, уста́лый (сейча́с он мно́го рабо́тал, зака́нчивая группово́й° портре́т для вы́ставки), в расстёгнутой от жары́ руба́хе, сквозь откры́тый во́рот кото́рой видне́лась бе́лая безволо́сая° грудь,° тот сиде́л как раз напро́тив Ю́рочки, и Ю́рочке ста́ло вдруг нело́вко за свои́ гру́бые, поцара́панные,° загоре́лые ру́ки, за своё здоро́вье, за то, что ря́дом сиди́т Ки́ра Гео́ргиевна и как ни в чём не быва́ло[16] накла́дывает° в блю́дечки° варе́нье,° а пото́м — он знал, что так бу́дет, — в пере́дней,° пе́ред са́мым его́ ухо́дом,° прижмётся к нему́, торопли́во откро́ет дверь и шутли́во° толкнёт° его́ в спи́ну. И оттого́, что случи́лось и́менно так, ему́ ста́ло ещё неприя́тнее, ещё стыдне́е. С тех пор он переста́л заходи́ть.

group
hairless chest
scratched
put
jam plate preserves
hall departure
playful give a push

А ка́к-то, когда́ Ки́ра Гео́ргиевна опя́ть упрекну́ла° его́, почему́ он не захо́дит — э́то в конце́ концо́в нело́вко, Никола́й Ива́нович уже́ не́сколько раз спра́шивал о нём, — он пря́мо сказа́л, что сты́дится Никола́я Ива́новича, что тру́дно смотре́ть ему́ в глаза́.

reproach

Ки́ра Гео́ргиевна помолча́ла не́сколько секу́нд, пото́м сказа́ла, де́ланно° рассмея́вшись:

unnatural

— Ей-бо́гу, ты в свои́ два́дцать два го́да совсе́м ещё ма́льчик. И́ли наоборо́т° — стари́к, ханжа́.° Вот и́менно, ханжа́. Неуже́ли° ты не понима́ешь, что мои́ отноше́ния с Никола́ем Ива́новичем постро́ены° совсе́м на друго́м? Я его́ счита́ю, счита́ла и всегда́ бу́ду счита́ть лу́чшим челове́ком на земле́, заруби́ э́то себе́ на носу́.[17] Я́сно э́то тебе́ и́ли нет?

on the contrary hypocrite
really(?)
base

Всё э́то бы́ло ска́зано гро́мко и запа́льчиво.° По-

vehement

16. как… as if nothing had happened **17.** заруби… get that in your head

то́м она́ доба́вила, гля́дя куда́-то в сто́рону:

— Но ме́жду на́ми ра́зница всё-таки в два́дцать лет — дета́ль, с кото́рой тру́дно не счита́ться.

Ю́рочка ничего́ не отве́тил. Когда́ она́ упомяну́ла о двадцати́ года́х, он не мог не поду́мать, что ме́жду ни́ми ра́зница то́же в два́дцать лет. Ки́ра Гео́ргиевна, очеви́дно,° то́же э́то сообрази́ла, потому́ что вдруг ре́зко и раздражённо° сказа́ла: — evident; irritably

— А вообще́, дорого́й това́рищ, мо́жешь поступа́ть, как тебе́ уго́дно, у тебя́ своя́ башка́° на плеча́х. — "noodle"

Он опя́ть промолча́л и вско́ре ушёл. Он не уме́л так разгова́ривать. Всё э́то бы́ло ему́ неприя́тно, и оби́дно,° и жаль старика́, и нело́вко за Ки́ру Гео́ргиевну, у кото́рой всегда́ на всё есть убеди́тельный отве́т. — "painful"

Всю ночь Ки́ра Гео́ргиевна не могла́ засну́ть. Воро́чалась с бо́ку на́ бок, встава́ла, открыва́ла, пото́м закрыва́ла окно́, иска́ла снотво́рное, опя́ть ложи́лась, опя́ть воро́чалась с бо́ку на́ бок.

И заче́м она́ завела́° э́тот идио́тский разгово́р? И слове́чко-то како́е нашла́ — дета́ль... Ду́ра,° болтли́вая° ду́ра... — start; fool; blabbering

После́дние два ме́сяца всё бы́ло так хорошо́. И рабо́талось хорошо́,[18] как никогда́, ве́село, с подъёмом.° И у Никола́я Ива́новича всё как бу́дто кле́илось,° он был дово́лен,° а э́то случа́лось ре́дко. И вообще́, э́ти два ме́сяца Ки́ра Гео́ргиевна чу́вствовала себя́ молодо́й, по́лной сил. Ей бы́ло ве́село. Она переста́ла обма́нывать° себя́, убежда́ть,° что Ю́ркины му́скулы ей прия́тно то́лько лепи́ть. И ра́зве оттого́, что он появи́лся, она́ измени́ла своё отноше́ние к Никола́ю Ива́новичу? Ничу́ть.° С ним ей всегда́ ую́тно,° и интере́сно, и прия́тно, да́же когда́ он про́сто сиди́т за стено́й в своём кабине́те° и она́ слы́шит его́ пока́шливание.° Вот и сейча́с он пока́шливает. Опя́ть, зна́чит, рабо́тает. Когда́ он конча́ет карти́ну, ему́ да́же на́ ночь тру́дно с ней расста́ться, он перета́скивает° её из мастерско́й к себе́ в кабине́т и во́зится° день и ночь... — enthusiasm; "was going well"; satisfied; deceive; convince; not a bit; cozy; study; slight cough; carry; "is preoccupied (with it)"

18. И... and the work went smoothly

Вопро́сы к те́ксту, 5, стр. 153–54.

Подготóвка к чтéнию

1. Онá накúнула халáт, на цы́почках прошлá чéрез столóвую и приоткры́ла дверь в кабинéт.	1. She threw on her robe, tip-toed across the dining room, and opened the door to the study very slightly.
2. Он стоя́л в полосáтой пижáме.	2. He was standing in his striped pajamas.
3. Раз пришлú гóсти, нáдо угостúть их чáем.	3. Since the guests have come, we must offer them some tea.
4. Онú остáлись обéдать и о фрéсках ужé никогдá не заикáлись.	4. They stayed for dinner and never mentioned the frescoes again.
5. Тóлько « под настроéние » он мог говорúть так тúхо и неторóплúво.	5. Only when he was "in the mood" could he talk so quietly and unhurriedly.
6. Онá вы́тянулась на своéй кровáти, натянýла на гóлову простыню́, вздохнýла и закры́ла глазá.	6. She stretched out on her bed, pulled the sheet over her head, sighed, and closed her eyes.
7. В мастерскýю вбежáла сосéдская девчóнка и сказáла, что Кúру спрáшивает какóй-то человéк с усáми.	7. The neighbors' little girl came running into the studio and said that somebody with a mustache was asking for Kira.
8. Человéк мéдленно осмотрéл кóмнату.	8. The man slowly looked around the room.
9. Онá положúла полотéнце на подокóнник.	9. She put a towel on the window sill.
10. Позвонú мне в срéду вéчером чáсиков так в одúннадцать.	10. Call me Wednesday night sometime, about eleven.

6

Ки́ра Гео́ргиевна наки́нула хала́т, на цы́почках прошла́ че́рез столо́вую и приоткры́ла дверь к Никола́ю Ива́новичу. Он стоя́л пе́ред карти́ной, в полоса́той° пижа́ме, заложи́в° ру́ки за́ спину, и кури́л. На скрип° две́ри оберну́лся.

striped "hold"
squeak

— Чего́ э́то ты вдруг? — Он улыбну́лся, снял очки́ и, подойдя́ к ней, ла́сково° погла́дил° по голове́. — Бессо́нница?°

tender stroke
insomnia

— А чёрт его́ зна́ет, не спи́тся чего́-то.[1] Ду́шно.

— Ду́шно. « Вече́рка »[2] писа́ла, что Москва́ не зна́ла тако́й жары́ после́дние се́мьдесят лет. У них почему́-то всегда́ се́мьдесят лет. Моро́зов таки́х не́ было се́мьдесят лет, сне́га — то́же. Всё се́мьдесят лет...

— А мо́жет, ты всё-таки ля́жешь спать?[3] — сказа́ла Ки́ра Гео́ргиевна. — Второ́й час уже́.

Он улыбну́лся.

— Заче́м же спать, когда́ го́сти пришли́? Э́то неве́жливо.°

impolite

— В тако́м слу́чае на́до угости́ть их ча́ем, — сказа́ла Ки́ра Гео́ргиевна и побежа́ла на ку́хню.

Пото́м они́ пи́ли чай, разостла́в° салфе́тку° на углу́ пи́сьменного° стола́, и вспомина́ли, как Никола́й Ива́нович угоща́л впервы́е своего́ агита́тора ча́ем ещё в Алма́-Ате́, трина́дцать лет тому́ наза́д. Трина́дцать лет... Поду́мать то́лько — трина́дцать лет, улыба́лся Никола́й Ива́нович, тогда́ у него́ ещё во́лосы на голове́ бы́ли, не мно́го, но бы́ли, и он стара́тельно зачёсывал° их из-за ле́вого у́ха к пра́вому, а тепе́рь...

spread napkin
writing
comb (over)

— Вот ви́дишь э́того седо́го, прили́чного господи́на в воротничке́° и га́лстуке? — Никола́й Ива́нович кива́л° в сто́рону своей карти́ны, на кото́рой изображены́° бы́ли три пожилы́х челове́ка, сидя́щих за столо́м. — Сейча́с он акаде́мик, величина́,° то́лстые кни́ги пи́шет... А ведь когда́ я писа́л его́ в пе́рвый

collar
nod one's head
portray
important person

1. А... Damn it, I just can't get to sleep. 2. *colloquial for the Moscow newspaper* Вечерняя Москва 3. ляжешь... go to bed

раз, был златоку́дрым° краса́вцем, в куба́нке,° в кра́сных галифе́,° с таки́м вот[4] ма́узером на боку́. С сами́м Махно́,[5] говоря́т, самого́н пил. А тепе́рь — валидо́льчик,[6] кури́ть бро́сил, вре́дно°...

Он стал расска́зывать об агитбрига́де,° с кото́рой исколеси́л° всю Украйну и Дон, о том, как сде́лал в оди́н получасово́й сеа́нс° портре́т Що́рса и тот, уви́дев его́, не́сколько удиви́лся, не обнару́жив ни глаз, ни но́са, но тем не ме́нее взял и да́же поблагодари́л,° как е́здил в Крым, как познако́мился с Вереса́евым,[7] как пое́хал пото́м в Москву́ и проби́лся° с двумя́ ребя́тами к Луна́ча́рскому, кото́рый внима́тельно вы́слушал их предложе́ние° расписа́ть° сте́ны Кремля́ фре́сками на те́му « От Спартака́ до Ле́нина », а пото́м, уста́ло улыбну́вшись, сказа́л: « А мо́жет, това́рищи, пообе́даем,° вы, наве́рное, ничего́ не е́ли? » — и они́ оста́лись обе́дать и о фре́сках бо́льше уже́ не заика́лись.

Ки́ра Гео́ргиевна, умости́вшись° в кре́сле,° поджа́в коле́ни,[8] слу́шала все э́ти расска́зы и, как всегда́, поража́лась° тому́, как мно́го на своём веку́[9] ви́дел Никола́й Ива́нович и как ма́ло об э́том расска́зывает. То́лько так, случа́йно,° « под настрое́ние », заговори́т и тогда́ уже́ мо́жет говори́ть всю ночь, неторопли́во, ти́хо, прику́ривая папиро́су от папиро́сы, и слу́шать его́ мо́жно без конца́, вот та́к вот,[10] в кре́сле, поджа́в коле́ни.

Бы́ло уже́ совсе́м светло́.[11] Чири́кали° воробьи́° — днём их никогда́ не слы́шно, а сейча́с залива́лись вовсю́,[12] — загромыха́ли° на у́лице грузовики́.° Никола́й Ива́нович зевну́л,° встал, подошёл к карти́не.

— Вот та́к вот, Киль, и жизнь прошла́. Старичко́в тепе́рь пи́шем и мо́лодость вспомина́ем. — Он обня́л её за пле́чи и поцелова́л в во́лосы. — А хо́чешь, я твой портре́т сде́лаю? Про́сто так, для себя́. И пове́сим его́ в столо́вой ря́дом с Кончало́вским. Идёт?°

golden-haired fur-trimmed cap
breeches
bad (for him)
propaganda team
travel all over
sitting
thank
force (oneself)
offer paint
have dinner
"making herself comfortable" armchair
be astonished
accidental
chirp sparrow
start rumbling truck
yawn
O.K.?

4. с... as big as this **5.** С... with Makhno himself **6.** *a heart medication* **7.** *Vikentii V. Veresaev, Russian writer (1867–1945)* **8.** поджав... with her legs curled up under **9.** на... in his time **10.** вот... just like this **11.** совсем... broad daylight **12.** заливались... were chirping at the top of their voices

— Идёт. — Ки́ра Гео́ргиевна ве́село рассмея́лась. — То́лько обяза́тельно во весь рост,[13] в ба́льном° пла́тье и с брilliáнтами.° Ина́че не согла́сна.

ball — diamond

Они́ разошли́сь° по свои́м ко́мнатам. « Вот и посиде́ли хорошо́... Ах, как хорошо́ посиде́ли... » Ки́ра Гео́ргиевна вы́тянулась на свое́й крова́ти, натяну́ла на го́лову простыню́ (привы́чка° с де́тства), вздохну́ла и закры́ла глаза́. По́сле э́того ти́хого, ую́тного ночно́го чаепи́тия она́ чу́вствовала себя́ како́й-то очи́щенной,° успоко́енной.° А че́рез не́сколько часо́в произошло́ собы́тие, от кото́рого вся её, в о́бщем, нала́женная,° как она́ счита́ла, споко́йная жизнь полете́ла вверх торма́шками.[14]

"each went" — habit — purified — tranquil — well-organized

Ю́рочка рабо́тал у себя́ в СМУ у́тром, поэ́тому усло́вились, что в мастерску́ю он придёт к пяти́ часа́м. Сего́дня был день подчи́стки и прове́рки[15] — в основно́м° скульпту́ра была́ уже́ гото́ва. Как всегда́, э́то бы́ло и прия́тно и немно́го гру́стно. Прия́тно потому́, что доде́лывать и отшлифо́вывать[16] всегда́ прия́тно, гру́стно потому́, что всегда́ жа́лко расстава́ться с че́м-то, к чему́ привы́к, что полюби́л. Взобра́вшись° на ле́стницу, Ки́ра Гео́ргиевна рассма́тривала скульпту́ру с ве́рхней то́чки.[17]

в... basically — climb up

— Что́-то° ле́вая рука́ мне отсю́да не нра́вится, — сказа́ла она́ Ю́рочке, когда́ тот пришёл. — Дава́й° прове́рим° ру́ку.

somehow — let's — check

Но едва́ Ю́рочка за́нял свою́ обы́чную пози́цию, в мастерску́ю вбежа́ла курно́сая Лю́ська, сосе́дская девчо́нка, ве́чно болта́вшаяся° во дворе́.

hang around

— Тётя Ки́ра, вас дя́дька како́й-то спра́шивает.

— Како́й дя́дька?

— Отку́да я зна́ю? С уса́ми тако́й.

— Ну пусть зайдёт.

— А он сказа́л, чтоб вы во двор вы́шли.

— Вот ещё...[18] — Ки́ра Гео́ргиевна, спусти́вшись с ле́стницы, влеза́ла° в комбинезо́н и пу́талась° в штани́не.° — Де́лать мне не́чего.[19] Пусть сюда́ идёт.

get in — tangle oneself up — trouser leg

Лю́ська убежа́ла.

13. во... full length **14.** полетела... went topsy-turvy **15.** подчистка... "final check-up" **16.** доделывать... "give the finishing touches" **17.** с... from above **18.** Вот... Indeed! **19.** Делать... As if I have nothing else to do!

Че́рез мину́ту хло́пнула дверь в сеня́х.° hall

— Мо́жно?

В мастерску́ю вошёл немолодо́й челове́к в гимнастёрке,° в сапога́х,° высо́кий, седова́тый, с уса́ми вро́де° чапа́евских.[20] Вошёл и останови́лся в дверя́х. army shirt boot like

Ки́ра Гео́ргиевна, спра́вившись° наконе́ц со штани́ной, оберну́лась. Не́сколько секу́нд о́ба мо́лча смотре́ли друг на дру́га. Пото́м Ки́ра Гео́ргиевна сказа́ла ка́к-то ме́дленно, с па́узой: manage

— Усы́... Заче́м усы́?

Челове́к улыбну́лся.

— Для красоты́. Усы́ украша́ют° мужчи́ну. — Он сде́лал не́сколько шаго́в вперёд. — Здра́вствуй. embellish

— Здра́вствуй. — Ки́ра Гео́ргиевна пожа́ла протя́нутую ру́ку и вдруг се́ла на дива́н.

Челове́к ме́дленно осмотре́л мастерску́ю. Мимохо́дом° оце́нивающе° взгляну́л на Ю́рочку. in passing evaluating

— Знако́мьтесь, — сказа́ла Ки́ра Гео́ргиевна. — Ю́ра... Вади́м Петро́вич...

Они́ пожа́ли друг дру́гу ру́ки, кре́пко, по-мужски́,° мо́жет быть да́же не́сколько кре́пче, чем на́до. "as men do"

Ки́ра Гео́ргиевна вста́ла и, заче́м-то сверну́в° валя́вшееся° на дива́не полоте́нце, положи́ла его́ на подоко́нник. fold lie

— На э́том мы сего́дня ко́нчим, — сказа́ла она́.

— До четверга́? — спроси́л Ю́рочка.

— Ага́, до четверга́. — Ки́ра Гео́ргиевна намо́рщила бро́ви и, то́чно° сообража́я что́-то, посмотре́ла на него́. — И́ли нет... Позвони́ мне в сре́ду ве́чером... Ча́сиков так в оди́ннадцать. as if

— Ла́дно.

Ю́рочка кивну́л незнако́мцу° — тот отве́тил те́м же — и вы́шел. stranger

20. *Vasilii I. Chapaev, a Civil War hero*

Вопро́сы к те́ксту, 6, стр. 154.

Подгото́вка к чте́нию

1. На нём бы́ли трусы́ и ста́рая вы́цветшая ма́йка.
2. Они́ говори́ли о ка́честве безопа́сных бритв.
3. Он разверну́л лежа́щий на столе́ свёрток.
4. Там оказа́лись ветчина́, сыр и ба́нка с марино́ванными огурца́ми.
5. Ты откро́й ба́нку, а я тем вре́менем о посу́де позабо́чусь.
6. Я уве́рен, что ты уже́ забы́л как меня́ зову́т.
7. Он пощу́пал па́льцами ве́рхнюю губу́ и улыбну́лся в пе́рвый раз.
8. Он похло́пал по карма́ну и вы́нул па́чку сигаре́т.
9. Ему́ хоте́лось спроси́ть где и когда́ э́то произошло́, но он постесня́лся.
10. « Не жена́т ». — Ю́рочка покрасне́л.

1. He was wearing shorts and an old, faded T-shirt.
2. They talked about the quality of the safety razors.
3. He unwrapped the parcel that was lying on the table.
4. There were some ham, cheese, and a jar of pickles.
5. You open the jar, and in the meantime I'll take care of the dishes.
6. I am sure you've already forgotten my name.
7. He touched his upper lip with his fingers and smiled for the first time.
8. He tapped his pocket and pulled out a pack of cigarettes.
9. He felt like asking where and when it had happened, but he was too shy.
10. "I'm not married," Yurochka blushed.

7

В сре́ду ве́чером Ю́рочка три́жды° звони́л Ки́ре Гео́ргиевне, но два ра́за никто́ к телефо́ну не подошёл, а на тре́тий отве́тил Никола́й Ива́нович.

three times

— Не зна́ю, Ю́рочка, где она́, — сказа́л он. — Раствори́лась° где́-то. И записки не оста́вила. Позвони́те-ка че́рез часо́к.

"vanish"

Че́рез час её то́же не оказа́лось. По́зже звони́ть бы́ло уже́ нело́вко.

На сле́дующий день, в четве́рг, Ю́рочка был свобо́ден и реши́л на вся́кий слу́чай[1] загляну́ть в мастерску́ю.

Во дворе́, как всегда́, окола́чивалась° сосе́дская Лю́ська.

hang around

— А там дя́дька живёт, — сообщи́ла она́ Ю́рочке. — Второ́й день уже́.

Дя́дька, когда́ Ю́рочка вошёл в мастерску́ю, стоя́л у окна́ и сбрива́л° усы́. На нём бы́ли трусы́ и ста́рая, вы́цветшая, ло́пнувшая° под мы́шкой° ма́йка.

shave off

"torn" **под...** in the armhole

— О́чень хорошо́, — сказа́л он, увидев Ю́рочку. — Подбре́ете° мне ше́ю.

shave

Ю́ра поздоро́вался.

— А Ки́ры Гео́ргиевны нет?

— Нет и не бу́дет. Проси́ла извини́ться° пе́ред ва́ми. У неё како́е-то совеща́ние.°

be excused

conference

— Совеща́ние? — Ю́ра удиви́лся. Ки́ра Гео́ргиевна, наско́лько он знал, ни на каки́е совеща́ния никогда́ не ходи́ла.

— Так то́чно.° Проси́ла, чтоб вы ей ве́чером позвони́ли. — Гость протяну́л бри́тву. — Прошу́.

Так... exactly

Пока́ Ю́рочка подбрива́л ше́ю, они́ говори́ли о ка́честве бритв.

Пото́м гость вы́терся° одеколо́ном.° Без усо́в он оказа́лся гора́здо моло́же.

rub oneself   toilet water

— Вы за́втракали? — спроси́л он, вытира́я и скла́дывая° в коро́бочку безопа́сную бри́тву.

fold

[1] на... just in case

— За́втракал.

— Жаль.

— А что?

Гость наклони́лся и мо́лча вы́нул из-под стола́ поллитро́вку.° — half-liter bottle

— Мо́жет, за колбасо́й° сбе́гать? — спроси́л Ю́рочка. — sausage

Гость засмея́лся.

— Поня́тливый° молодо́й челове́к! Не на́до. Всё есть. — Он разверну́л лежа́щий на столе́ свёрток. Там оказа́лись ветчина́, сыр и ба́нка с марино́ванными огурца́ми. — smart

— Откро́й-ка её, — он перешёл вдруг на ты,[2] — а я тем вре́менем о посу́де позабо́чусь.

Посу́дой оказа́лись ва́зочка° из-под цвето́в и бри́твенный стака́нчик. — vase

— Тебя́, зна́чит,° Ю́рой зову́т? — сказа́л он, разлива́я° во́дку. — И рабо́таешь нату́рщиком? — so; pour out

Ю́рочка кивну́л голово́й.

— Основна́я° профе́ссия?° — main occupation

— Нет, я эле́ктрик.

— Ну, э́то лу́чше. А меня́ зову́т Вади́м Петро́вич. Напомина́ю,° так как уве́рен, что ты уже́ забы́л. Ну, пошли́!° — remind; "let's go"

Они́ закуси́ли° ветчино́й. — have a bite

— Таки́е-то дела́... А э́то, зна́чит, под тря́пками — ты? — Вади́м Петро́вич кивну́л в сто́рону скульпту́ры, обмо́танной, как всегда́, мо́крыми тря́пками.

— Я.

— Су́дя° по всему́, занима́ешься бо́ксом? — judge

— Занима́лся.

— Почему́ в проше́дшем вре́мени?[3]

— Да так ка́к-то всё[4]... Не успева́ешь.° В а́рмии бы́ло вре́мя, да́же на соревнова́ниях° выступа́л,° а сейча́с... — **Не...** there's no time; match "take part"

— Семья́? — Вади́м Петро́вич и́скоса посмотре́л на Ю́рочку.

— Мать, сестра́...

— Ма́ленькая?

— Да как сказа́ть,[5] четы́рнадцать лет.

2. он... suddenly he started using « ты » **3.** в... in the past tense **4.** Да... Well, somehow or other . . . **5.** Да... well, what should I say

— Отца́ нет?

— Нет.

— Поги́б на фро́нте?

— Нет, по́сле войны́ уже́. Попа́л в катастро́фу.° Шофёром был. accident

— А мать рабо́тает?

— Нет. На пе́нсии.° Больна́я совсе́м. Се́рдце, пе́чень,° пло́хо ви́дит... pension liver

— Ста́ренькая?

— Не о́чень. Пятьдеся́т пять. Скоре́е° да́же молода́я. rather

— А бра́тьев не́ было?

— Был ста́рший. Поги́б под Кенигсбе́ргом.

Вади́м Петро́вич на́лил° опя́ть. pour

— Ты прости́, вро́де° анке́ту заполня́ю.° Но для меня́ э́то ка́к-то... Ну ла́дно, будь здоро́в.[6] "as if" fill in

Он вы́пил, помо́рщился,° поверте́л° буты́лку° за го́рлышко.° wince turn bottle neck

— Са́мый бы раз[7] за второ́й сбе́гать.° Но не бу́дем. Не бу́дем... — Он пощу́пал па́льцами ве́рхнюю° губу́ и улыбну́лся, в пе́рвый раз за всё вре́мя. — Стра́нно ка́к-то. Во́семь лет усы́ носи́л. А до э́того четы́ре го́да ещё и бо́роду.° Итого́° двена́дцать... run upper beard altogether

— А мо́жет, всё-таки сбе́гать? — спроси́л Ю́рочка. — Тут руко́й пода́ть,[8] за угло́м.

— Нет, не на́до. Хва́тит.° Успе́ем ещё. — Вади́м Петро́вич похло́пал по карма́ну, вы́нул па́чку сигаре́т. — В го́род не идёшь? be enough

— Могу́ и пойти́. То́лько снача́ла дава́йте всё-таки... — Ю́рочка скры́лся в камо́рке и сра́зу же верну́лся отту́да с буты́лкой в руке́. — Грамм две́сти тут есть.

Вади́м Петро́вич хло́пнул° Ю́рочку по спине́ — рука́ у него́ оказа́лась тяжёлая. slap

— А ты, хло́пец,° вида́ть, лю́бишь э́то де́ло. fellow

Ю́рочка улыбну́лся.

— Кто же не лю́бит?

— Я, наприме́р, не люби́л. Когда́ мне бы́ло сто́лько, ско́лько тебе́.[9] До двадцати́ совсе́м не пил.

6. будь... to your health! **7.** Самый... it's just the right time
8. Тут... it's a stone's throw from here **9.** столько... your age

Занима́лся спо́ртом. Ме́жду про́чим[10] и бо́ксом то́же.

— Поэ́тому и нос у вас криво́й?

Вади́м Петро́вич рассмея́лся.

— А что, здо́рово ви́дно?[11] — Он посмотре́лся в зе́ркало, то са́мое, пе́ред кото́рым бри́лся.° — Криво́й-таки... От бо́кса, ты угада́л.° Но не на ри́нге.

shave
guess

Ю́рочке хоте́лось спроси́ть, где и когда́ э́то произошло́, но он постесня́лся. Вади́м Петро́вич ему́ понра́вился. Просто́й, де́ржится° по-дру́жески.° И глаза́ у́мные.

behave friendly

— Ну ла́дно, раз принёс, на́до вы́пить. — Вади́м Петро́вич чо́кнулся° о Ю́рину ва́зочку.

clink (glasses)

Не́сколько мину́т молча́ли. Пото́м Вади́м Петро́вич встал, прошёлся° по мастерско́й, верну́лся, сел на дива́н, при́стально посмотре́л на Ю́рочку — тому́ ка́к-то да́же нело́вко ста́ло.

walk up and down

— Тебе́ ско́лько лет? — спроси́л Вади́м Петро́вич.

— Два́дцать два.

— И не жена́т?

— Не жена́т. — Ю́рочка покрасне́л.

— Почему́?

— А кто его́ зна́ет.[12] — Ю́рочка ещё пу́ще° покрасне́л. — Шко́ла, пото́м а́рмия, не вы́шло ка́к-то.

more

— Не вы́шло... Я́сно. — Вади́м Петро́вич пожева́л° губа́ми. — А здесь, зна́чит, нату́рщиком рабо́таешь?

chew

— Ага́...

Вади́м Петро́вич опя́ть пожева́л губа́ми.

— То́лько нату́рщиком?

— Нет. Я же вам говори́л, что основна́я моя́ профе́ссия...

— Я не об э́том.

— А о чём?

— О чём? Эх, па́рень, па́рень. Бы́ло и мне когда́-то два́дцать два го́да... — Он поры́лся° в карма́не и бро́сил на стол мя́тую° сторублёвку.° — А ну, валя́й-ка[13] в « Гастроно́м »[14]... То́лько жи́во!°

dig
crumpled hundred-ruble note
Только... Make it snappy!

10. Между... by the way **11.** здорово... is it very noticeable? **12.** А... Who knows? **13.** А... well, off you go **14.** grocery store

Вопро́сы к те́ксту, 7, стр. 154

Подгото́вка к чте́нию

1. В Па́рке культу́ры и о́тдыха её заста́ла гроза́.
2. Она́ заказа́ла кру́жку пи́ва и по́рцию че́шских колба́сок.
3. В рестора́н вбежа́ла па́рочка — па́рень и де́вушка, о́ба насквозь промо́кшие и босы́е.
4. Кры́ша протекла́ и ни́жний эта́ж за́лило.
5. В о́бщем, он о́чень ма́ло измени́лся.
6. Она́ сиди́т за кра́сным, покры́тым стекло́м сто́ликом и смо́трит в таре́лку.
7. Не суди́ меня́ стро́го; я тебе́ никогда́ не врала́ и сейча́с не вру.
8. « Ну, вы́пьем же за Во́вку! » Он улыбну́лся.
9. Он уже́ пять лет жена́т; пе́рвый ребёнок у них у́мер, а второ́й жив и здоро́в.
10. Она́ была́ худа́я, но тепе́рь немно́го пополне́ла.
11. Он говори́л негро́мко, ничу́ть не стара́ясь её разжа́лобить и́ли порази́ть.

1. In the Park of Culture and Rest she was caught in a thunderstorm.
2. She ordered a mug of beer and a helping of Czech sausages.
3. A couple ran into the restaurant — a fellow and a girl, both of them soaking wet and barefoot.
4. The roof had leaked and the lower floor was flooded.
5. On the whole, he had changed very little.
6. She was sitting at the red glass-topped table, looking into her plate.
7. Don't judge me severely; I have never lied to you and I am not lying now.
8. "Well, let's drink to Vovka!" He smiled.
9. He had been married for five years; their first child had died, the second was alive and well.
10. She had been thin, but recently she had gained some weight.
11. He talked in a low voice, not trying in the least to arouse her pity or to impress her.

8

Ни на како́е совеща́ние Ки́ра Гео́ргиевна не пошла́ — она́ не люби́ла совеща́ний. Про́сто броди́ла по го́роду. Бог зна́ет когда́ в после́дний раз броди́ла вот так, одна́, по у́лицам, по переу́лочкам.° Когда́-то о́чень э́то люби́ла, пото́м почему́-то не ста́ло хвата́ть[1] вре́мени. — lane

В Па́рке культу́ры и о́тдыха её заста́ла гроза́ — шу́мная, многово́дная,° мгнове́нная. Она́ забежа́ла° от пото́ков° воды́ в рестора́н — как оказа́лось, че́шский. Чтоб не стоя́ть без де́ла, взяла́ кру́жку пи́ва и по́рцию стра́нных, то́лстых, каки́х-то вы́вернутых° наизна́нку° колба́сок, именова́вшихся° « шпека́чками ». Пи́во бы́ло о́чень холо́дное, ломи́ло зу́бы,[2] но прия́тное и хмельно́е.° — "torrential" run in; torrent; turn inside out call; intoxicating

Пото́м в рестора́н вбежа́ла па́рочка — па́рень и де́вушка, о́ба наскво́зь промо́кшие, босы́е, весёлые. Тут же у вхо́да,° пры́гая на одно́й ноге́ и не перестава́я хохота́ть, де́вушка наде́ла° ту́фли,° кото́рые па́рень вы́нул из-за па́зухи.° Се́ли за сосе́дний сто́лик и то́же заказа́ли пи́ва. — entrance; put on shoe; "shirt front"

Гля́дя на них, весёлых, молоды́х, — для них гроза́ была́ то́лько по́водом ли́шний раз посмея́ться, — Ки́ра с гру́стью поду́мала, что сейча́с вряд ли[3] бы уже́ сняла́ та́к вот ту́фли и побежа́ла шлёпать° по лу́жам. А ведь... В како́м году́ э́то бы́ло? В три́дцать шесто́м, три́дцать седьмо́м? Гроза́ почи́ще° э́той заста́ла их ка́к-то с Вади́мом на Креща́тике.[4] Э́то была́ да́же не гроза́, э́то был пото́п.° Тогда́ за́лило ни́жние этажи́ и подва́лы,° и об э́том писа́ли в газе́тах. Креща́тик, напо́лненный° му́тными° пото́ками с у́лицы Ле́нина, Прорезно́й, Лютера́нской, преврати́лся° в бу́рную, многово́дную° ре́ку. И они́ та́к же, как э́та па́рочка, хохоча́ от ра́дости, по° коле́ни в воде́ пыта́лись добра́ться° до своего́ до́ма. А там то́же был пото́п — кры́ша протекла́, всю ко́мнату за́лило, и в ра́ковину° пришло́сь вы́лить° три — splash; "worse"; deluge; basement; filled muddy; turn into "swollen"; up to; reach; sink pour down

1. не... she no longer had enough **2.** ломило... it made her teeth ache
3. вряд... it's doubtful whether **4.** *main street in Kiev*

по́лных ведра́° отжа́той° тря́пками воды́. Ско́лько сме́ху бы́ло тогда́: наконе́ц-то пол помы́ли,° а то всё собира́лись, собира́лись...

С тех пор[5] прошло́ два́дцать два, нет, два́дцать три го́да. Вчера́ они́ сиде́ли в како́й-то захуда́лой° столо́вой,° ка́жется на Лени́вке, недалеко́ от музе́я Пу́шкина, и просиде́ли там, пока́[6] её не[6] закры́ли. Во́дки здесь не подава́ли, и, хотя́ Ки́ра Гео́ргиевна сказа́ла « и о́чень хорошо́ », Вади́м сбе́гал всё-таки в сосе́дний магази́н. Пить пришло́сь из гранёных стака́нов,[7] де́лая вид, что э́то нарза́н.[8]

О чём они́ говори́ли в э́тот день?

Сперва́,° когда́ шли по Арба́ту, Вади́м расспра́шивал о Со́фье Григо́рьевне, о Ми́шке (« Неуже́ли уже́ папа́ша?° Ай-ай-ай! »), о ста́рых ки́евских друзья́х, — из них кто поги́б, кто исче́з, а кто е́сли и жив, то ка́к-то во́лею судеб[9] и вре́мени отдали́лся.° Вади́м слу́шал внима́тельно, почти́ не перебива́я. Пото́м, пересека́я° Арба́тскую пло́щадь, они́ дру́жно° поруга́ли° но́вый па́мятник° Го́голю[10] и заговори́ли о скульпту́ре вообще́, о Ки́линой рабо́те, и тут Вади́м сказа́л, что он о́чень рад, что Ки́ля доби́лась° таки́х успе́хов в де́ле, кото́рое так лю́бит. « Э́то не всем удаётся »,[11] — сказа́л он. Ки́ра Гео́ргиевна промолча́ла. Пото́м они́ не́сколько мину́т шли мо́лча, и Ки́ра Гео́ргиевна мучи́тельно° иска́ла те́му для разгово́ра, и тогда́ он сказа́л: « Мо́жет, зайдём куда́-нибудь, я что́-то проголода́лся ».° И они́ зашли́ в э́ту са́мую столо́вую.

Пока́ Вади́м бе́гал за котле́тами° и винегре́том,[12] Ки́ра Гео́ргиевна смотре́ла на него́ све́рху (они́ устро́ились наверху́, на балко́нчике)° и ду́мала о том, что он, в о́бщем, ма́ло измени́лся, хотя́ похо́дка и ста́ла не така́я уж лёгкая и молода́я, как была́.

Пото́м Вади́м принёс две по́рции мо́крых° котле́т с вермише́лью,° винегре́т, буты́лку нарза́на и, разли́в во́дку, спроси́л:

— За что мы пьём?

---

bucket — wring out — wash — shabby — eating place — at first — "daddy" — become estranged — cross — unanimous — "criticize" — monument — achieve — agonizing — get hungry — "hamburger patties" — balcony — soggy — vermicelli

---

5. С... since that time **6.** пока не until **7.** гранёный... thick glass tumbler **8.** mineral water **9.** волею... by the will of destiny **10.** *Nikolai V. Gogol (1809–52), a great Russian writer* **11.** Это... not everyone could succeed in that **12.** salad of diced cooked vegetables

— За твоё возвраще́ние,° коне́чно, — сказа́ла Ки́ра Гео́ргиевна и ту́т же услыха́ла свой го́лос, чужо́й, далёкий, не её.

return

...Бо́же мой,[13] бо́же мой, что ж э́то происхо́дит?.. « За твоё возвраще́ние... » Куда́? К кому́? Вот она́ сиди́т за э́тим кра́сным, покры́тым стекло́м столо́м и смо́трит в таре́лку, и пе́ред ней стака́н с како́й-то га́достью,° и ни о чём она́ ещё не спроси́ла и не зна́ет, что спра́шивать и как спра́шивать, и вообще́, ну́жно ли спра́шивать, и он то́же молчи́т, то́же не спра́шивает. Когда́ они́ шли ми́мо Го́голя, она́ сказа́ла, что ста́рый па́мятник поста́вили недалеко́, во дворе́ того́ до́ма, где Го́голь у́мер, и что там ему́ да́же лу́чше, и он сказа́л: « Реабилити́ровали старика́ », а она́ да́же не спроси́ла, реабилити́ровали ли его́ самого́. И сейча́с она́ сиди́т, и смо́трит в таре́лку, и вы́пьет э́ту во́дку, кото́рая ей проти́вна,° вы́пьет потому́, что так на́до, так полага́ется[14] и счита́ется, что от э́того стано́вится ле́гче...[15]

"revolting stuff"

repulsive

Вади́м поле́з° в карма́н, вы́нул бума́жник,° ста́рый, лосня́щийся,° а из него́ — фотогра́фию: двухле́тний ма́льчик в кудря́шках,° заба́вный,° большегла́зый, удивлённый и чуть-чуть кривоно́гий.°

"thrust his hand" wallet
glossy (from wear)
ringlets (of hair) funny
bow-legged

— Мой сын, — сказа́л Вади́м. — Воло́дя.

Ки́ра Гео́ргиевна подняла́ глаза́.

— Дава́й вы́пьем за него́. Хо́чешь?

— Дава́й.

Он пододви́нул° ей стака́н. Она́ взяла́ его́ обе́ими рука́ми, чу́вствуя, что они́ трясу́тся.°

push
tremble

Го́споди, бо́же мой, что же э́то твори́тся?° Вот бы́ли вме́сте и расста́лись, и прошло́ два́дцать лет, да́же бо́льше, и за э́ти два́дцать лет всего́ бы́ло сто́лько,[16] что и не разберёшься.° И вот они́ опя́ть вме́сте, и ей уже́ никто́ не ну́жен[17] — ни Никола́й Ива́нович, ни Ю́рочка, никто́...

happen
make out

Ми́лый Вади́м, Ди́мка, не суди́ меня́ стро́го. Я плоха́я, сама́ зна́ю. Но я никогда́ тебе́ не врала́. И сейча́с не вру. Я така́я как есть. Прими́° меня́ тако́й...

accept

13. Боже... My God! **14.** так... one would expect **15.** и... and it is supposed to make things easier **16.** всего... so much had happened **17.** ей... she no longer needs anyone else

Вади́м сиде́л пе́ред ней, слегка́ наклоня́сь вперёд, положи́в ло́кти на стол, ме́дленно враща́я° пе́ред собо́й стака́н, и то́же смотре́л на неё. И в глаза́х его́, таки́х знако́мых голубы́х глаза́х, в кото́рые она́ не могла́ до сих пор[18] взгляну́ть, она́ прочла́ то, на что, мо́жет быть, уже́ и не име́ла пра́ва, — ожида́ние.° И она́ поняла́ вдруг, что всё, что до э́той мину́ты стоя́ло ме́жду ни́ми, ру́хнуло.°

turn around

expectation

collapse

И он по́нял.

— Киль, Киль, — сказа́л он. — Всё я́сно. Жаль то́лько, что и у нас мог быть тако́й Во́вка. И бы́ло бы ему́ сейча́с два́дцать лет, а мо́жет, и бо́льше.

Сказа́л и похло́пал° её слегка́ по руке́.

pat

Да, да, их сы́ну могло́ быть уже́ два́дцать лет, а мо́жет, и бо́льше. Он бы уже́ бри́лся, и кури́л, и за де́вочками бы уха́живал,[19] а мо́жет, и жени́лся бы, и был бы у него́ сын тако́й, как э́тот Во́вка... И тут Ки́ра нево́льно° поду́мала: ведь Ю́рочке как раз сто́лько лет, ско́лько могло́ быть их сы́ну.

involuntary

— Ну, вы́пьем же за Во́вку, — сказа́ла она́.

Он улыбну́лся.

— А кто говори́л: « И о́чень хорошо́, что не́ту »?

Она́ вы́пила, поперхну́лась,° до́лго ка́шляла, он хло́пал её по спине́. Пото́м она́ попроси́ла, чтоб он ещё рассказа́л о себе́, что хо́чет. И он рассказа́л. Он уже́ пять лет жена́т — пра́вда, не распи́сан.° Пе́рвый ребёнок у них у́мер, второ́й жив и здоро́в, рахи́т пройдёт,[20] но́жки уже́ заме́тно выпрямля́ются.[21] Жену́ зову́т Ма́рья Кондра́тьевна, и́ли про́сто Му́ся, она́ моло́же его́ на де́сять лет, попа́ла на Се́вер по́зже, чем он, хоро́ший това́рищ. Она́ вы́ходила° его́ в го́спитале, она́ врач по специа́льности. Краси́вая ли? Да как сказа́ть — наве́рно, обыкнове́нная. Ка́рточки у него́ с собо́й нет. Высо́кая, худа́я, тепе́рь немно́го пополне́ла, глаза́ голубы́е, была́ когда́-то брюне́ткой, сейча́с си́льно поседе́ла.°

choke

officially registered

nurse

turn gray

Обо всём э́том Вади́м говори́л про́сто, споко́йно, и по всему́ бы́ло ви́дно, что к жене́ свое́й он отно́сится хорошо́,[22] мо́жет быть, да́же лю́бит её. И Ки́ра

18. до... until now **19.** за... would go around with girls **20.** рахит... he will get over the rickets **21.** заметно... growing noticeably straighter **22.** к... he is nice to his wife

Гео́ргиевна вдруг почу́вствовала, что ей не хо́чется ви́деть э́ту же́нщину, да́же на ка́рточке.

Пото́м они́ гуля́ли по ночно́й° Москве́, по ти́хим, безмо́лвным° на́бережным. Вади́м всё расска́зывал о себе́. Ки́ра мо́лча слу́шала. Он говори́л негро́мко, споко́йно, ничу́ть не стара́ясь её разжа́лобить и́ли порази́ть. nighttime silent

Они́ вы́шли к Кры́мскому° мосту́, до́лго стоя́ли на нём, гляде́ли в чёрную, с дрожа́щими° огня́ми во́ду. Вади́м наки́нул на неё свой пиджа́к, о́бнял за пле́чи. Так они́ стоя́ли и молча́ли, говори́ть уже́ не хоте́лось. Crimean quivering

Прие́хал, верну́лся... Он ря́дом с ней, тут, на мосту́, в Москве́, че́рез два́дцать лет. У него́ седы́е во́лосы, искривлён° нос, появи́лись морщи́ны. Они́ не могли́ не появи́ться, но, мо́жет быть, их бы́ло бы ме́ньше, е́сли б все э́ти го́ды он жил в Ки́еве, в Москве́, ря́дом с не́ю и́ли да́же побыва́л° на фро́нте. И всё же[23] па́льцы его́ — она́ чу́вствует их на своём плече́ — оста́лись таки́ми же си́льными, мо́жет быть, ста́ли да́же сильне́е, а глаза́... Она́ на всю жизнь запо́мнит его́ глаза́, его́ взгляд — там, за сто́ликом с кра́сным стекло́м, — великоду́шный,° всё понима́ющий, всё-всё понима́ющий взгляд... crooked be magnanimous

Они́ до́лго стоя́ли на мосту́. Прошёл милиционе́р, посмотре́л на них, ничего́ не сказа́л и пошёл да́льше. Пото́м, когда́ на́чало уже́ света́ть° и Москва́-река́ из чёрной, пото́м лило́во-голубо́й ста́ла ро́зовой и чуть шерохова́той,° Вади́м спроси́л: grow light "rippling"

— Ну, так ка́к, Киль, что́ да́льше бу́дем де́лать?

И она́ отве́тила:

— Как — что́? По-мо́ему,° всё я́сно. in my opinion

23. всё... all the same

1961

Вопро́сы к те́ксту, 8, стр. 154.

Подгото́вка к чте́нию

1. Лю́ди пря́чутся под дере́вьями и под наве́сами кио́сков.
2. Она́ была́ послу́шной де́вочкой.
3. Они́ вошли́ под тент ле́тней заку́сочной, кото́рая называ́лась « Ле́то ».
4. На ли́цах посети́телей отчётливо блесте́ли ка́пельки по́та.
5. Де́вочка была́ в тёмно-си́ней матро́ске и аккура́тной плиссиро́ванной ю́бочке.
6. Её па́па был когда́-то спортсме́ном и куми́ром трёх близлежа́щих у́лиц.
7. Мне надое́л футбо́л.
8. Я рабо́таю на заво́де и обеспе́чиваю семью́.
9. Ему́ подви́нули таре́лку ра́ков, а де́вочке он заказа́л лимона́ду и две́сти гра́ммов конфе́т.
10. Ей бы́ло неудо́бно, но она́ сиде́ла сми́рно.

1. People are taking cover under the trees and under the kiosk awnings.
2. She was an obedient girl.
3. They went under the awning of the summer snack bar, which was called "Summer."
4. Little drops of sweat shone distinctly on the faces of the customers.
5. The little girl was dressed in a dark blue sailor's blouse and a neat accordion-pleated skirt.
6. Her daddy had been an athlete at one time and an idol of the three nearby streets.
7. I'm fed up with soccer.
8. I work at the factory and provide for my family.
9. They pushed a plate of crayfish over to him; for the girl he ordered lemonade and 200 grams of candy.
10. She was uncomfortable, but she sat quietly.

Па́па, сложи́!

ВАСИ́ЛИЙ АКСЁНОВ

1

Высо́кий мужчи́на в я́ркой руба́шке навы́пуск° стоя́л на солнцепёке° и смотре́л в не́бо, туда́, где за зда́нием гости́ницы° « Украи́на » нака́пливалась° густа́я мрачнова́тая синева́.[1]

worn outside (one's trousers) · blazing sun · hotel · gather

« В Фи́лях,[2] наве́рное, уже́ льёт »,° — ду́мал он.

pour

В Фи́лях, должно́ быть,[3] всё развезло́.° Лю́ди бегу́т по изры́той° бульдо́зерами земле́, пря́чутся во время́нках,° под дере́вьями, под наве́сами кио́сков. Отту́да на Белору́сский вокза́л прихо́дят мо́крые электри́чки, а сухи́е с Белору́сского ухо́дят туда́ и попада́ют под ли́вень и сквозь ли́вень летя́т да́льше, в Жа́воронки, в Голи́цыно, в Звени́город,[4] где по овра́гам° теку́т° ручьи́,° па́хнет мо́крыми со́снами и бе́лые це́ркви° стоя́т на холма́х.° Ему́ вдруг захоте́лось быть где́-нибудь там, заку́тать° О́льку в пиджа́к, взять её на́ руки и бежа́ть под дождём к ста́нции.

turn into mud · dig up · temporary shelter · ravine · flow · stream · church · hill · wrap up

Он огляну́лся и позва́л:°

call

— О́льга!

Де́вочка лет шести́ пры́гала в разно́жку по « кла́ссикам »[5] в тени́ большо́го до́ма. Услы́шав го́лос отца́, она́ подбежа́ла° к нему́ и взяла́ за́ руку. Она́ была́ послу́шной. Они́ вошли́ под тент ле́тней за-

run up

1. густая... dense, bluish darkness **2.** *Moscow suburb* **3.** должно... probably **4.** Жаворонки... *Moscow suburbs* **5.** прыгала... "played hopscotch"

ку́сочной, кото́рая так и называ́лась — « Ле́то ». Мужчи́на ещё раз огляну́лся на ту́чу.

« Мо́жет быть, и пройдёт ми́мо стадио́на »,° — прики́нул° он. — stadium; reckon

— Пэ, — сказа́ла де́вочка, — рэ, и, нэ, о, сэ, и, тэ, мя́гкий знак...

Она́ чита́ла объявле́ние.° — sign

Под те́нтом бы́ло, пожа́луй,° ещё жа́рче, чем на у́лице. Ро́зовые ли́ца посети́телей, сидя́щих у нару́жного° барье́ра,° отсве́чивали° на со́лнце. Отчётливо блесте́ли ка́пельки по́та на ли́цах. Стра́шно бы́ло смотре́ть, как лю́ди едя́т горя́чие супы́,° а им ещё подноси́ли° треску́чие° шашлыки́.[6] — perhaps; outer, railing, gleam; soup; bring, crackling

— Сэ, — продолжа́ла де́вочка, — и опя́ть сэ, о... Па́па, сложи́!

Оте́ц обрати́л внима́ние на объявле́ние, на кото́ром бы́ло напи́сано: « Приноси́ть с собо́й и распива́ть° спиртны́е° напи́тки° стро́го воспреща́ется ».° Он давно́ уже́ привы́к к э́тим объявле́ниям и не обраща́л на них внима́ния. — drink, alcoholic, beverage, be prohibited

— Что там напи́сано? — спроси́ла де́вочка.

— Чепуха́, — усмехну́лся° он. — grin

— Ра́зве чепуху́ пи́шут печа́тными° бу́квами? — усомни́лась° она́. — printed; doubt

— Быва́ет.° — happen

Он пошёл в да́льний тени́стый° у́гол, где сиде́ли его́ прия́тели. Там пи́ли холо́дное пи́во. Де́вочка шла ря́дом с ним, белобры́сенькая° де́вочка в си́ней матро́ске и аккура́тной плиссиро́ванной ю́бочке, с капро́новыми[7] ба́нтиками° в коси́чках,° а на нога́х бе́лые носо́чки.° Вся она́ была́ о́чень воскре́сной° и чи́стенькой, тако́й приме́рно-показа́тельный° ребёнок, вро́де тех, кото́рые нарисо́ваны на стена́х микроавто́бусов — « Зна́ют на́ши малыши́:° консе́рвы° э́ти хороши́ ». Её не приходи́лось тяну́ть, она́ не глазе́ла° по сторона́м, а споко́йно шла за свои́м па́пой. — shady; towheaded; bow, pigtail; socks, "Sundayish"; exemplary; kid; canned food; stare

Её па́па был когда́-то спортсме́ном и куми́ром трёх близлежа́щих у́лиц. Когда́ он весе́нним ве́чером возвраща́лся с трениро́вки,° на всех трёх близле- — practice

6. shashlik (*pieces of mutton roasted on a spit*) **7.** *a kind of nylon*

жа́щих у́лицах ребя́та выходи́ли из подворо́тен° и приве́тствовали° его́, а девчо́нки броса́ли° на него́ взволно́ванные° взгля́ды. Да́же са́мые working заядлые° « хану́рики »[8] почти́тельно° поднима́ли ке́пки, а подполко́вник в отста́вке[9] Коломе́йцев, кото́рый без футбо́ла не представля́л себе́ жи́зни, остана́вливал его́ и говори́л: « Слы́шал, что растёшь.° Расти́! » А он шёл, в се́рой ке́почке « букле́ »,° в си́нем ма́нтеле,° в каки́х ходи́ла вся их кома́нда° — дубль мастеро́в,[10] шёл осо́бой развинченной° футбо́льной похо́дкой, кото́рая выраба́тывается° не от чего́-нибудь, а про́сто от уста́лости° (то́лько пижо́ны наро́чно выраба́тывают себе́ таку́ю похо́дку), и улыба́лся мя́гкой от уста́лости улы́бкой, и всё в нём пе́ло от мо́лодости и от спорти́вной уста́лости.

gateway
greet cast
excited confirmed
respectful
advance
bouclé coat
team
loose
be formed
fatigue

Э́то бы́ло ещё до рожде́ния° О́льги, и она́, поня́тно, э́того ещё не зна́ет, но для него́-то э́ти шесть лет прошли́ сло́вно° шесть дней. К тому́ вре́мени, к её рожде́нию, он уже́ переста́л « расти́ », но всё ещё игра́л. Ле́том футбо́л, зимо́й хокке́й, вот и всё. С по́ля на скамью́° запасны́х,° а пото́м и на трибу́ны,° но всё равно́ — ле́том футбо́л, зимо́й хокке́й... Шесть ле́тних сезо́нов и шесть зи́мних...

birth
like
bench reserve stand

Ну и что? Чем пло́хо? Отста́нь° и не лезь в чужу́ю жизнь.[11] Межсезо́нье,° о́сень, весна́ — пери́оды трениро́вок, зна́ем мы э́ти ба́йки[12]... Телеви́зор — ну его́ к чёрту! А что у тебя́ есть ещё? Приве́тик, у меня́ есть жена́. Жена́? Ты говори́шь, что у тебя́ в посте́ли° есть же́нщина? Я говорю́, что у меня́ есть жена́. Семья́, по́нял? Жена́ и до́чка. О, да́же до́чка! Да́же о до́чке ты вспо́мнил. Слу́шай, ты там поле́гче, а то нарвёшься.[13] Футбо́л, хокке́й... Тебе́ не надое́ло? Го́споди, ра́зве спорт мо́жет надое́сть? И пото́м, ещё у меня́ есть заво́д. А он тебе́ не надое́л? Стоп, на заво́д посторо́нним вход воспрещён... Тебя́ к на́шим станка́м° на сто ме́тров нельзя́ подпуска́ть.° Ита́к, заво́д и футбо́л, да? Слу́шай, ско́лько раз мо́жно повторя́ть: жена́, до́чка... Ах, да́! Я те

leave me alone
off-season
bed
machine
allow to come near

8. bum, idler (*slang*) **9.** подполковник... retired lieutenant colonel **10.** дубль... second team **11.** не... don't poke your nose into other people's lives **12.** знаем... we've heard that story before **13.** ты... don't push it too hard, or you'll get in trouble

да́м[14] « ах да́ ». Семью́ обеспе́чиваю, по́нял? Полторы́ бума́ги в ме́сяц,[15] а премиа́льные?° Я, ме́жду про́чим, рационализа́тор.[16] Зна́ю, у тебя́ неплоха́я башка́. То́-то.[17] У меня́ друзе́й, ме́жду про́чим, полно́.° Вон они́ сидя́т — Пе́тька Стру́ков и Ильда́р, Вла́дик, Же́нечка, И́горь, Зя́мка, Пе́тька-второ́й то́же — все здесь. Сдви́нули два сто́лика. Насори́ли° ра́чьими° клешня́ми,° и лу́жи уже́ на столе́. Гопкомпа́ния.° Все одного́дки.° А ско́лько вам лет? Э-э, мы все с два́дцать девя́того.[18] А ско́лько вам лет? Ну, ско́лько, счита́ть не уме́ешь? Три́дцать два, ста́ло быть.°

bonus; plenty; litter; crayfish claw; gang of the same age; **стало...** that means

— Э́то что, Серёга, твоя́ паца́нка?[19] — спроси́л Пе́тька-второ́й. Все с любопы́тством° уста́вились° на де́вочку.

curiosity stare

— Ага́.

Он сел на подста́вленный° ему́ стул и посади́л° де́вочку на коле́ни°. Ей бы́ло неудо́бно, но она́ сиде́ла сми́рно.

"offered" seat; lap

— Сиди́ ти́хо, Олю́сь, сейча́с полу́чишь конфе́тку.

Ему́ подви́нули кру́жку пи́ва и таре́лку ра́ков, а де́вочке он заказа́л лимона́ду и две́сти гра́ммов конфе́т «Ну́-ка, отними́ ».[20]

14. Я... I'll show you **15.** Полторы... a hundred and fifty a month **16.** *a worker who organizes the processes of labor* **17.** Now you understand! **18.** мы... we were all born in 1929 **19.** girl (*slang*) **20.** "Try and take it away."

Вопро́сы к те́ксту, 1, стр. 154.

Подгото́вка к чте́нию

1. У жены́ сего́дня конфере́нция, а тёща в го́сти уе́хала.

   My wife has a conference today, and my mother-in-law has gone to see her friends.

2. Они́ про́чно держа́лись друг дру́га, и посторо́нние не допуска́лись.

   They clung tightly to each other, and outsiders were not admitted.

3. Напада́ющие и защи́тники жени́лись, переходи́ли в запа́с, станови́лись боле́льщиками.

   The forwards and the guards had married, gone into reserve, and become fans.

4. Серге́й вздро́гнул и заглянýл в её внима́тельные и стро́гие голубы́е глаза́.

   Sergei started, and looked into her attentive and stern blue eyes.

5. Па́па, не выдёргивай емý но́ги, потомý что он как живо́й.

   Daddy, don't pull its legs off — it looks alive.

6. Она́ взяла́ ра́ка и заверну́ла его́ в носово́й плато́к.

   She took the crayfish and wrapped it in her handkerchief.

7. Они́ ста́ли говори́ть о кома́нде, кото́рая, по их расчётам, должна́ вы́играть чемпиона́т.

   They began to talk about the team which, according to their calculations, should win the championship.

8. Он е́здил в Ленингра́д с делега́цией по обме́ну о́пытом.

   He went to Leningrad with a delegation for exchanging experience.

9. Он прикури́л у Же́нечки и сказа́л, что по его́ мне́нию, кома́нда сего́дня проигра́ет.

   He got a light from Zhenechka's cigarette and said that, in his opinion, the team would lose today.

10. Он сра́зу взял себя́ в ру́ки.

    He immediately took himself in hand.

2

Друзья́ смотре́ли на него́ с огро́мным любо-ытством. Они́ впервы́е° ви́дели его́ с до́чкой.

— Понима́ешь, у А́лки сего́дня конфере́нция, — бъяви́л° он Пе́тьке Стру́кову.

— В воскресе́нье? — удиви́лся И́горь.

— Ве́чно у них конфере́нции, у помо́щников° ме́рти, — усмехну́лся Серге́й и доба́вил чуть ли не[1] инова́то: — А тёща в го́сти уе́хала, вот и при-о́дится...

Он показа́л глаза́ми на го́лову де́вочки. Воло́сики неё бы́ли разделены́° посереди́не° ни́точкой° про-бо́ра.

— Пей пи́во, — сказа́л Ильда́р, — холо́дное...

Серге́й по́днял кру́жку, обвёл глаза́ми друзе́й[2] и усмехну́лся, наклони́в го́лову, скрыва́я теплоту́. Он любил свою́ гоп-компа́нию и ка́ждого в отде́ль-ности° и знал, что они́ его́ то́же лю́бят. Его́ люби́ли ка́к-то по-осо́бенному,° наве́рное потому́, что когда́-то он был среди́ всех са́мым « расту́щим », он рос на глаза́х, он игра́л за дублёров.° У него́ бы́ли хоро́-шие физи́ческие да́нные° и си́льный уда́р,° и он по́ле ви́дел. И жени́лся он по пра́ву на са́мой краси́вой из их де́вочек.

Серге́й держа́лся свои́х друзе́й. То́лько среди́ них он чу́вствовал себя́ таки́м, как шесть лет наза́д. Все они́ про́чно держа́лись друг дру́га, и посторо́нние не допуска́лись. Сло́вно свя́занные° та́йной° пору́кой,° они́ несли́ в те́сном кругу́ свои́ ю́ношеские вку́сы° и привы́чки, тащи́ли° все вме́сте в неве́домое° бу́ду-щее° кусо́чек° вре́мени, кото́рое уже́ прошло́. Ма-не́ра носи́ть ке́пки и кое-каки́е° слова́, футбо́л, хок-ке́й, я́ркие ковбо́йки и вечера́ в па́рке, когда́ Ильда́р игра́ет на гита́ре и поёт « Ты меня́ не лю́бишь, не жале́ешь... ». Жизнь шла свои́м чередо́м,[3] напада́ю-щие и защи́тники жени́лись, переходи́ли в запа́с, станови́лись боле́льщиками, у них рожда́лись де́ти,

for the first time
announce
helper
divide in the middle
thread
в... separately
in a special way
second team
qualities kick
bind secret agreement
taste
drag unknown
future fragment
some

1. чуть... almost 2. обвёл... looked around at his friends 3. шла... went its normal course

но де́ти, жёны и весь быт° бы́ли где́-то за неви́димой° черто́й той мужско́й° моско́вской жи́зни, в кото́рой опозда́вшие° бегу́т от метро́ к стадио́ну сло́вно в ата́ку,° а на трибу́нах волне́ние, и всех опьяня́ет° огро́мное весе́ннее чу́вство солида́рности.° Они́ не понима́ли, почему́ э́то их де́вочки (те са́мые боле́льщицы и партнёрши по та́нцам) ста́ли таки́ми зану́дами.° Они́ игра́ли в цеховы́х° кома́ндах и за пи́вом вспомина́ли о том вре́мени, когда́ они́ игра́ли в заводски́х° кома́ндах и как кого́-то из них приглаша́ли в дубль мастеро́в, а Серёга уже́ игра́л за дубль и мог бы вы́йти в основно́й соста́в,[4] е́сли бы не А́лка.

— Па́па, не на́до отла́мывать° ему́ го́лову, — сказа́ла де́вочка.

Серге́й вздро́гнул и загляну́л в её внима́тельные и стро́гие голубы́е глаза́, А́лкины глаза́. Он опусти́л ру́ку с кра́сным краса́вцем ра́ком.° Э́тот голубо́й взгляд, внима́тельный и стро́гий. Во́семь лет наза́д он останови́л его́: « Убери́° ру́ки и приходи́ ко мне тре́звый ».° Тако́й взгляд. Мо́жно, коне́чно, трепа́ться° с ребя́тами о том, как надое́ла « стару́ха », а мо́жет быть, она и действи́тельно надое́ла, потому́ что нет-нет, а вдруг[5] тебе́ хо́чется познако́миться с како́й-нибудь де́вочкой с сороково́го го́да,[6] пловчи́хой° и́ли гимна́сткой, и ты знако́мишься, быва́ет, но э́тот взгляд...

— И но́ги ему́ не вы́дёргивай.

— Почему́? — пробормота́л° он растерянно, как тогда́.

— Потому́ что он как живо́й.

Он положи́л ра́ка на стол.

— А что же мне с ним де́лать?

— Дай мне его́.

О́ля взяла́ ра́ка и заверну́ла его́ в носово́й плато́к.

Вокру́г грохота́ли° прия́тели.

— Ну и паца́нка у тебя́, Серге́й! Вот э́то да![7]

— Ты лю́бишь ра́ка, О́ленька? — спроси́л Зя́мка, у кото́рого не́ было дете́й.

— Да, — сказа́ла де́вочка. — Он за́дом° хо́дит.

daily routine
invisible male
those who are late
attack
intoxicate
solidarity
bore factory (intramural)
(inter)factory
break off
crayfish
take off
sober
jabber
swimmer
mumble
roar
backward

4. выйти... become a regular **5.** нет-нет... once in awhile and suddenly... **6.** девочка... a girl born in 1940 **7.** Вот... That's for sure!

— О-хо-хо! О-хо-хо! — изнемога́ли° сосе́дние сто́лики. — Вот ведь у́мница!° У́мница!

— А ну́-ка, замолча́ли!° — прикри́кнул Пе́тька Стру́ков, и сосе́дние сто́лики замолча́ли.

Ильда́р вы́нул табли́цу° чемпиона́та и расстели́л° её на столе́, и все склони́лись° над табли́цей и ста́ли говори́ть о кома́нде, о той кома́нде, кото́рая, по их расчётам, должна́ была́ вы́играть чемпиона́т, но почему́-то плела́сь° в середи́не табли́цы. Они́ боле́ли° за э́ту кома́нду, но боле́ли не так, как обы́чно боле́ют несве́дущие° фана́тики, выбира́ющие своего́ фавори́та по каки́м-то непоня́тным° соображе́ниям.° Нет, про́сто их кома́нда — э́то была́ Кома́нда с большо́й бу́квы, э́то бы́ло то, что, по их мне́нию, бо́льше всего́ соотве́тствовало° высо́кому поня́тию° « футбо́льная кома́нда ». На трибу́нах они́ не то́пали° нога́ми, не свисте́ли° и не крича́ли при неуда́чах:° « Ме́ньше во́дки на́до пить! », потому́ что они́ зна́ли, как всё э́то быва́ет, ведь « пшёнку » мо́жет вы́дать[8] любо́й са́мый кла́ссный° врата́рь:° мяч° — кру́глый,° а кома́нда — э́то не механи́зм,° а оди́ннадцать ра́зных парне́й.

Вдруг с у́лицы из раскалённого добела́ дня[9] вошёл в заку́сочную челове́к в све́тлом пиджаке́ и тёмном га́лстуке, Вячесла́в Соро́кин. Его́ появле́ние° шу́мно приве́тствовали:

— Приве́т, Сла́ва!

— С прие́здом,[10] Сла́ва!

— Ну как Ленингра́д, Сла́ва?

— Го́род-музе́й, — ко́ротко отве́тил Соро́кин и стал всем пожима́ть ру́ки, никого́ не обошёл.°

— Здра́вствуй, Олю́сь! — сказа́л он до́чке Серге́я и ей пожа́л ру́ку.

— Здра́вствуйте, дя́дя Вя́ча! — сказа́ла она́.

« Отку́да она́ зна́ет, как его́ зову́т? » — поду́мал Серге́й.

Соро́кину подви́нули пи́во. Он пил и расска́зывал о Ленингра́де, куда́ он е́здил на ро́дственное° предприя́тие° с делега́цией по обме́ну о́пытом.

— Удиви́тельные архитекту́рные анса́мбли,°

"laughing themselves sick"
smart girl
be quiet
schedule spread out
bend over
lag behind be worried
ignorant
incomprehensible consideration
correspond concept
stamp
whistle reversal
first-class goalkeeper ball
round machinery
appearance
leave out
closely related
enterprise (factory)
ensemble

8. « пшёнку »... might mess up an easy shot 9. из... from the scorching heat of the day 10. С... welcome back!

творе́ния° Растре́лли, Ро́сси, Казако́ва, Кваре́нги[11]... — торопли́во выкла́дывал° он.

creation
set forth

« Успе́л[12] уже́ и там культу́ры нахвата́ться »,[12] — поду́мал Серге́й.

Он то́же был в Ленингра́де, когда́ игра́л за дублёров, и Ленингра́д волнова́л его́, как любо́й незнако́мый го́род, тая́щий в себе́ неве́сть что.[13] Но он тогда́ был режи́мным па́рнем[14] и ма́ло что себе́ позволя́л.[15] Не успе́л культу́ры похвата́ть° и да́же не познако́мился ни с кем.

pick up

— ... коло́нны дори́ческие,° кони́ческие,° готи́ческие,° калифорни́йские... — выкла́дывал Соро́кин.

Doric conic
Gothic

— Молчу́, молчу́... — сказа́л Серге́й, и все засмея́лись.

Соро́кин сде́лал вид, что не оби́делся. Щелчка́ми он сбил[16] со стола́ на асфа́льт оста́нки° ра́ка и придви́нулся° к табли́це. Он прикури́л у Же́нечки и сказа́л, что, по его́ мне́нию, Кома́нда сего́дня проигра́ет.°

remains
move closer
lose

— Вы́играет,° — сказа́л Серге́й.

win

— Да нет же, Серёжа, — мя́гко сказа́л Соро́кин и посмотре́л ему́ в глаза́, — сего́дня им не вы́играть. Есть зако́ны° игры́,° тео́рия, расчёт...

law game

— Ни черта́ ты в игре́ не понима́ешь,[17] Вя́ча, — хо́лодно усмехну́лся Серге́й.

— Я не понима́ю? — сра́зу завёлся° Соро́кин. — Я кни́ги чита́ю!

"get riled up"

— Кни́ги! Ребя́та, слы́шите, Вя́ча наш кни́ги чита́ет! Вот он како́й, наш Вя́ча!

Соро́кин сра́зу взял себя́ в ру́ки и пригла́дил° свой не́жные° ре́дкие° во́лосы. Он улыбну́лся Серге́ю так, сло́вно жале́л его́.

smooth out
soft sparse

11. Растрелли... *famous architects of the eighteenth and nineteenth centuries* **12.** Успел нахвататься (he) managed to get a smattering **13.** таящий... harboring the unknown **14.** режимный... in training **15.** мало... didn't permit himself very much **16.** Щелчками... he flicked off **17.** Ни... you don't understand a darn thing about the game

Вопро́сы к те́ксту, 2, стр. 154.

Подгото́вка к чте́нию

1. Ты ра́ньше игра́л за дублёров, но ведь сейча́с ты совсе́м не игра́ешь.	1. You used to play on the second team, but right now you aren't playing at all, are you?
2. Помеще́ние бы́ло уже́ наби́то битко́м.	2. The place was already packed.
3. Он сдви́нул ке́пку на заты́лок и заговори́л, ни к кому́ не обраща́ясь: « Я прие́зжий, по́нял?... Не зде́шний... »	3. He pushed his cap to the back of his head and started to talk, not addressing anyone (in particular): "I'm a visitor here, you understand? . . . I'm from out of town. . . ."
4. Мне на́до занима́ться, экза́мены на носу́.	4. I have to study; exams are just around the corner.
5. Асфа́льт пружи́нил под нога́ми, как пенопла́стиковый ко́врик.	5. The asphalt pavement was springy under their feet, like a foam rubber pad.
6. Посмо́трим ба́скет на ма́лой аре́не, там же́нский полуфина́л.	6. Let's watch the basketball game at the small arena; they're having the women's semi-finals.
7. Па́па, мо́жно тебя́ на мину́точку?	7. Daddy, can I talk to you for a minute?
8. Она́ не винова́та, что у неё конфере́нция.	8. It's not her fault that she has a conference.
9. Из её кулачка́, сло́вно анте́нны ма́ленького приёмника, торча́ли ра́чьи усы́.	9. The whiskers of the crayfish stuck out from her little fist just like the antennae of a small radio.
10. Гла́вный техно́лог заво́да стоя́л в о́череди на карусе́ль.	10. The chief technologist of the factory was standing in line for the merry-go-round.
11. Он поклони́лся Серге́ю и припо́днял шля́пу.	11. He bowed to Sergei and raised his hat slightly.

3

« Да, я не люблю́, когда́ меня́ зову́т Вя́чей, — каза́лось, говори́ла его́ улы́бка, — но так называ́ешь меня́ то́лько ты, Серге́й, и у тебя́ ничего́ не полу́чит-ся,[1] не бу́дут ребя́та называ́ть меня́ Вя́чей, а бу́дут звать Сла́вой, Сла́виком, как и ра́ньше. Да, Серге́й, ты игра́л за дублёров, но ведь сейча́с ты уже́ не игра́ешь. Да, ты жени́лся на са́мой краси́вой из на́ших де́вочек, но... »

Серге́й то́же сдержа́лся.° — restrain (oneself)

« Споко́йно, — ду́мал он. — Ка́к-нибудь друзья́ ».

Но что де́лать, е́сли друг иногда́ смо́трит на тебя́ таки́м взгля́дом, что хо́чется плесну́ть ему́ опи́вками в физионо́мию![2]

Серге́й по́днял го́лову. Брезе́нтовый° тент колыха́лся,° сло́вно све́рху лежа́л кто́-то пу́хлый° и воро́чался там с бо́ку на́ бок. Помеще́ние уже́ бы́ло наби́то битко́м. Сиде́вший за сосе́дним сто́ликом су́мрачный° челове́к в ке́пке-восьмикли́нке[3] тяжело́ поста́вил кру́жку на стол, сдви́нул ке́пку на заты́лок и заговори́л, ни к кому́ не обраща́ясь: — canvas; heave; plump; gloomy

— Сам я прие́зжий, по́нял?... Не здё́шний... Же́нщина у меня́ здесь, в Москве́, ба́ба... Коро́че° — живу́ с ней. Всё! — in short

Он сту́кнул° кулако́м по́ столу, надви́нул ке́пку[4] и замолча́л, ви́димо, надо́лго. — bang

Серге́й вы́тер пот со лба — здесь станови́лось невыноси́мо жа́рко. Соро́кин перегну́лся° че́рез стол и шепну́л ему́: — lean over

— Серёжа, вы́веди° отсю́да° де́вочку, пусть поигра́ет в скве́ре.° — take out; from here; square (public garden)

— Не твоё де́ло, — шепну́л ему́ Серге́й в отве́т.

Соро́кин отки́нулся° и опя́ть улыбну́лся так, сло́вно жале́л его́. — lean back

Пото́м он встал и одё́рнул° пиджа́к. — pull down

— Извини́те, ребя́та, я пошёл.

1. у... you're not going to get anywhere (with that) 2. плеснуть... fling the rest of my beer in his face 3. octagonal cap 4. надвинул... pulled his cap over his eyes

— На стадио́н прие́дешь? — спроси́л Пе́тька.

— К сожале́нию, не смогу́. На́до занима́ться.° study

— В воскресе́нье? — удиви́лся И́горь.

— Что поде́лаешь,[5] экза́мены на носу́.

— За како́й ты курс сейча́с сдаёшь,[6] Сла́вка? — спроси́л Же́нечка.

— За тре́тий, — отве́тил Соро́кин.

— Ну, пока́, — сказа́л он.

— О́бщий приве́т! — помаха́л он сжа́тыми ладо́нями.[7]

— Олю́сь, держи́! — улыбну́лся он и протяну́л° де́вочке шокола́дку. hold out

— Э, подожди́, — окли́кнул его́ Зя́мка, — мы все идём. Здесь стано́вится жа́рко.

Все вста́ли и те́сной гурьбо́й[8] вы́шли на раскалённую добела́ у́лицу. Асфа́льт пружи́нил под нога́ми, как пенопла́стиковый ко́врик. Ту́ча не сдви́нулась с ме́ста. Она́ по-пре́жнему темне́ла[9] за высо́тным зда́нием и была́ похо́жа на чи́стое° лицо́ всех невзго́д.° Она́ вызыва́ла° прили́в° му́жества.° pure adversity arouse surge courage

— А ты на стадио́н пое́дешь? — примири́тельно° обрати́лся к Серге́ю Соро́кин. in a conciliatory tone

— А что ты ду́маешь, я пропущу́° тако́й футбо́л? miss

— Ничего́ я не ду́маю, — уста́ло сказа́л Соро́кин.

— Ну, не ду́маешь, так и молчи́.

Соро́кин перебежа́л у́лицу и сел в авто́бус, а все остальны́е° ме́дленно пошли́ по тенево́й° стороне́, ти́хо разгова́ривая и посме́иваясь. Обы́чно они́ выходи́ли с шу́мом-га́мом,° Зя́мка расска́зывал анекдо́ты,° Ильда́р игра́л на гита́ре, но сейча́с среди́ них была́ ма́ленькая де́вочка и они́ не зна́ли, как себя́ вести́. the rest shady hubbub joke

— Куда́ мы идём? — спроси́л Серге́й.

— Потя́немся потихо́ньку[10] на стадио́н, — сказа́л И́горь. — Посмо́трим пока́ ба́скет на ма́лой аре́не, там же́нский полуфина́л.

— Па́па, мо́жно тебя́ на мину́точку? — сказа́ла О́ля.

5. Что... what can I do about it **6.** За... which year are you finishing now **7.** помахал... he gestured with his hands clasped together **8.** тесной... in a closely knit group **9.** appeared dark **10.** Потянемся... let's wander on over

Сергéй останови́лся, удивлённый тем, что онá говори́т совсéм как взрóслая. Друзья́ пошли́ вперёд.

— Я дýмала, мы пойдём в парк, — сказáла дéвочка.

— Мы пойдём на стадиóн. Там тóже парк, знáешь, дерéвья, киóски...

— А карусéль?

— Нет, э́того там нет, но затó...

— Я хочý в парк.

— Ты непрáвá,° Óльга, — сдéрживаясь, сказáл он. — **Ты...** you're wrong

— Не хочý я идти́ с э́тими дя́дями, — совсéм раскапри́зничалась° онá. — become "obstinate"

— Ты неправá, — тýпо° повтори́л он. — "stubbornly"

— Мáма обещáла° покатáть° меня́ на карусéли. — promise; take for a ride

— Ну пусть мáма тебя́ и катáет, — с раздражéнием° сказáл Сергéй и оглянýлся. — irritation

Ребя́та останови́лись на углý.

У Óли смóрщилось° ли́чико.° — wrinkle up; little face

— Онá же не виновáта, что у неё конферéнция.

— Мáльчики! — кри́кнул Сергéй. — Иди́те без меня́! Я приéду к мáтчу!° — game

Он взял Óлю зá руку и дёрнул:° — jerk

— Пойдём быстрéй.

« Конферéнция, конферéнция, — дýмал он на ходý,[11] — вéчные э́ти конферéнции. И тёща сегóдня уéхала. Весёлое воскресéнье. Чегó дóброго, Áлка стáнет кандидáтом наýк.[12] Тогдá держи́сь.[13] Онá и сейчáс тебя́ в грош не стáвит ».[14]

Он шёл бы́стрыми шагáми, а дéвочка, не поспевáя,[15] бежáла ря́дом. В прáвой рукé онá держáла завёрнутого° в платóчек рáка. Из её кулачкá, слóвно антéнны мáленького приёмника, торчáли рáчьи усы́. Онá бежáла, весёлая, и читáла вслух° бýквы, котóрые ви́дела: — wrapped up; aloud

— Тэ, кэ, а, нэ, и... Пап!

— Ткáни!° — сквозь зýбы бросáл° Сергéй. — cloth; toss

— Мя́со!° — meat

— Галантерéя!° — haberdashery

11. на... while walking along **12.** Чего... For all I know, Alka may get a degree in science. **13.** Тогда... Then hold tight! **14.** тебя... she thinks you're not worth a penny **15.** не... not able to keep up (with him)

Кандида́т нау́к и бы́вший футболи́ст-неуда́чник,° имя кото́рого по́мнят то́лько са́мые ста́рые пройдо́хи° на трибу́нах. Челове́к сто из ста ты́сяч. Да-да, да, был тако́й, ага́, по́мню, бы́стро сошёл[16]... А кто винова́т, что он не стал таки́м, как Не́тте, что она́ тогда́ не пое́хала в Си́рию, что он... Уважа́емый° кандида́т, учёная° же́нщина, краса́вица°... Ах ты, краса́вица... Ей уже́ не́ о чём с ним говори́ть.[17] Но но́чью-то нахо́дится° о́бщий язы́к, а днём пусть она́ говори́т с ке́м-нибудь други́м, с Соро́киным наприме́р, он ей расска́жет про Кваре́нги и про всех остальны́х и про коло́нны там ра́зные — всё вы́ложит в два счёта.[18] Ты разменя́л четвёртую деся́тку.[19] А, ты опя́ть заговори́л? Ты сейча́с тра́тишь° четвёртую. На что? Отста́нь! Ко́нчился спорт, конча́ется любо́вь... О, любо́вь! Что мне сто́ит найти́ де́вочку с сороково́го го́да, пловчи́ху каку́ю-нибудь... Я не об э́том. Отста́нь! Слу́шай, отста́нь!

unsuccessful soccer player
old fox
respected
learned beauty
be found
spend

В па́рке они́ ката́лись на карусе́лях, сиде́ли ря́дом верхо́м на двух се́рых коня́х° в си́них я́блоках.° Серге́й держа́л до́чку. Она́ хохота́ла, залива́лась° сме́хом, положи́ла ра́ка коню́ ме́жду уше́й.

steed "spots"
overflow

— И рак ката́ется! — крича́ла она́, заки́дывая° голо́вку.

toss back

Серге́й хму́ро улыба́лся. Вдруг он заме́тил гла́вного техно́лога со своего́ заво́да. Тот стоя́л в о́череди на карусе́ль и держа́л за́ руку ма́льчика. Он поклони́лся Серге́ю и припо́днял шля́пу. Серге́я покоро́била° э́та о́бщность° с гла́вным техно́логом, ожире́вшим° и ску́чным челове́ком.

jar similarity
fat

— До́чка? — кри́кнул гла́вный техно́лог.

— Сын? — кри́кнул Серге́й на сле́дующем кругу́.[20]

Гла́вный техно́лог кивну́л не́сколько раз.

— Да-да, сын! — кри́кнул гла́вный техно́лог.

Нет, он всё-таки симпати́чный, гла́вный техно́лог.

16. сошёл... came to naught **17.** Ей... already she had nothing to talk about with him **18.** выложит... (he) will tell (her) in two seconds **19.** Ты... You've broken your fourth ten-ruble note. (You're into your thirties.) **20.** на... the next time around

Вопро́сы к те́ксту, 3, стр. 154–55.

Подгото́вка к чте́нию

1. Он оста́вил О́льгу на скаме́йке, а сам вошёл в телефо́нную бу́дку и стал звони́ть в институ́т.
2. Серге́й вы́рвал у неё ра́ка, переломи́л его́ попола́м и вы́бросил в кусты́.
3. Сра́зу подверну́лось такси́.
4. Её захвати́ла ско́рость.
5. Он включи́л телеви́зор, что́бы узна́ть, начался́ ли матч.
6. Над сто́ликом во всю сте́ну тяну́лось зе́ркало.
7. « Вам, граждани́н, уже́ хва́тит », сказа́ла официа́нтка, проходя́ ми́мо сто́лика.
8. Она́ уви́дела, что мужчи́на во́все не пьян.
9. Он ел моро́женое, не замеча́я его́ вку́са, чу́вствуя то́лько хо́лод во рту.

1. He left Olga on the bench, and he himself went to a telephone booth to phone the institute.
2. Sergei tore the crayfish away from her, broke it in two, and threw it into the bushes.
3. A taxi turned up at that very moment.
4. She was captivated by the speed.
5. He turned on the TV to find out whether the game had started.
6. A mirror stretched along the entire wall, above the tables.
7. "You've already had enough, citizen," said the waitress, going past their table.
8. She saw that the man was not drunk at all.
9. He ate ice cream, not noticing its taste, but feeling only the coldness in his mouth.

4

О́ля до́лго не могла́ забы́ть блиста́тельного° кruже́ния° на карусе́ли. — splendid; whirling

— Па́па, па́па, расска́жем ма́ме, как рак ката́лся?

— Слу́шай, О́льга, отку́да ты зна́ешь дя́дю Вя́чу? — неожи́данно для себя́ спроси́л Серге́й.

— Мы его́ ча́сто встреча́ем с ма́мой, когда́ идём на рабо́ту. Он о́чень весёлый.

« Ах, вот как,[1] он, ока́зывается, ещё и весёлый, — поду́мал Серге́й. — Вя́ча — весельча́к.° Зна́чит, он сно́ва на́чал крути́ть свои́ финты́.[2] Ох, напро́сится он у меня́ ».[3] — merry fellow

Он оста́вил О́льгу на скаме́йке, а сам вошёл в телефо́нную бу́дку и стал звони́ть в э́тот мудре́йший° институ́т, где шла э́та му́драя конфере́нция. Он наде́ялся, что конфере́нция ко́нчилась, и тогда́ он отвезёт до́чку домо́й, сдаст° её А́лке, а сам поє́дет на стадио́н, а пото́м проведёт весь ве́чер с ребя́тами. Ильда́р бу́дет петь: — most "learned"; turn over

Ты меня́ не лю́бишь, не жале́ешь,
Ра́зве я немно́го не краси́в?
Не смотря́ в лицо́, от стра́сти° мле́ешь,° — passion; "melt"
Мне на пле́чи ру́ки опусти́в...

В тру́бке до́лго стона́ли° дли́нные гудки́,° наконе́ц они́ оборвали́сь° и ста́рческий° го́лос сказа́л: — moan; buzzing; stop suddenly; senile

— Алё!

— Ко́нчилась там ва́ша хи́трая° конфере́нция? — спроси́л Серге́й. — intricate

— Кака́я така́я конфере́нция? — проша́мкала° тру́бка. — Сего́дня воскресе́нье... — mumble

— Э́то институ́т? — кри́кнул Серге́й.

— Ну, институ́т...

Серге́й вы́шел из бу́дки. Во́здух струи́лся,° бу́дто пла́вился° от жары́. По алле́е шёл то́лстый распа́ренный° челове́к в шёлковой « бо́бочке » с широ́кими — stream (up); melt; "perspiring"

1. Ах... Oh, is that so? 2. крутить... play his cunning tricks 3. Ох... He's really asking for trouble.

рукава́ми. Он уста́ло отма́хивался° от мух.° Му́хи упо́рно° лете́ли за ним, кружи́ли° над его́ голово́й, он им, ви́димо,° нра́вился.

wave away — fly — stubborn — circle — apparently

« Та-ак », — поду́мал Серге́й, и у него́ вдруг чуть не подогну́лись но́ги[4] от неожи́данного, как толчо́к° в спи́ну, стра́ха. Он побежа́л бы́ло[5] из па́рка, но вспо́мнил об О́льге. Она́ сиде́ла в тени́ на скаме́ечке и води́ла° ра́ка.

jolt — "play (with)"

— « Да́же ра́ки, да́же ра́ки, уж° таки́е забия́ки,° то́же пя́тятся наза́д[6] и уса́ми шевеля́т »,° — пригова́ривала° она́.

really — squabbler — "wiggle" — keep saying

« Спосо́бная° де́вочка, — поду́мал Серге́й. — В ма́мочку ».[7]

gifted

Он схвати́л её за́ руку и потащи́л.° Она́ верещáла° и пока́зывала ему́ ра́ка.

drag along — squeal

— Па́па, он тако́й у́мный, он почти́ стал как живо́й!

Серге́й останови́лся, вы́рвал у неё ра́ка, переломи́л его́ попола́м и вы́бросил в кусты́.

— Ра́ками не игра́ют, — сказа́л он, — их едя́т. Они́ иду́т под° пи́во.

"with"

Де́вочка сра́зу запла́кала в три ручья́[8] и отказа́лась идти́. Он подхвати́л её на́ руки и побежа́л.

Вы́скочил° из па́рка. Сра́зу подверну́лось такси́. В горя́чей безвозду́шной° тишине́ промелькну́ла° внизу́ Москва́-река́, похо́жая на широ́кую полосу́ серебряной фо́льги,° откры́лась впереди́ друга́я река́, асфа́льтовая, река́ под назва́нием Садо́вое кольцо́,[9] по кото́рому ему́ лете́ть, торопи́ться, догоня́ть° своё несча́стье.° Де́вочка сиде́ла у него́ на рука́х. Она́ переста́ла пла́кать и улыба́лась. Её захвати́ла ско́рость. В лицо́ ей лете́ли бу́квы с афи́ш, вы́весок,° плака́тов, рекла́м.° Все бу́квы, кото́рые она́ вы́учила,° и де́сять ты́сяч други́х, кра́сных, си́них, зелёных, лете́ли ей навстре́чу, все бу́квы оди́ннадцати плане́т со́лнечной° систе́мы.

jump out — airless — flash by — foil — run after — unhappiness — signboard — advertisement — learn — solar

— Пэ, жэ, о, рэ, мя́гкий знак, жэ, лэ, рэ, жэ, у, е, жэ... Па́па, сложи́!

« ПЖОРЬЖЛРЖУЕЖ, — проноси́лось° в голове́ у

rush by

4. чуть... almost collapsed **5.** Он... he was about to run **6.** пятятся... they walk backward **7.** В... Just like her mother. **8.** заплакала... started shedding floods of tears **9.** Sadovoye Circle, *a street in Moscow*

Сергéя. — Почемý так мнóго « ж »? Жáжда,° жестóкость,° жарá, жéнщина, жирáф, жёлоб,° жуть,° жир,° жизнь, желтóк,° жёлоб... « Пáпа, сложи́! » Попрóбуй-ка тут сложи́[10] на такóй скóрости ».

thirst; cruelty; gutter; horror; fat; yolk

— У тебя́ зáдний мост° стучи́т,° — сказáл он шофёру и остáвил емý сверх° счётчика° три́дцать копéек.

axle; make a noise; over; meter reading

Он вбежáл в свой дом, чéрез три ступéньки[11] запры́гал по лéстнице, откры́л дверь и ворвáлся° в свою́ квартиру. Пýсто.° Жáрко. Чи́сто. Сергéй огля́делся, закури́л, и э́та егó сóбственная° двухкóмнатная кварти́ра показáлась емý чужóй,° настóлько° чужóй, что вот сейчáс из другóй кóмнаты мóжет вдруг вы́йти совершéнно незнакóмый человéк, не имéющий отношéния ни к комý на свéте. Емý стáло не по себé,[12] и он тряхнýл° головóй.

burst; empty; own; alien; so; shake

« Мóжет, пýтаница° какáя-нибудь? » — подýмал он с облегчéнием° и включи́л телеви́зор, чтóбы узнáть, начался́ ли матч.

mix-up; relief

Телеви́зор ти́хо загудéл,° потóм послы́шалось гудéние° трибýн, и по харáктеру э́того гудéния он срáзу пóнял, что идёт разми́нка.°

hum; hum; warming-up

« Онá мóжет быть у Тамáрки и́ли у Гали́ны », — подýмал он.

Спускáясь по лéстнице, он убеждáл себя́, что у Тамáрки и́ли у Гали́ны, и уговáривал° себя́ не звони́ть. Всё же° он подошёл к автомáту° и позвони́л. Ни у Тамáрки, ни у Гали́ны её нé было. Он вы́шел из автомáта. Сóлнце жглo° плéчи. Óльга пря́мо на солнцепёке пры́гала в разнóжку по « клáссикам »...

try to persuade; **Всё...** nevertheless; pay telephone; burn

Дéвочка подошлá и взялá егó зá руку.

— Пáпа, кудá мы пойдём тепéрь?

— Кудá хóчешь, — отвéтил он, — пошли́ кудá-нибудь.

Они́ мéдленно пошли́ по сóлнечной сторонé, потóм он догадáлся° перейти́ на другýю стóрону.

guess

— Почемý ты растерзáл° рáка? — стрóго спроси́ла Óля.

tear up

— Хóчешь морóженого? — спроси́л он.

10. Попробуй-ка... just try to find out what it spells **11.** через... three steps at a time **12.** Ему... he didn't feel quite himself

— А ты?

— Я хочу́.

Переу́лками они́ вы́шли на Арба́т пря́мо к кафе́.

В кафе́ бы́ло прохла́дно и полутемно́. Над сто́ликами во всю сте́ну тяну́лось зе́ркало. Серге́й смотре́л в зе́ркало, как он идёт по кафе́, и како́е у него́ кра́сное лицо́, и каки́е уже́ больши́е залы́сины.[13] О́льги в зе́ркале ви́дно не́ было, не доросла́ ещё.[14]

— А вам, граждани́н, уже́ хва́тит, — сказа́ла официа́нтка, проходя́ ми́мо их сто́лика.

— Моро́женого да́йте! — кри́кнул он ей вслед.° — **ей...** after her

Она́ подошла́ и уви́дела, что мужчи́на во́все не пьян, про́сто у него́ лицо́ кра́сное, а глаза́ блужда́ют° не от во́дки, а от каки́х-то други́х причи́н. — wander

О́ля е́ла моро́женое и болта́ла° но́жками. Серге́й то́же ел, не замеча́я вку́са, чу́вствуя то́лько хо́лод во рту. — dangle

Ря́дом сиде́ла па́рочка. Молодо́й челове́к с шевелю́рой,° похо́жей на папа́ху,° в чём-то убежда́л де́вушку, угова́ривал её. — mop of hair; sheepskin hat

— Не ликвида́ция, а реорганиза́ция, — говори́л он.

Де́вушка смотре́ла на него́ кру́глыми глаза́ми.

— Перепрофили́рование,° — с мольбо́й произнёс он. — **с...** pleadingly

Она́ поту́пилась,° а он придви́нулся бли́же и забубни́л.° Ви́дно бы́ло, как косну́лись° их коле́ни. — look down; mutter; touch

— Бу-бу-бу, — бубни́л он, — перспекти́ва° ро́ста,° бу-бу-бу, но зато́ перспекти́ва, бу-бу-бу, ты понима́ешь? — prospects; development

Она́ кивну́ла, они́ вста́ли и ушли́, чуть поша́тываясь.° — stagger

13. большие... receding hairline (around the temples) **14.** не... she wasn't tall enough yet.

Вопро́сы к те́ксту, 4, стр. 155.

Подгото́вка к чте́нию

1. Здесь недалеко́ зоомагази́н; пойдём и вы́берем тебе́ первокла́ссную живу́ю черепа́ху.
2. Радиокоммента́тор сказа́л, что то́лько что зако́нчился пе́рвый тайм и его́ кома́нда прои́грывала.
3. В зоомагази́не бы́ли пти́цы — го́луби и зелёные попуга́и.
4. Черепа́хи лежа́ли вплотну́ю друг к дру́гу, и не шевели́лись.
5. Черепа́ху положи́ли в коро́бку с ды́рочками.
6. Продавщи́ца сказа́ла, что черепа́ха ле́том ест траву́.
7. Внизу́ по реке́ шёл прогу́лочный теплохо́д.
8. Институ́ты веду́т иссле́довательскую рабо́ту.
9. Его́ мо́лодость прошла́ по стадио́нам, пивны́м и танцплоща́дкам.
10. Он ду́мал о том, как его́ до́чка бу́дет расти́ и как она́ поє́дет в пионерла́герь.
11. Па́па, угада́й, что я пишу́.

1. There's a pet store not far from here; let's go and pick out a first-class live turtle.
2. The radio announcer said that the first half had just ended and his (Sergei's) team was losing.
3. In the pet store there were birds — pigeons and green parrots.
4. The turtles were lying close to each other and not moving.
5. They put the turtle in a cardboard box with little holes in it.
6. The saleslady said that the turtle eats grass in the summer.
7. Down below, an excursion boat was moving along the river.
8. The institutes are conducting research work.
9. His youth had been spent in stadiums, in beer parlors, and on dance floors.
10. He thought of how his daughter would be growing up and going to a Young Pioneers' camp.
11. Daddy, guess what I'm writing.

5

— Хо́чешь черепа́ху, до́чка? — спроси́л Серге́й.

О́ля вздро́гнула и да́же вы́тянула° ше́йку.

stretch out

— Как э́то — черепа́ху? — осторо́жно спроси́ла она́.

— Элемента́рную° живу́ю черепа́ху. Здесь недалеко́ зоомагази́н. Сейча́с пойдём и вы́берем тебе́ первокла́ссную черепа́ху.

ordinary

— Пойдём быстре́й, а?

Они́ вста́ли и пошли́ к вы́ходу.° В гардеро́бе приглушённо° вереща́л радиокоммента́тор и слы́шался далёкий, как мо́ре, рёв° стадио́на. Серге́й хоте́л бы́ло пройти́ ми́мо, но не удержа́лся° и спроси́л у гардеро́бщика,° как дела́.

exit
muffled
roar
restrain oneself
cloakroom attendant

Зака́нчивался пе́рвый тайм. Кома́нда прои́грывала.

Они́ вы́шли на Арба́т. Прохо́жих бы́ло ма́ло, и маши́н то́же немно́го. Все в таки́е дни за́ городом. Че́рез у́лицу шёл удиви́тельно высо́кий шко́льник.° В расстёгнутом се́ром ки́теле,° узкопле́чий° и весь о́чень то́нкий, краси́вый и весёлый, он обеща́л вы́расти° в атле́та, в це́нтра сбо́рной° баскетбо́льной кома́нды страны́. Серге́й до́лго провожа́л его́ глаза́ми,[1] ему́ бы́ло прия́тно смотре́ть, как выша́гивает° э́та верста́,° как плывёт° высоко́ над толпо́й краси́вая, мо́дно постри́женная голова́.

schoolboy
tunic narrow-shouldered
grow combined (All-Star)
pace "tall lad" float

В зоомагази́не О́ля поонача́лу растеря́лась. Здесь бы́ли пти́цы, го́луби и зелёные попуга́и, чижи́,° канаре́йки.° Здесь бы́ли аква́риумы, в кото́рых сло́вно металли́ческая° пыль серебри́лись° мельча́йшие° ры́бки.° И наконе́ц, здесь был застеклённый° грот,° в кото́ром находи́лись черепа́хи. Грот был ноздрева́тый,° сде́ланный из ги́пса и покра́шенный се́рой кра́ской. На дне его́, у́стланном° траво́й,° лежа́ло мно́жество° ма́леньких черепа́х. Они́ лежа́ли вплотну́ю друг к дру́гу и не шевели́лись да́же, они́ бы́ли похо́жи на булы́жную мостову́ю.[2] Они́ храни́ли°

siskin
canary
metal shine silver tiniest
fish glassed-in grotto
porous
cover grass
multitude
keep

1. провожал... followed him with his eyes **2.** булыжная... cobblestone pavement

молча́ние и терпели́во жда́ли свое́й у́части.° Мо́жет быть, они́ лежа́ли ско́ванные° стра́хом, утра́тив° ве́ру° в свои́ па́нцири,° не ве́дая° того́, что их здесь не едя́т, что они́ не иду́т под пи́во, что здесь их посте́пе́нно° всех разберу́т° весёлые ма́ленькие де́ти и у них начнётся дово́льно сно́сная,° хотя́ и одино́кая жизнь. Наконе́ц, одна́ из них вы́сунула° из-под па́нциря голо́вку, забрала́сь° на свою́ сосе́дку и поплела́сь° пря́мо по спи́нам свои́х неподви́жных° сестёр. Куда́ она́ ползла́° и заче́м, она́, наве́рное, и сама́ э́того не зна́ла, но она́ всё ползла́ и ползла́ и э́тим понра́вилась О́ле бо́льше други́х.

fate · constrained · lose · faith · "shell" · know · gradual · buy up · tolerable · stick out · climb on · move slowly · motionless · crawl

Па́па действи́тельно купи́л э́ту черепа́ху, и её вы́тащили из гро́та, положи́ли в карто́нную коро́бку с ды́рочками, напиха́ли° туда́ травы́.

stuff

— Что она́ ест? — спроси́л па́па у продавщи́цы.

— Траву́, — сказа́ла продавщи́ца.

— А зимо́й чем её корми́ть?° — поинтересова́лся° па́па.

feed · be interested

— Се́ном,° — отве́тила продавщи́ца.

hay

— Зна́чит, на сеноко́с° на́до е́хать, — пошути́л° па́па.

haymaking · joke

— Что? — спроси́ла продавщи́ца.

— Зна́чит, на́до, говорю́, е́хать на сеноко́с, — повтори́л свою́ шу́тку° па́па.

joke

Продавщи́ца почему́-то оби́делась и отверну́лась.

Когда́ они́ вы́шли на у́лицу, начался́ второ́й тайм. Почти́ из всех о́кон бы́ли слы́шны кри́ки,° э́то шёл репорта́ж.[3] О́ля несла́ коро́бку с черепа́хой и загля́дывала в ды́рочки. Там бы́ло темно́, слы́шалось сла́бое° шурша́ние.°

shout · faint · rustling

— Она́ до́лго бу́дет живо́й? — спроси́ла О́ля.

— Говоря́т, они́ живу́т три́ста лет, — сказа́л Серге́й.

— А на́шей ско́лько лет, па́па?

Серге́й заглянул в коро́бку.

— На́ша ещё молода́я. Ей во́семьдесят лет. Совсе́м де́вочка.

Рёв из ближа́йшего окна́ возвести́л° о том, что кома́нда сравня́ла счёт.[4]

herald

— А мы ско́лько живём? — спроси́ла де́вочка.

3. commentary (*sports*) **4.** сравняла... evened up the score

— Кто — мы?

— Ну, мы, лю́ди...

— Мы ме́ньше, — усмехну́лся Серге́й, — се́мьдесят лет и́ли сто.

Ох, кака́я там, ви́дно, шла дра́ка!° Коммента́тор крича́л так, сло́вно разва́ливался° на сто куско́в. fight / fall apart

— А что пото́м? — спроси́ла О́ля.

Серге́й останови́лся и посмотре́л на неё. Она́ свои́ми си́ними глаза́ми смотре́ла на него́ пытли́во,° как А́лка. Он купи́л в кио́ске сигаре́ты и отве́тил ей: keen

— Пото́м суп с кото́м.[5]

О́ля засмея́лась.

— С кото́м! Суп с кото́м! Па́па, а сейча́с мы куда́ пое́дем?

— Дава́й пое́дем на Ле́нинские го́ры, — предложи́л он.

— Идёт!

Со́лнце спря́талось за университе́т и кое-где́ пробива́ло° его́ свои́ми луча́ми наскво́зь.° Серге́й по́днял до́чку и посади́л её на парапе́т. pierce through

— Ой, как краси́во! — воскли́кнула де́вочка.

Внизу́ по реке́ шёл прогу́лочный теплохо́д. Тень Ле́нинских гор раздели́ла ре́ку попола́м. Одна́ полови́на° её ещё блесте́ла на со́лнце. На друго́м берегу́ реки́ лежа́ла ча́ша° большо́й спорти́вной аре́ны. По́ля не́ было ви́дно. Ви́дны бы́ли ве́рхние ряды́ восто́чной стороны́, до отка́за запо́лненные[6] людьми́. Доноси́лись голоса́ ди́кторов,° но слов разобра́ть° бы́ло нельзя́. Да́льше был парк, алле́и и Москва́, Москва́, необозри́мая,° горя́щая на со́лнце миллио́ном о́кон. Там, в Москве́, его́ дом, три́дцать пять квадра́тных ме́тров, там на всех угла́х расста́влены° телефо́нные бу́дки, в ка́ждой из кото́рых мо́жно узна́ть об опа́сности,° в ка́ждой из кото́рых мо́жет заколоти́ться° се́рдце и подогну́ться но́ги, в ка́ждой из кото́рых мо́жно, наконе́ц, успоко́иться.° Там, в Москве́, все его́ три́дцать два го́да тихо́нько разгу́ливают° по у́лицам,ау́каясь° и не находя́ друг дру́га. Там, в Москве́, краса́виц полно́, со́тни ты́сяч краса́виц. Там му́дрые институ́ты веду́т иссле́дова-

half / bowl / announcer / make out / boundless / place / danger / beat faster / find peace of mind / promenade / "call out"

5. Потом... After that, soup with the cat (*a common expression used to avoid a definite answer*). **6.** до... filled to capacity

тельскую рабо́ту, там лю́ди иду́т на повыше́ние.[7] Там его́ споко́йствие° во́зле станка́, там его́ заво́д. Там его́ споко́йствие и трево́ги,° его́ весе́нняя любо́вь, кото́рая ко́нчилась. Там его́ мо́лодость, кото́рая прошла́, как весёлый неимове́рно° высо́кий шко́льник, по трениро́вочным за́лам и стадио́нам, по па́ртам° и пивны́м, танцплоща́дкам, по подъе́здам, по поцелу́ям, по му́зыке в па́рке... Там всё, что с ним ещё бу́дет. А что пото́м? Суп с кото́м.

peace (of mind) — anxiety — incredible — school desk

Серге́й держа́л де́вочку за́ руку и чу́вствовал, как бьётся° её пульс.° Он посмотре́л сбо́ку на её лицо́, на за́дранный° но́сик, на откры́тый рот, в кото́ром, как бу́синки,° блесте́ли зу́бы, и ему́ вдруг ста́ло ра́достно, и отлегли́° все печа́ли,° потому́ что он поду́мал о том, как его́ до́чка бу́дет расти́, как ей бу́дет во́семь лет и четы́рнадцать, пото́м шестна́дцать, восемна́дцать, два́дцать... как она́ пое́дет в пионерла́герь и вернётся отту́да, как он нау́чит её пла́вать, кака́я она́ бу́дет мо́дница° и как бу́дет целова́ться в подъе́зде с каки́м-нибудь стиля́гой,[8] как он бу́дет крича́ть на неё и как они́ вме́сте когда́-нибудь куда́-нибудь пое́дут, мо́жет быть к мо́рю.

beat — pulse — turned-up — bead — "fall away" — sorrow — fashion-conscious (girl)

О́ля води́ла° па́льцем в во́здухе, писа́ла в во́здухе каки́е-то бу́квы.

"move"

— Па́па, угада́й, что я пишу́.

Он смотре́л как над стадио́ном и над всей Москво́й дви́гался па́лец де́вочки.

— Не зна́ю, — сказа́л он. — Не могу́ поня́ть.

— Да ну́ тебя́, па́пка![9] Вот смотри́!

И она́ ста́ла писа́ть на его́ руке́:

— О-л-я, п-а-п-а...

Мо́щный рёв, похо́жий на взрыв,° долете́л° со стадио́на. Серге́й по́нял, что Кома́нда заби́ла гол.[10]

explosion — "came"

1962

7. идут... are getting promotions 8. *a rebellious youth, who follows extremes of Western fashions in dress, music, etc.* 9. Да...! Oh, come on, Daddy! 10. забила... scored a goal

Вопро́сы к те́ксту, 5, стр. 155.

Подгото́вка к чте́нию

1. По вечера́м, обгоня́я друг дру́га, но́сятся по мо́рю прогу́лочные катера́, оставля́я за собо́ю бе́лые хвосты́ невероя́тной длины́.

1. In the evenings the excursion launches scud about the sea, passing one another, leaving behind white trails of incredible length.

2. Ны́нешние десятиле́тние ма́льчики мечта́ют быть космона́втами, а дрожи́т ли у них что́-то внутри́, когда́ они́ ви́дят па́русник?

2. Nowadays ten-year-old boys dream of being astronauts, but does something tremble inside them when they see a sailboat?

3. Когда́ я уви́дел колу́мбовскую « Са́нта Мари́ю » в де́тском отде́ле большо́го магази́на, я сра́зу по́нял, что оста́вшиеся де́ньги бу́дут потра́чены и́менно на неё.

3. When I caught sight of Columbus' "Santa Maria" in the children's department of a big store, I immediately understood that the rest of the money would be spent precisely on it.

4. Я заплати́л оди́н до́ллар се́мьдесят пять це́нтов и получи́л коро́бку удиви́тельной красоты́.

4. I paid one dollar and seventy-five cents and received an amazingly beautiful box.

5. « Са́нта-Мари́я » была́ пластма́ссовая и состоя́ла из отде́льных куско́в.

5. The "Santa Maria" was made of plastic, and consisted of separate pieces.

6. Иногда́ к нам в ко́мнату загля́дывал хозя́ин корабля́ и проси́л, что́бы ему́ разреши́ли прикле́ить что́-нибудь, но ему́ не разреша́ли.

6. Sometimes the owner of the ship would come into the room where we were and ask to be allowed to glue on something, but he was not allowed to.

7. В наказа́ние хозя́ин « Са́нта-Мари́и », как всегда́ в таки́х слу́чаях, был отпра́влен учи́ть уро́ки.

7. As a punishment, the owner of the "Santa Maria" was sent to do (his) homework, as is usual in such cases.

8. В воскресе́нье к ма́льчику в го́сти пришёл прия́тель и они́ на́чали игра́ть в мяч.

8. On Sunday a friend came to see the boy and they started to play ball.

9. Я вы́скочил в сосе́днюю ко́мнату: « Са́нта-Мари́я » лежа́ла на полу́, а на ма́льчиках не́ было лица́.

9. I dashed into the next room: the "Santa Maria" was lying on the floor, and the boys were white as ghosts.

10. На почи́нку корабля́ ушло́ не ме́ньше ча́са.

10. It took more than an hour to repair the ship.

« Са́нта-Мари́я »

ВИ́КТОР НЕКРА́СОВ

С балко́на моей ко́мнаты ви́дно мо́ре. По нему́ с утра́ до ве́чера хо́дят теплохо́ды. Ма́ленькие — ра́ньше они́ называ́лись катера́ми, а тепе́рь то́же теплохо́дами — в Алу́пку, Симеи́з, Фо́рос. Больши́е пода́льше — в Оде́ссу, Бату́ми. Все они бе́лые, а больши́е — с кра́сными полоса́ми на тру́бах.° smokestack

Я их уме́ю уже́ отлича́ть° по очерта́ниям. Са́мая краси́вая и ва́жная — э́то « Росси́я », са́мый большо́й — « Адмира́л Нахи́мов »: у него́ две трубы́ и он не теплохо́д, а парохо́д. Остальны́е — « Пётр Вели́кий », « Крым », « Абха́зия », « Литва́ » — те поме́ньше, но то́же краси́вые. По вечера́м, обгоня́я друг дру́га, но́сятся по мо́рю кра́сненькие прогу́лочные катера́ на подво́дных кры́льях.[1] Среди́ них оди́н большо́й — « Стрела́ »: он развива́ет° ско́рость до восьми́десяти киломе́тров в час и оставля́ет за собо́й невероя́тной длины́ бе́лый хвост.

distinguish
develop

Раз в неде́лю приво́зит иностра́нцев° неме́цкий ла́йнер с жёлтой трубо́й и дли́нным назва́нием « Фо́лксфройндшафт »,[2] иногда́ появля́ется грек° « Агаме́мнон », иногда́ румы́н.°

foreigner
Greek
Rumanian

Всех их я зна́ю, я к ним привы́к, полюби́л. Но сего́дня появи́лась « А́льфа », и я не могу́ уже́ смотре́ть ни на ва́жную « Росси́ю », ни на стреми́тельную° « Стрелу́ ». У « А́льфы » три ма́чты° и серова́тые° паруса́.° И идёт она́ го́рдо, споко́йно,

swift mast
grayish sail

1. подводные... underwater wings (*a reference to hydrofoil*)
2. "People's Friendship" (*German*)

велича́во.° От неё нельзя́ оторва́ть° глаз. Она́ така́я изя́щная,° стро́йная. И гля́дя на неё, хотя́ она́ то́лько уче́бное° су́дно,° хо́чется быть флибустье́ром,° отча́янно° сме́лым и лихи́м,° хо́чется, си́дя на ба́ке,° пить яма́йский° ром,° бе́гать по ре́ям,° крича́ть с ма́рса:° « Земля́! », открыва́ть° Аме́рику, быть Колу́мбом...

Я зна́ю: всё э́то от де́тства, от прочи́танных тогда́ книг. А вот ны́нешние десятиле́тние мальчи́шки? Дрожи́т ли у них что́-то внутри́, когда́ они́ ви́дят живо́й па́русник? И́ли все де́ти тепе́рь мечта́ют быть не флибустье́рами, а космона́втами? Неуже́ли э́то так?

Я привёз из Аме́рики одному́ ма́льчику пода́рок.° Когда́ я уви́дел его́, э́тот бу́дущий пода́рок, на по́лке де́тского отде́ла большо́го нью-йо́ркского магази́на, я сра́зу по́нял: оста́вшиеся де́ньги потра́чены бу́дут не на автору́чки,° не на кле́тчатые° « безразме́рные » носки́,[3] не на кальвадо́с° « Триумфа́льная а́рка », а и́менно на неё — колу́мбовскую « Са́нта-Мари́ю ».

Ря́дом с « Са́нта-Мари́ей » стоя́ли: слева° — « Куи́н Мэ́ри », спра́ва° — знамени́тый авиано́сец,° назва́ние кото́рого я забы́л. Но на них не хоте́лось да́же смотре́ть. Я заплати́л оди́н до́ллар се́мьдесят пять це́нтов и получи́л коро́бку удиви́тельной красоты́ — на пёстрой гля́нцевой° кры́шке,° наду́в паруса́[4] с а́лыми° креста́ми,° несла́сь по пе́нистым° волна́м° океа́на° прекра́сная « Са́нта-Мари́я ».

Когда́ че́рез не́сколько дней я вручи́л° э́ту коро́бку ма́льчику, кото́рому она́ была́ предназна́чена,° и когда́ он, откры́в её, уви́дел лежа́щую внутри́ в разо́бранном ви́де[5] « Са́нта-Мари́ю », он, ма́льчик, на како́е-то вре́мя лиши́лся да́ра ре́чи,[6] пото́м бы́ли кри́ки,° объя́тия,° восто́рги,° жела́ние неме́дленно,° тут же, сейча́с же нача́ть сбо́рку° леганда́рной° карavéллы.° Но роди́тели сказа́ли, что карavéлла подождёт и до за́втра, а сейча́с пора́ у́жинать и спать.

На сле́дующий день у́тром была́ шко́ла, пото́м

majestic tear away
graceful
training ship buccaneer
desperate dashing fore-deck
Jamaica rum yard
crow's nest discover

present

fountain pen checked
calvados (hard cider)

to the left
to the right aircraft carrier

glossy lid
scarlet cross foamy
wave ocean
hand
intend

shout embrace rapture immediate
assembling legendary
caravel (ship)

3. « безразмерные »... stretch socks **4.** надув... with billowing sails
5. в... disassembled **6.** лишился... was speechless

пионе́рское° собра́ние,° а ве́чером на́до бы́ло готовить уро́ки.[7] Сбо́рку и на э́тот раз отложи́ли.

Наза́втра° ма́льчик опя́ть ушёл в шко́лу, погла́див на бегу́° коро́бку, а мы с его́ отцо́м, хозя́ином° кварти́ры, в кото́рой я всегда́ остана́вливаюсь,° когда́ приезжа́ю в Москву́, допи́в° чай, закури́ли.

Ко́нчив кури́ть, оте́ц ма́льчика сказа́л:

— А что, е́сли мы са́ми начнём скле́йку?° Сыно́к мой — това́рищ неаккура́тный,° того́ и гляди́[8] чего́-нибудь слома́ет,° а мы с тобо́й...

— Что ж, мо́жно... — сказа́л я.

Мы вы́ключили телефо́н и пошли́ за коро́бкой.

« Са́нта-Мари́я » была́ пластма́ссовая и состоя́ла из отде́льных куско́в. Отде́льно па́луба,° наду́тые уже́ ве́тром паруса́, фла́ги и вы́мпелы,° отде́льно и моряки́, среди́ них, очеви́дно, и Колу́мб. Всё перенумеро́вано.° Ко всему́ прило́жен° был чертёж° и тю́бик° клея́.°

Мы се́ли за рабо́ту. Визи́т в изда́тельство° был отло́жен. Телефо́н, сла́ва бо́гу, молча́л. Когда́ пришёл ма́льчик, кото́рому пода́рена была́ « Са́нта-Мари́я », ему́ бы́ло ска́зано: « Не меша́й, иди́ гото́вь уро́ки » — в э́тот моме́нт прикле́ивался° кли́вер,° а э́то де́ло нелёгкое.

Ве́чером должны́ бы́ли прийти́ го́сти, но им позвони́ли, что́-то навра́ли,° и рабо́та продолжа́лась. Иногда́ к нам в ко́мнату загля́дывал хозя́ин « Са́нта-Мари́и » и проси́л, что́бы ему́ разреши́ли прикле́ить° к ма́чте вы́мпел, но оте́ц пристыди́л° его́, напо́мнив как пло́хо он накле́ил неде́лю тому́ наза́д в ботани́ческий альбо́м° паслён,° и хозя́ин караве́ллы вы́нужден был уходи́ть, а вы́мпел мы прикле́ивали са́ми.

Но го́сти всё же пришли́. Не те, а други́е, совсе́м неожи́данные. Мы с отцо́м хозя́ина « Са́нта-Мари́и » возненави́дели° их на всю жизнь. Они́ сиде́ли до ча́су но́чи, говори́ли о вся́кой ерунде́ — о литерату́ре, како́й-то вы́ставке в Мане́же,[9] теа́тре « Совреме́нник »,° о свое́й пое́здке в Арме́нию, а мы мра́чно кури́ли, иногда́ перегова́риваясь ме́жду собо́й, куда́

Young Pioneer — meeting
next day
на... on the run
master — stay
finish (drinking)
gluing
sloppy
break
deck
pennant
number — enclose — diagram
tube — glue
publishing house
be glued on — jib
fib
glue
reproach
album — solanum (a plant)
come to hate
Contemporary

7. готовить... to do homework **8.** того... I am afraid **9.** *a famous building near the Kremlin, used for exhibitions, dances, and so forth*

на́до прикле́ить дета́ль No. 57, кото́рой на чертеже́ почему́-то нет.

В э́тот день мы легли́... В о́бщем нева́жно, когда́ мы легли́ — у́тром « Са́нта-Мари́я » го́рдо стоя́ла на свое́й подста́вке° на са́мом ви́дном° ме́сте, и све́жий атланти́ческий° ве́тер упру́го надува́л° её паруса́ с больши́ми а́лыми мальти́йскими° креста́ми. « Са́нта-Мари́я » несла́сь на за́пад° в по́исках° И́ндии...

stand prominent / Atlantic fill out / Maltese / West search

Хозя́ин « Са́нта-Мари́и » был в восто́рге. Друзья́ его́ то́же. И друзья́ отца́ то́же. И де́ти друзе́й отца́ то́же. Все щу́пали° паруса́, ва́нты,° прикле́енных к па́лубе моряко́в, а мы с отцо́м говори́ли: « Осторо́жно, не тро́гайте° па́льцами, мо́жет быть, клей ещё не совсе́м засо́х »,° — и все бы́ли дово́льны и се́товали° на на́шу игру́шечную° промы́шленность,° кото́рая почему́-то не де́лает таки́е ми́лые игру́шки° — ведь мо́жно бы́ло сде́лать « Три святи́теля »° и́ли како́й-нибудь друго́й знамени́тый кора́бль.

feel shrouds / touch / dry complain / toy industry / toy / hierarch

Ме́сто для « Са́нта-Мари́и » бы́ло вы́брано на невысо́ком кни́жном шкафу́.[10] Вре́мя от вре́мени мы к ней подходи́ли и что́-нибудь на ней подправля́ли° и́ли слегка́ повора́чивали, что́бы она́ краси́вее вы́глядела с того́ и́ли ино́го ме́ста. Не́сколько дней шёл° спор, в каку́ю сто́рону должны́ развева́ться° вы́мпелы — вперёд и́ли наза́д.° Одни́ говори́ли наза́д, други́е — вперёд, дока́зывая, что ве́тер ду́ет° сза́ди,° по хо́ду° корабля́, а не спе́реди. Но договори́ться° так и не удало́сь.[11]

adjust / go on / fly / backward / blow / from the rear course

С появле́нием° « Са́нта-Мари́и » ко́мната сра́зу ста́ла краси́вее. Поро́й° каза́лось, что в ней па́хнет во́дорослями,° ры́бой, солёным° морски́м° ве́тром. Сам хозя́ин караве́ллы, па́рень ехи́дный° и с ю́мором,° сказа́л ка́к-то, что скоре́е всего́[12] па́хнет джи́ном и́ли ро́мом. В наказа́ние он был отпра́влен, как всегда́ в таки́х слу́чаях, учи́ть уро́ки.

appearance / at times / seaweed salty sea / sarcastic / sense of humor

В воскресе́нье к ма́льчику в го́сти пришёл друго́й ма́льчик. Роди́тели ушли́ по дела́м, и ста́ршим° в кварти́ре оста́лся я. Де́ти на́чали игра́ть в мяч, а я

the oldest (one)

10. книжный... bookcase **11.** Но... yet they could not come to an agreement **12.** скорее... more likely

ушёл в сосе́днюю ко́мнату то ли [13] писа́ть, то ли чита́ть, то ли[13] спать. Уходя́, я сказа́л:

— Смотри́те, игра́йте в мяч осторо́жно, не попади́те в карavéллу.

Де́ти обеща́ли° не попа́сть в карavéллу и на́чали осторо́жно игра́ть в мяч. | promise

Мину́т че́рез пять что́-то с гро́хотом° упа́ло — и воцари́лась° моги́льная° тишина́. У меня́ внутри́ всё оборва́лось.[14] Я вы́скочил в сосе́днюю ко́мнату. « Са́нта-Мари́я » лежа́ла на полу́ с поло́манными° ма́чтами. На ма́льчиках не́ было лица́. | crash | reign "deathly" | broken

Я стра́шно рассерди́лся,° накрича́л на ма́льчиков и да́же дал им не́сколько подзаты́льников,° чего́ со мной до сих пор никогда́ не случа́лось. Ма́льчики оби́делись: « Ведь мы ж не наро́чно », а я подобра́л° карavéллу и унёс° её в другу́ю ко́мнату. | become angry | slap | pick up | take

На почи́нку ушло́ не ме́ньше ча́са. Гротма́чта° слома́лась° попола́м, и срасти́ть° её бы́ло не та́к-то про́сто. Две други́е ма́чты, к сча́стью,[15] то́лько погну́лись,° но порва́лись° и попу́тались° ва́нты — с ни́ми то́же пришло́сь повози́ться. | mainmast | break join | get bent get torn get tangled

В конце́ концо́в я всё-таки восстанови́л карavéллу. Сейча́с она́ по-пре́жнему° стои́т на своём ме́сте, и попу́тный° ве́тер по-пре́жнему никогда́ не изменя́ет° ей. Оби́дно друго́е:[16] буква́льно че́рез три мину́ты по́сле катастро́фы ма́льчики как ни в чём не быва́ло[17] опя́ть на́чали свою́ идио́тскую игру́ в мяч, на́чисто забы́в о Колу́мбе. | as before | favorable fail

С тех пор я навсегда́° возненави́дел игру́° в мяч и ещё бо́льше мне захоте́лось убежа́ть ю́нгой° на кора́бль. | forever playing | ship's boy

А мо́жет, на « А́льфе » ну́жен библиоте́карь?° | librarian

1962

13. то ли... either . . . or **14.** У... I had a sinking feeling inside. **15.** к... fortunately **16.** Обидно... another thing hurt me **17.** как... *See p.* 101, *n.* 16.

Вопро́сы к те́ксту, 1, стр. 155.

Вопро́сы к те́ксту

Голубо́е и зелёное

1

1. Как зову́т де́вушку?
2. Како́го цве́та о́кна?
3. Куда́ мы идём?
4. Почему́ я молчу́?
5. Что де́лают в фойе́ кино́?
6. Куда́ я ухожу́?
7. Каки́е глаза́ у Ли́ли?
8. О чём мо́жно говори́ть с де́вушкой?
9. Почему́ я реши́л, что Ли́ля жесто́кая?
10. Каки́е у меня́ во́лосы?

2

1. Как мы дохо́дим до её до́ма?
2. Как ведёт себя́ Ли́ля?
3. Где её родны́е?
4. Когда́ я прихожу́ к Ли́ле?
5. Что де́лают ребя́та с велосипе́дами?
6. Кто у Ли́ли?
7. Куда́ мы идём?
8. О чём мы говори́м?

3

1. Что я вдруг замеча́ю?
2. Что я говорю́ Ли́ле?
3. Что мо́жно вы́играть?
4. Ли́ля уста́ла?
5. Где сидя́т влюблённые?
6. Каки́е во́лосы у Ли́ли?
7. Куда́ мы́ с ма́терью уезжа́ем?
8. Что я де́лаю на Се́вере?
9. У меня́ есть ружьё?
10. О ком я ча́сто ду́маю?

4

1. Что я де́лаю когда́ я возвраща́юсь в го́род?
2. Где сиди́т Ли́ля и что она́ де́лает?
3. Почему́ мне неудо́бно идти́ с ней гуля́ть?
4. Почему́ она́ скуча́ет?
5. Опиши́те дождь.
6. Како́й у меня́ го́лос и что я пою́?
7. О како́й жи́зни я мечта́ю?
8. Како́й стиль пла́вания мне нра́вится?
9. Куда́ отправля́ются экспеди́ции?
10. Кака́я у меня́ специа́льность?

5

1. С кем я провожу́ всё свобо́дное вре́мя?
2. Куда́ мне ну́жно пое́хать?
3. Почему́?
4. Куда́ мы идём в воскресе́нье?
5. Куда́ мы е́дем когда́ темне́ет?
6. Почему́ у Ли́ли замёрзли но́ги и лицо́?
7. Почему́ Ли́ля хохо́чет?
8. Кого́ бои́тся Ли́ля?
9. Что спроси́ла Ли́ля Алёшу?
10. Почему́ Алёша не целу́ет Ли́лю?

6

1. Что мы замеча́ем впереди́?
2. Ско́лько челове́к идёт нам навстре́чу?
3. Что я вдруг испы́тываю?
4. Ли́ля боя́лась?
5. Како́й у Ли́ли взгляд?
6. Что де́лает Алёша?
7. Что де́лают в ваго́не лю́ди?
8. Что де́лает в ваго́не Ли́ля?
9. Когда́ я полюби́л Ли́лю?
10. Как прошла́ зима́?
11. Что у нас бы́ло о́бщее?
12. Мы бы́ли сча́стливы?

7

1. Что я начина́ю замеча́ть весно́й?
2. Что случи́лось?
3. Кто собира́ется встреча́ть май?
4. Что подари́ли Алёше?
5. Почему́ Ли́ля не хо́чет встреча́ть Алёшу?
6. Где терпели́во ждёт Алёша?
7. Что у него́ над голово́й?
8. С кем Ли́ля?
9. Почему́ Ли́ля опозда́ла?
10. Куда́ идёт Ли́ля с па́рнем?
11. Ли́ля огля́дывается?

8

1. Забы́л ли я Ли́лю?
2. Я хорошо́ учу́сь?
3. Чем я занима́юсь?
4. Что случи́лось весно́й?
5. Что пи́шет Ли́ля?
6. Как называ́ет меня́ Ли́ля?
7. Опиши́те Ли́лю.
8. Кто стои́т ря́дом с Ли́лей?
9. О чём вспомина́ет Ли́ля?
10. Что ви́дно да́же и́здали?
11. Почему́ Ли́ля хоте́ла, что́бы Алёша её проводи́л?

9

1. Что сде́лал Алёша когда́ ушёл по́езд?
2. Почему́ ему́ хо́чется пла́кать?
3. Что пьёт Алёша?
4. Почему́ в метро́ на него́ при́стально смо́трят?
5. Что Алёша начина́ет рассма́тривать?
6. О ком он ду́мает? Почему́?
7. Куда́ его́ тя́нет? Почему́?
8. Чем за́нят Алёша?
9. Кто ему́ иногда́ сни́тся?
10. Кого́ лю́бит Алёша?
11. Почему́ расска́з называ́ется « Голубо́е и зелёное »?

Переме́на о́браза жи́зни

1

1. О чём рассужда́ли отдыха́ющие?
2. Грузи́н разбира́лся в существе́ вопро́са?
3. Ми́мо чего́ я прошёл?
4. Что я де́лал у́тром?
5. Что вы зна́ете о Веро́нике?
6. Что подпева́ла Веро́ника?
7. Что он де́лает, что́бы не встреча́ться с Веро́никой?
8. Како́й иде́ей она́ одержи́ма?
9. Что он откла́дывает в сто́рону, когда́ она́ бли́зко подхо́дит?

2

1. Почему́ он бои́тся жени́ться на ней?
2. Опиши́те Веро́нику.
3. Что де́лала Ве́ра в то вре́мя, как он лете́л?
4. Что он де́лает, что́бы не опусти́ться?
5. Что он де́лает во вре́мя « заво́да »?
6. Почему́ мно́гие не могли́ поня́ть, над чем они́ рабо́тают?
7. Что бы́ло на плака́те?
8. Кто появи́лся на перро́не за пять мину́т до прихо́да по́езда?
9. Что сде́лал блонди́н?
10. Почему́ Веро́ника изумлённо вски́нула бро́ви?

3

1. Како́й мы вели́ о́браз жи́зни?
2. Куда́ уплыва́ла Веро́ника?
3. Что они́ де́лали на пля́же?
4. Почему́ он не мог рабо́тать?

5. Что она́ зна́ла, когда́ спра́шивала меня́, хочу́ ли я её поцелова́ть?
6. Ско́лько у него́ бы́ло руба́шек?
7. Что культу́рница Нади́ко де́лала на площа́дке?
8. Что де́лал грузи́н?
9. Что не ли́па?

4

1. Где они́ нашли́ свобо́дные места́?
2. Почему́ Грохачёв был в го́рдом одино́честве?
3. С кем танцева́ла Ве́ра?
4. Где Ни́ка ждала́ его́?
5. Чего́ он не сказа́л Ни́ке, когда́ они́ шли к до́му?
6. Что он сде́лал у́тром?
7. Что он хоте́л вы́пить с утра́?
8. Почему́ Ге́нке захоте́лось вы́пить с па́рнем?
9. Кто шёл ему́ навстре́чу по алле́е?
10. Почему́ Ге́нка не пое́хал с Грохачёвым?

Ки́ра Гео́ргиевна

1

1. Кто бы́ли друзья́ Ки́ры Гео́ргиевны?
2. О чём они́ спо́рили?
3. Почему́ Ю́рочка стесня́лся?
4. Что ду́мала Ки́ра Гео́ргиевна о Ю́рочке?
5. Что сде́лал Ю́рочка когда́ они́ стоя́ли на ле́стнице?
6. Кто был до́ма?
7. О чём спроси́л Ки́ру Никола́й Ива́нович?
8. Что Ки́ра ду́мала о му́же?

2

1. Кто бы́ли роди́тели Ки́ры?
2. О чём мечта́ла Ки́ра?
3. Опиши́те Ки́ру.
4. В кого́ влюби́лась Ки́ра?
5. Что случи́лось с Вади́мом в тридца́тых года́х?
6. Како́е письмо́ получи́ла Ки́ра от Вади́ма?
7. Что случи́лось с Ки́рой по́сле аре́ста Вади́ма?
8. Опиши́те Ки́рин хара́ктер.
9. Почему́ Ми́шка влюби́лся по́ уши в Вади́ма?

3

1. К чему́ не могла́ привы́кнуть мать Ки́ры?
2. За кого́ вы́шла за́муж Ки́ра?
3. Опиши́те пе́рвого му́жа Ки́ры.
4. Опиши́те второ́го му́жа Ки́ры.
5. Ско́лько бы́ло лет Ки́ре?
6. Жа́ловалась ли Ки́ра на головны́е бо́ли?
7. Что ужасну́ло Ки́ру в ко́мнате Никола́я Ива́новича?
8. Как Никола́й Ива́нович относи́лся к Ю́рочке?
9. Где Ки́ра познако́милась с Ю́рочкой?

4

1. В кото́ром часу́ обы́чно встава́ла Ки́ра?
2. Почему́ Никола́й Ива́нович пло́хо вы́глядел?
3. Куда́ Ки́ра пошла́ пешко́м?
4. Что де́лал Ю́рочка в мастерско́й?
5. Что освеща́л со́лнечный луч?
6. Что де́лал Ю́рочка, что́бы согре́ться?
7. Куда́ пое́хали Ки́ра и Ю́рочка?
8. Верну́лась ли Ки́ра домо́й к обе́ду?
9. Что сказа́ла Ки́ра му́жу по телефо́ну?
10. Опиши́те скульпту́ру « Ю́ность ».

5

1. Ча́сто приезжа́л Никола́й Ива́нович в мастерску́ю Ки́ры?
2. Что показа́лось Ки́ре на каку́ю-то до́лю секу́нды?
3. Измени́лось ли отноше́ние Ю́рочки к Никола́ю Ива́новичу?
4. Что нра́вилось Ю́рочке в карти́нах?
5. Каки́х ру́сских худо́жников вы зна́ете?

6. Почему́ Ю́рочке вдруг ста́ло нело́вко?
7. Почему́ Ки́ра всю ночь не могла́ засну́ть?
8. О чём ду́мала Ки́ра но́чью?

6

1. О чём говори́л Никола́й Ива́нович когда́ они́ пи́ли чай?
2. Когда́ они́ разошли́сь по свои́м ко́мнатам?
3. Как чу́вствовала себя́ Ки́ра по́сле ночно́го разгово́ра?
4. Кто вбежа́л в мастерску́ю?
5. Кто вошёл в ко́мнату?
6. Как смотре́ли они́ друг на дру́га?
7. Кого́ Ки́ра познако́мила с Ю́рочкой?
8. Как они́ пожа́ли друг дру́гу ру́ки?
9. Когда́ Ю́рочка до́лжен был позвони́ть Ки́ре?

7

1. Что сде́лал Ю́рочка в сре́ду ве́чером?
2. Что де́лал гость?
3. Что бы́ло в свёртке?
4. Кака́я у Ю́рочки основна́я профе́ссия?
5. Кто занима́лся бо́ксом?
6. Есть ли у Ю́рочки семья́?
7. Оте́ц Ю́рочки поги́б на фро́нте?
8. Почему́ мать на пе́нсии?
9. Как де́ржится Вади́м Петро́вич?
10. Ско́лько лет Ю́рочке, его́ сестре́, его́ ма́тери?

8

1. Почему́ Ки́ра забежа́ла в рестора́н?
2. Что заказа́ла Ки́ра?
3. О чём ду́мала Ки́ра, гля́дя на па́рочку?
4. Что случи́лось в Ки́еве в три́дцать седьмо́м году́?
5. Куда́ зашли́ Ки́ра и Вади́м когда́ они́ проголода́лись?
6. Что они́ е́ли и пи́ли?
7. Вади́м измени́лся?
8. Каку́ю фотогра́фию вы́нул Вади́м из бума́жника?
9. Что прочла́ Ки́ра в его́ глаза́х?
10. Опиши́те жену́ Вади́ма.
11. Что реши́ли Ки́ра и Вади́м?

Па́па, сложи́!

1

1. Что чита́ла О́льга?
2. Кто сиде́л в заку́сочной « Ле́то »?
3. Где бы́ло жа́рче, в заку́сочной и́ли на у́лице?
4. На како́е объявле́ние обрати́ла внима́ние О́ля?
5. Что там бы́ло напи́сано?
6. Что де́лали прия́тели па́пы в заку́сочной?
7. Где рабо́тает па́па?
8. Кем он был когда́-то?
9. Опиши́те О́лю.

2

1. Где жена́ и тёща Серге́я?
2. Почему́ Серге́й люби́л свои́х прия́телей?
3. Почему́ все они́ про́чно держа́лись друг дру́га?
4. Что сказа́ла де́вочка па́пе?
5. Почему́ в заку́сочной все смея́лись над О́лей?
6. Почему́ Соро́кин был в Ленингра́де?
7. Кто сказа́л, что кома́нда проигра́ет?
8. Почему́ кома́нда должна́ проигра́ть?
9. Опиши́те игру́ в футбо́л.

3

1. Что говори́л су́мрачный челове́к, сиде́вший за сосе́дним сто́ликом?
2. Почему́ Соро́кин не мог прие́хать на стадио́н?
3. За како́й курс сдава́л экза́мены Соро́кин?
4. Почему́ Серге́й се́рдится на Соро́кина?
5. Куда́ хоте́ла идти́ О́ля? Почему́?
6. Бу́квы каки́х слов чита́ла О́ля вслух?
7. Что ду́мал Серге́й о свое́й жене́?

8. Что де́лали в па́рке О́ля и па́па?
9. Кого́ вдруг заме́тил Серге́й в па́рке?
10. Гла́вный техно́лог симпати́чный?

4

1. Куда́ звони́л Серге́й? Заче́м?
2. Куда́ они́ пое́хали на такси́?
3. Могла́ ли О́ля чита́ть бу́квы вслух?
4. Где Серге́й и О́ля е́ли моро́женое?
5. Опиши́те кафе́.
6. Вку́сное бы́ло моро́женое?
7. Почему́ Серге́й так волнова́лся?
8. Как вы ду́маете, где была́ жена́ Серге́я?

5

1. Что хоте́л Серге́й купи́ть О́ле?
2. Где покупа́ют птиц, черепа́х и рыб?
3. Чем на́до корми́ть черепа́ху зимо́й и ле́том?
4. Ско́лько лет живу́т черепа́хи? Лю́ди?
5. О чем ду́мал Серге́й, гля́дя на Москву́?
6. О чем ду́мал Серге́й, гля́дя на до́чку?
7. Что вдруг по́нял Серге́й?
8. Как вы ду́маете, потеря́л ли Серге́й свою́ жену́ навсегда́?
9. Как вы ду́маете, изме́нится Серге́й?
10. Почему́ вам понра́вился э́тот расска́з?

« Са́нта-Мари́я »

1. Что ви́дно с балко́на мое́й ко́мнаты?
2. Кого́ приво́зит неме́цкий ла́йнер?
3. Опиши́те « А́льфу ».
4. На что бы́ли потра́чены оста́вшиеся де́ньги?
5. Почему́ сбо́рку отложи́ли?
6. Кто на́чал скле́йку?
7. О чём говори́ли го́сти?
8. Кто был в восто́рге от « Са́нта Мари́и »?
9. Где бы́ло вы́брано ме́сто для « Са́нта Мари́и »?
10. Что де́лали ма́льчики в воскресе́нье?
11. Почему́ а́втор возненави́дел игру́ в мяч?

Слова́рь к Те́ксту

This Russian-English glossary, intended solely as an aid to the student, consists of words glossed in the selections, together with the English translation appropriate to usage in the selections. Verbs are normally listed in the imperfective aspect (unmarked), followed by the perfective aspect. A separate entry is given for a perfective verb occurring in the text if its alphabetical ordering is at variance with that of the imperfective. (Separate entries are not normally given for perfective verbs formed with the prefix **по-**.) Participles are entered as verbs, unless they have an adjectival function in text. Adverbs are entered under the corresponding adjectival forms, unless the meaning of the two forms is different. The gender of nouns is given only for masculine nouns ending in **-ь**.

The following abbreviations are used:

c	collective	*naut.*	nautical
col.	colloquial	*pfv*	perfective
d	diminutive	*pl*	plural
ipfv	imperfective	*sp.*	sports term
m	masculine		

А а

абажу́р lampshade
а́вгуст August
авиано́сец aircraft carrier
авиа́ция aviation
авто́бус bus
автома́т (pay) telephone
автомаши́на car
а́втор author
авторучка fountain pen
агита́тор propagandist
агитбрига́да propaganda team
акаде́мик academician
акаде́мия academy
аква́риум aquarium
аккордео́н accordion
аккура́тный neat
алле́я avenue of trees
а́лый scarlet
альбо́м album
анекдо́т joke
анке́та questionnaire
анса́мбль ensemble
анте́нна antenna
анти́чный antique
аплоди́ровать to applaud
апло́мб self-confidence
аре́на arena
аре́ст arrest
аресто́вывать, арестова́ть (*pfv*) to arrest
а́рия aria
архитекту́рный architectural

ассисте́нт assistant
асфа́льт pavement
ата́ка attack
атланти́ческий Atlantic
атле́т athlete
атмосфе́рный atmospheric
афи́ша poster

Б б

багро́вый crimson
бак (*naut.*) foredeck
балко́н, балко́нчик (*d*) balcony
бандит bandit
ба́нка jar
ба́нтик (*d*) bow
барье́р railing
бас bass
ба́скет (баскетбо́л) basketball
бассе́йн (swimming) pool
башка́ (*col.*) noodle (head)
ба́шня tower
бег running
бего́м running
бе́дный poor
бежа́ть, по- (*pfv*) to run
безала́берный disorderly, careless
безвозду́шный airless
безволо́сый hairless
беззащи́тный defenseless
безли́кий without individuality, personality
безмо́лвный silent
безобра́зие! It's a shame! It's a disgrace!
безопа́сный safe
  безопа́сная бри́тва safety razor
безразли́чный indifferent
беле́ть to show white (in appearance)
белобры́сенький towheaded
бе́лый white
бензи́н benzine, gasoline
бе́рег shore, bank
берёза birch
бере́т beret
бесконе́чный endless, infinite
беспе́чный lighthearted
беспоко́йство anxiety
беспо́мощный helpless
беспоря́док disorder
бессо́нница insomnia
бесхи́тростный ingenuous
бесшаба́шный reckless
бесшу́мный noiseless, silent
библиоте́карь librarian
бие́ние pulsation
биле́т ticket
би́ться to beat
благодари́ть, по- (*pfv*) to thank
благодаря́ thanks to
благополу́чно successfully
блаже́н blessed
бле́дный pale
блеск brilliance
блесте́ть to shine, sparkle, glitter
блестя́щий sparkling, shiny
бли́зкие (*noun pl only*) dear ones
бли́зкий close
близлежа́щий nearby
близору́кий myopic, near-sighted
бли́зость closeness
блиста́тельный splendid
блужда́ть to wander
блю́дечко jam plate, saucer
бо́бочка (*slang*) shirt-jacket
бога́тый rich
богéма bohemian
бо́дрый cheerful
бок side
бокси́ровать to box
болва́н blockhead
боле́льщик fan
боле́ть to be ill
  боле́ть за to be worried about
болта́ть to chatter
  болта́ть нога́ми to dangle one's legs
болта́ться (*col.*) to hang around
болтли́вый blabbering
боль pain, ache
бо́льно it hurts
больно́й sick
бо́льше more
  бо́льше не no longer
большегла́зый with large eyes
большинство́ majority
большо́й big, large
бормота́ть, про- (*pfv*) to mumble
борода́ beard
борьба́ struggle
босо́й barefoot
ботани́ческий botanical
боти́нок shoe, boot
боя́ться to be afraid
брат brother
брать to take
брезе́нтовый canvas
бриллиа́нт diamond
бри́тва razor
бри́ться, по- (*pfv*) to shave
бровь eyebrow

броди́ть to wander
броса́ть, бро́сить (*pfv*) to throw, toss; to give up
броса́ться, бро́ситься (*pfv*) to rush, dash
брю́ки (*pl only*) trousers, pants
брюне́тка brunette
брюшко́ paunch
бу́дка booth
бу́дто (как будто) as if
бу́дущее (*noun*) future
бу́дущий future
бу́ква letter
буке́т bouquet
букле́ bouclé
бульва́р boulevard, avenue
бульдо́зер bulldozer
бума́жка paper, bill (money)
бума́жник wallet
бумера́нг boomerang
бунт rebellion
бу́рный turbulent
бу́синка bead
буты́лка bottle
буфе́тчик buffet-keeper, bartender
бу́хта bay
быва́ть to happen
бы́вший former
бы́ло (*col. particle*) about to
бы́стрый fast, rapid
быт daily routine
бычо́к (*col.*) cigarette butt

В в

ваго́н railroad car
ва́жный important
ва́за, ва́зочка (*d*) vase
валя́ться (*col.*) to be scattered about
ва́нная bathroom
ва́нты (*naut.*) shrouds
варе́нье preserves
вбега́ть, вбежа́ть (*pfv*) to come running in
введе́ние introduction
вверх up, upward
ввести́ (*pfv*) to bring in, introduce
вводи́ть, ввести́ (*pfv*) to bring in, introduce
вгля́дываться to look intently
вдали́ in the distance
вдвоём two together
вдове́ц widower
вдоль along
вдруг suddenly
вдыха́ть to breathe in, inhale
ве́дать to know
ведро́ bucket
ведь after all; you see
ве́жливый polite
век century
веле́ть (*ipfv and pfv*) to order, tell
вели́кий great
великоду́шный magnanimous
велича́вый majestic
величина́ important person
велосипе́д bicycle
вельмо́жа nobleman
ве́ра faith
вереща́ть (*col.*) to squeal
ве́рить, по- (*pfv*) to believe, trust
верне́е rather, more exactly
верну́ть (*pfv*) to return
верну́ться (*pfv*) to return
ве́рный faithful
ве́ровать to believe
верте́ть, по- (*pfv*) to twist about, turn something around
ве́рхний upper
верхо́м astride
верху́шка top
весели́ться, по- (*pfv*) to enjoy oneself
весёлый gay, merry
весельча́к merry fellow
весе́нний spring
ве́ский weighty
весна́ spring
вести́, по- (*pfv*) to conduct, lead
  вести́ себя́ to behave
весь, вся, всё, все all, entire
ве́тер wind, breeze
ве́точка (*d*) twig
ветчина́ ham
ве́чер night, evening
вечери́нка party
ве́чно always
ве́чный eternal
ве́шать, пове́сить (*pfv*) to hang
вещь thing
взаимосвя́занный interrelated
взбунтова́ться (*pfv*) to rebel
взволно́ванный excited
взгляд look, glance; opinion
взгля́дывать, взгляну́ть (*pfv*) to glance
вздохну́ть (*pfv*) to sigh
вздра́гивать, вздро́гнуть (*pfv*) to shudder, start
вздыха́ть, вздохну́ть (*pfv*) to sigh
взлёт take-off
взобра́ться (*pfv*) to climb up

взрóслый grown-up, adult
взрыв explosion
взять (*pfv*) to take, get
взя́ться (*pfv, col.*) to appear
взя́ться за to take up
вид look, appearance, view
дéлать вид to pretend
видáть (*col.*) to see
ви́деть, уви́деть (*pfv*) to see
ви́димо apparently
виднéться to be seen
ви́дно apparently
ви́дный prominent, visible
винó wine
виновáтый guilty
висéть to hang, be suspended
вихóр tuft
вихрáстый shaggy-haired
включáть, включи́ть (*pfv*) to include
включáть рáдио to turn on the radio
вкус taste
влáга liquid, moisture
влáжность moisture
влáстный overbearing
власть power
влезáть, влезть (*pfv*) to climb in, get in
вливáться, вли́ться (*pfv*) to flow in
влюблённый (*noun*) person in love
влюбля́ться, влюби́ться (*pfv*) to fall in love
вмéсте together
вмéсто instead
внезáпный sudden
вниз down, downward
внизу́ downstairs, below
внимáние attention
внимáтельный attentive, careful
вноси́ть дéньги deposit
вну́тренности (*pl only*) viscera
внутри́ inside
вóвсе не not at all
водá water
води́ть to lead
вóдоросль seaweed
вожделéние lust
возвести́ть (*pfv*) to announce
возвращáться, возврати́ться (*pfv*) to return
возвращéние return
вóздух air
вози́ться, по- (*pfv*) to tinker, be preoccupied
вóзле beside, by, near
возмóжно may be, perhaps
возмóжный possible
возмущённый indignant
возненави́деть (*pfv*) to come to hate
возражáть, возрази́ть (*pfv*) to object
вóзраст age
войнá war
вокзáл railway station
вокру́г around
волнá wave
волнéние excitement
волновáть to excite, worry
волновáться to be excited
вóлос a hair
вóлосы, волóсики (*d pl*) hair
вони́ща stench
воображáемый imaginary
воображáть, вообрази́ть (*pfv*) to imagine
вообщé in general, altogether
вопрóс question
ворвáться (*pfv*) to burst in
воробéй sparrow
вóрот collar
ворóта (*pl only*) gate
воротничóк (*d*) collar
ворóчаться (*col.*) to turn
ворóчаться с бóку нá бок to toss and turn
восклицáть, воскли́кнуть (*pfv*) to exclaim
воскресéнье Sunday
воспоминáние recollection
воспрещáться to be prohibited
восстанáвливать, восстанови́ть (*pfv*) to reinstate
востóк east
востóрг delight, enthusiasm
восторгáться to rave, be enthusiastic
востóрженный enthusiastic
востóчный oriental
воцари́ться (*pfv*) to reign
впервы́е for the first time
вперёд forward, ahead
впереди́ in front, ahead
вперемéшку pell-mell
впечатли́тельный sensitive
вплотну́ю close
вприпры́жку skipping
впрóчем however
впятерóм five together
враг enemy
вратáрь goalkeeper
врать (*col.*) to lie
врач doctor
вращáть to resolve, turn around

вре́дный harmful, bad
вре́мя time
  во вре́мя during
время́нка temporary shelter
вро́де like, similar
вручи́ть (*pfv*) to hand over
врыва́ться, ворва́ться (*pfv*) to burst in
вряд ли it's doubtful whether
всё always
  всё равно́ all the same, in any case
  всё ещё still
  всё же all the same
всевозмо́жный all sorts of
всегда́ always
всего́ only
всео́бщий everybody's, general
всерьёз seriously
всё-таки still, nevertheless, after all
вско́ре soon
вскочи́ть (*pfv*) to jump up
вскрича́ть (*pfv*) to cry out
вслед after, following
вслух aloud
вспомина́ть, вспо́мнить (*pfv*) to recall, think of
вспры́гивать, вспры́гнуть (*pfv*) to jump up
вспу́читься (*pfv*) to swell up
вспы́хивать, вспы́хнуть (*pfv*) to flare up, flash out
встава́ть, встать (*pfv*) to get up
встреча́ть, встре́тить (*pfv*) to meet, greet, celebrate
встреча́ться, встре́титься (*pfv*) to meet, get together
встря́хивать, встряхну́ть (*pfv*) to shake
вся́кие (*pl*) all sorts of
вся́кий any
втека́ть to flow in
втроём three together
вход entrance
вчера́ yesterday
вчера́шний yesterday's
выбега́ть, вы́бежать (*pfv*) to run out
выбива́ться, вы́биться (*pfv*) to come out
выбира́ть, вы́брать (*pfv*) to choose
выбира́ться to struggle out
вы́веска signboard
вы́вести (*pfv*) to take out, lead out
вы́глядеть to look
выгова́ривать, вы́говорить (*pfv*) to pronounce, utter
выдёргивать to pull off
выезжа́ть to depart
выжида́тельный expectant, waiting
вызыва́ть, вы́звать (*pfv*) to call, summon, arouse
выи́грывать, вы́играть (*pfv*) to win, gain
вы́йти (*pfv*) to come out, go out, turn out
выкла́дывать to set forth, tell
выключа́ть to disconnect
вы́лезти (*pfv*) to get out
вы́лет take-off
вылива́ть, вы́лить (*pfv*) to pour down, pour out
вы́молвить (*pfv*) to say
вы́мпел pennant
вынима́ть, вы́нуть (*pfv*) to take out
выноси́ть, вы́нести (*pfv*) to bear, take out
выно́сливость endurance
вынужда́ть, вы́нудить (*pfv*) to force, compel
вы́нуть (*pfv*) to take out
вы́пить (*pfv*) to drink
выполня́ть, вы́полнить (*pfv*) to fulfill, accomplish
вы́прыгнуть (*pfv*) to jump out
выпрямля́ться to become straighter
выраба́тывать to be formed
выража́ть, вы́разить (*pfv*) to express
вырази́тельный expressive, significant
выраста́ть, вы́расти (*pfv*) to grow, grow up
вы́рвать (*pfv*) to tear away
вы́рваться (*pfv*) to get away
вырисо́вываться to be visible, stand out
высека́ть, вы́сечь (*pfv*) to carve, chisel
вы́скочить (*pfv*) to jump out
высо́вываться to stick out
высо́кий high, tall
высокоме́рный haughty, arrogant
высота́ height
высо́тное зда́ние tall building
вы́ставка exhibition
выставля́ть, вы́ставить (*pfv*) to exhibit
вы́ставочный exhibition
выступа́ть, вы́ступить (*pfv*) to appear, perform
вы́сунуть (*pfv*) to stick out
вы́тащить (*pfv*) to pull out
вы́тереться (*pfv*) to wipe, rub oneself
вытесня́ть, вы́теснить (*pfv*) to crowd out
вытря́хивать, вы́тряхнуть (*pfv*) to shake out
вытя́гивать, вы́тянуть (*pfv*) to stretch out
вы́тянутый outstretched

вы́тянуться (*pfv*) to stretch
вы́учить (*pfv*) to learn
выхлопно́й exhaust
вы́ход exit
выходи́ть, вы́йти (*pfv*) to come out, go out, turn out
выходи́ть, вы́йти (*pfv*) **за́муж** to get married (*said of a woman*)
вы́ходить (*pfv*) to nurse
вы́ходка prank, escapade
вы́цветший faded
выша́гивать to pace
выясня́ться, вы́ясниться (*pfv*) to turn out

Г г

га́дость muck
газ gas
газе́та newspaper
газиро́вщица soda water vender
галантере́я haberdashery
галифе́ breeches
га́лстук necktie
га́лька (*c*) pebbles
гам uproar
гардеро́б cloakroom, wardrobe
гардеро́бщик cloakroom attendant
гармо́шка (*col.*) accordion
га́снуть, по- (*pfv*) to die out, be extinguished
ген gene
геогра́фия geography
герои́ческий heroic
геро́й hero
гимнастёрка army shirt
гимна́стка gymnast (female)
гипертони́я high blood pressure
ги́псовый plaster
гита́ра guitar
гитари́ст guitarist
гла́вное the main thing
гла́вный main
гла́дить, по- (*pfv*) to stroke
глаз eye
глазе́ть (*col.*) to stare
гли́на clay
гло́бус globe
глота́ть to swallow
глото́к gulp
глубина́ depth
глубо́кий deep
глу́пость nonsense
глу́пый stupid, silly
глухо́й deaf; deserted
гляде́ть, по- (*pfv*) to look, gaze
гля́нцевый glossy
год year
годи́ться to be suitable
голова́ head
головокруже́ние giddiness
голо́дный hungry
го́лос voice
голосова́ть to vote
голубогла́зый blue-eyed
голубо́й light blue
го́лубь pigeon
го́лый naked, bare
гопкомпа́ния (*col.*) gang
гора́ mountain
гора́здо much, far
го́рдый proud
го́ре sorrow, grief
горе́ть to burn, glow; to be lighted
горизо́нт horizon, skyline
го́рло throat
го́рлышко neck of a bottle
горта́нный guttural
го́рький bitter
горя́чий hot
горя́щий burning, flaming
го́спиталь hospital
Го́споди God! good heavens!
господи́н gentleman
гости́ница hotel
гость guest
госуда́рство state
готи́ческий Gothic
гото́вить to prepare
гото́вый ready
грамм gram
гранёный cut glass
гре́бля rowing
грек Greek
греме́ть to thunder, ring out
гре́ться, по- (*pfv*) to warm oneself
гриб mushroom
гроза́ thunderstorm
грома́дный huge
гро́мкий loud
грот grotto
грот-ма́чта mainmast
гро́хот crash
грохота́ть to roar
гру́бый rough, coarse
грудь chest
 грудно́й го́лос "low" voice
грузи́н Georgian
грузови́к truck

гру́ппа group
группово́й group
гру́стный sad
грусть sadness
гру́ша pear
грызня́ bickering
гря́зный dirty
губа́ lip
гуде́ние hum, drone
гуде́ть to buzz, honk
гудо́к whistle, "buzzing"
гул rumble, humming, murmur
гу́лкий resonant, resounding
гуля́ть, по- (*pfv*) to walk, take a walk
гурьба́ crowd
густо́й thick, dense
густота́ richness (of tone)

Д д

дава́й let's
да́вний long-standing
давно́ long ago, for a long time
да́же even
далёкий distant, far-off
даль distance
да́льний distant, remote
да́льше farther
да́ма married woman
да́нные (*noun pl only*) essential qualities, data
дари́ть, по- (*pfv*) to give (a present)
да́ром free (of charge); in vain
да́ча country house
дверь door
две́сти two hundred
дви́гаться, дви́нуться (*pfv*) to move
движе́ние movement
дви́нуться (*pfv*) to move
дво́е (*c*) two
дво́йня twins
двор courtyard
двою́родная сестра́ cousin
деви́ца girl
де́вушка girl, young lady
девчо́нка (*col.*) girl
дёготь (*m*) tar
дежу́рить to be on duty
дежу́рный (*noun*) attendant, person on duty
действи́тельно really
де́йствовать to act, function
  де́йствовать, по- (*pfv*) **на** to have an effect on
дека́брь December
декора́ция stage set
де́ланный artificial, unnatural
де́латься, сде́латься (*pfv*) to become; to happen
делега́ция delegation
деле́нье division
делика́тный considerate, tactful
дели́ть, раздели́ть (*pfv*) to divide
дели́ться to be divided
де́ло matter, business, deed, work
де́ньги (*pl only*) money
деревене́ть to become stiff
дере́вня village, countryside
де́рево tree
деревя́нный wooden
держа́ть to hold, keep
держа́ться to cling
дёрнуть (*pfv*) to jerk, pull
дета́ль detail
де́ти children
де́тский childish, children's
де́тство childhood
де́ться (*pfv*) to disappear
де́ятельность activity, work
джаз jazz
джин gin
джу́нгли (*pl only*) jungle
диабе́т diabetes
дива́н couch, sofa
дие́та diet
ди́кий wild
ди́ктор announcer
дипло́м diploma
дитя́ child
длина́ length
дли́нный long
днём in the daytime
дно bottom
добавля́ть, доба́вить (*pfv*) to add
добежа́ть (*pfv*) to reach (running)
доби́ться (*pfv*) to achieve
добра́ться (*pfv*) to reach, get (to a place)
добропоря́дочный respectable
добросо́вестность honesty, conscientiousness
до́брый kind
довезти́ (*pfv*) to take
дове́рчивость trustfulness
дово́льно fairly; enough, rather
дово́льный satisfied, content
дога́дываться, догада́ться (*pfv*) to suspect, guess, figure out
договори́ться (*pfv*) to come to an agreement

догоня́ть, догна́ть (*p v*) to catch up, run after
дождь (*m*) rain
дозва́ниваться, дозвони́ться (*pfv*) to reach by phone
дожида́ться, дожда́ться (*pfv*) to wait for, await
дока́зывать, доказа́ть (*pfv*) to prove
до́лго for a long time
должно́ быть probably
до́ля fraction, part
дом house
  дом о́тдыха resort home
до́ма at home
домохозя́йка housewife
доноси́ться to reach; to be borne
допи́ть (*pfv*) to finish drinking
допуска́ть, допусти́ть (*pfv*) to admit
дори́ческий Doric
доро́га road
доска́ board, blackboard, drawing board
достава́ть, доста́ть (*pfv*) to get, reach, obtain
доставля́ть, доста́вить (*pfv*) to give, cause
доста́точно sufficient, enough
досто́инство merit
дра́ка fight
дра́ться to fight
драчу́н fighter
дрема́ть to doze, slumber
дрова́ (*pl only*) firewood
дрожа́ть to tremble, quiver
дрожа́щий quivering, trembling
друг friend
друг дру́га each other, one another
друго́й other, another
дру́жно together, unanimously
дря́блость flabbiness
дублёр substitute
  дубль мастеро́в second team
ду́ра fool (female)
дура́к, дурачо́к (*d*) fool
дура́цкий foolish
дуть to blow
ду́ться to be sulky, be annoyed
душ shower
душа́ soul
ду́шный stifling, sultry
дым smoke
дыра́, ды́рочка (*d*) hole
дыха́ние breath, breathing
дыша́ть to breathe
дя́дя uncle
  дя́дька (*col.*) man

Е е

едва́ barely, hardly, just
еди́нственный only, sole
еди́ное the same one
ёжиться to huddle up
ей-бо́гу really and truly
е́ле barely, hardly
ель spruce
еро́шить to rumple, ruffle
ерунда́ nonsense
е́сли if
  е́сли бы if only
есте́ственный natural
есть to eat
ехи́дный sarcastic
ещё still, more, also
  ещё не not yet

Ж ж

жа́дный greedy
жа́жда thirst
жале́ть, по- (*pfv*) to feel sorry for, pity; to regret
жа́лкий pitiful
жа́ловаться to complain
жаль sorry
жара́ heat
жа́ркий hot
жать, по- (*pfv*) **ру́ку** to shake hands
ждать to wait
жева́ть, по- (*pfv*) to chew
жела́ние wish
жёлоб gutter
желтова́тый yellowish
желто́к yolk
жёлтый yellow
жена́ wife
жена́тый married
жени́ться (*ipfv and pfv*) to marry
же́нский feminine
же́нщина woman
же́ртва sacrifice
жёсткий coarse
жесто́кий cruel
жесто́кость cruelty
жечь to burn
жив alive
  живо́й live, alive
жи́во! (*col.*) Make it snappy!
живо́тное animal
жизнь life

жи́листый sinewy
жир grease, fat
жира́ф giraffe
жить to live
жури́ть, по- (*pfv*, *col.*) to reprove
журна́л magazine
жуть horror
жюри́ jury

З з

за behind, beyond; for; after
заба́вный amusing, funny
забежа́ть (*pfv*) to run in, drop in
заби́ть гол to score a goal
забия́ка (*col.*) squabbler
заболе́ть (*pfv*) to become ill
забо́р fence
забо́та worry
забо́титься, по- (*pfv*) to take care
забра́сывать, забро́сить (*pfv*) to abandon, neglect
забра́ться (*pfv*) to climb
забубни́ть (*pfv*, *col.*) to mutter
забыва́ть, забы́ть (*pfv*) to forget
заверну́ть (*pfv*) to turn, wrap
завести́сь (*pfv*, *col.*) to get wound up, get riled up
зави́дный enviable
за́висть envy
заво́д factory
заводи́ть, завести́ (*pfv*) to acquire, start
завора́чивать, заверну́ть (*pfv*) to turn, wrap
за́втра tomorrow
за́втракать, по- (*pfv*) to eat breakfast
загада́ть жела́ние (*pfv*) to make a wish
зага́дочный mysterious
зага́р sun tan
загло́хший мото́р stalled engine
загляде́ться (*pfv*) to stare
загля́дывать, загляну́ть (*pfv*) to peep in, look in; to drop in
загова́ривать, заговори́ть (*pfv*) to start talking
загоре́лый sun-tanned
загора́ть, загоре́ть (*pfv*) to become suntanned
загромыха́ть (*pfv*) to start rumbling
загуде́ть (*pfv*) to hum
задева́ть, заде́ть (*pfv*) to touch, brush against
зади́ра squabbler
зади́ристый "badgering"
за́дом backward
за́дранный raised, turned up
заду́мчивый pensive, thoughtful
заду́мываться to meditate
  не заду́мываясь without hesitation
задыха́ться, задохну́ться (*pfv*) to suffocate, be short of breath
зажа́ть (*pfv*) to squeeze
зажига́ть, заже́чь (*pfv*) to light, turn on (a light)
зажига́ться to be lighted up
заика́ться to mention, stutter
заинтересо́ванный interested
заинтересова́ться to become interested
зайти́ (*pfv*) to drop in, come in
зака́з commission, order
зака́зывать, заказа́ть (*pfv*) to order
зака́нчивать, зако́нчить (*pfv*) to finish
зака́нчиваться, зако́нчиться (*pfv*) to come to an end
заки́дывать to toss
заклуби́ться (*pfv*) to swirl
заколоти́ться (*pfv*) to beat faster
зако́н law
зако́нченный finished, completed
закрыва́ть, закры́ть (*pfv*) to close, cover
заку́ривать, закури́ть (*pfv*) to light (a cigarette)
заку́сочная snack bar
заку́сывать, закуси́ть (*pfv*) to have a bite
  заку́сывать губу́ to bite one's lip
заку́тать (*pfv*) to wrap up
зал hall, auditorium
залива́ть, зали́ть (*pfv*) to flood
замедля́ть, заме́длить (*pfv*) to slow down
замерза́ть, замёрзнуть (*pfv*) to freeze
замёрзший frozen
заме́тный noticeable, visible
замеча́тельный remarkable, wonderful
замеча́ть, заме́тить (*pfv*) to notice, remark
замеша́тельство confusion, embarrassment
за́мок castle
замо́к lock
замолка́ть, замо́лкнуть (*pfv*), **замолча́ть** (*pfv*) to become silent, stop speaking
замыслова́тый intricate, complicated
занаве́ска curtain
занима́ть, заня́ть (*pfv*) to occupy
занима́ться, заня́ться (*pfv*) to be occupied; to study
заня́тие occupation, work
заня́тия (*pl*) studies

заня́ться (*pfv*) to take up
за́пад west
запа́льчивый vehement, quick-tempered
запа́с reserve
запасно́й reserve
за́пах smell
запе́ть (*pfv*) to start singing
запи́ска note
запи́сывать, записа́ть (*pfv*) to write down, jot down
запла́кать (*pfv*) to start to cry
заплати́ть (*pfv*) to pay
заполня́ть, запо́лнить (*pfv*) to fill in
запомина́ть, запо́мнить (*pfv*) to remember
запыха́ться (*pfv*) to be out of breath
за́рево glow
за́светло before nightfall, before dark
засну́ть (*pfv*) to fall asleep
засо́вывать, засу́нуть (*pfv*) to shove, thrust
засо́хнуть (*pfv*) to dry
за́спанный sleepy
застава́ть, заста́ть (*pfv*) to find, catch
заставля́ть, заста́вить (*pfv*) to force
застёгивать, застегну́ть (*pfv*) to button up
застёгиваться, застегну́ться (*pfv*) to button oneself up
застеклённый glassed-in
засте́нчивый shy, bashful
застыва́ть, засты́ть (*pfv*) to freeze
засы́панный covered
засыпа́ть, засну́ть (*pfv*) to fall asleep
зата́ивать, затаи́ть (*pfv*) **дыха́ние** to hold one's breath
затво́рник recluse
затёртый soiled
затиха́ть, зати́хнуть (*pfv*) to die out, calm down
зато́ on the other hand; in return
заты́лок back of the head
затя́гиваться, затяну́ться (*pfv*) to inhale (when smoking)
захвати́ть (*pfv*) to captivate
захло́пывать, захло́пнуть (*pfv*) to slam
захмеле́ть (*pfv*) to become tipsy
заходи́ть, зайти́ (*pfv*) to drop in, come in
захуда́лый shabby
заче́м why, what for
заче́м-то for some reason
зачёсывать, зачеса́ть (*pfv*) to comb
защи́тник (*sp.*) defender, guard
зва́ние title, rank
звать, по- (*pfv*) to call, invite
звезда́, звёздочка (*d*) star
зве́рски beastly
звони́ть, по- (*pfv*) to ring, phone
зво́нкий ringing, clear
звоно́к bell
звук sound
звуча́ть, прозвуча́ть (*pfv*) to sound, resound
зву́чный sonorous, loud
зда́ние building
здорове́нный husky, huge
здо́рово (*col.*) fine; very
здоро́вый robust, healthy
здоро́вье health
зева́ть, зевну́ть (*pfv*) to yawn
зелёный green
зе́лень greenery
земля́ land, earth, ground
зе́ркало mirror
зима́ winter
зи́мний winter
златоку́дрый golden-haired
зли́ться to be angry
зме́йка snake, serpent
змея́ snake
знак sign
знако́мить, по- (*pfv*) to introduce
знако́миться, по- (*pfv*) to become acquainted, meet
знако́мство acquaintance
знако́мый familiar, known
знако́мый (*noun*) acquaintance, friend
знамени́тый famous
значе́ние significance, meaning, importance
зна́чить to mean, signify
зо́лото gold
золото́й gold, golden
зоомагази́н pet store
зри́тель spectator, audience
  зри́тельный зал theater auditorium
зуб tooth
зять brother-in-law (husband of a sister); son-in-law

И и

игра́ game
игра́ть to play
игру́шечный toy
игру́шка toy
иде́я idea
идио́тский idiotic
из from, out of

избира́ть, избра́ть (*pfv*) to elect
извéргнуть (*pfv*) to disgorge
извéстный well known, known
извиня́ть, извини́ть (*pfv*) to pardon, excuse
извиня́ться, извини́ться (*pfv*) to apologize
изготовля́ть to manufacture
и́здали (издалека́) from a distance
изда́тельство publishing house
изло́манный broken
изменя́ть to fail, deceive
изменя́ться, измени́ться (*pfv*) to change
изнемога́ть to be exhausted
изобража́ть, изобрази́ть (*pfv*) to portray, depict
из-под from under
и́зредка from time to time
изры́ть (*pfv*) to dig up
изуми́тельный wonderful
изумлённый amazed
изя́щный graceful
иллюмина́ция illumination
и́менно precisely, exactly
и́мя name
индивидуа́льный individual
и́ней frost
инженéр engineer
иногда́ sometimes
ино́й another
иностра́нец foreigner
институ́т institute
интерéс interest
интерéсный interesting
ирони́чный ironical
иска́ть to look for
исключа́ть, исключи́ть (*pfv*) to expel
исключи́тельный exceptional
исколеси́ть (*pfv, col.*) to travel all over
и́скоса sideways, aslant
и́скра spark
искривлённый crooked
иску́сственный artificial
иску́сство art
испо́ртиться (*pfv*) to break down
испу́г fear, fright
испу́ганный frightened
испуга́ть (*pfv*) to frighten
испуга́ться (*pfv*) to be frightened
испы́тывать, испыта́ть (*pfv*) to experience, test
исслéдовательский research
истра́тить (*pfv*) to spend
исчеза́ть, исчéзнуть (*pfv*) to disappear
ита́к so, thus
итого́ altogether

К к

кабинéт study
каду́шка tub
ка́ждый each, every
каза́ться, по- (*pfv*) to seem, appear
казнь execution
как how, as
ка́к-нибудь somehow, sometime
как ра́з just, right
ка́к-то once, somehow
калифорни́йский California
кальвадо́с calvados (*an alcoholic drink*)
ка́менный stone
камо́рка closet
канарéйка canary
кандида́т candidate
кани́кулы (*pl only*) vacation
ка́пля, ка́пелька (*d*) drop
капри́зный capricious
кара́бкаться to climb
каравéлла caravel (ship)
карамéлька fruit candy
карикату́ра caricature
карма́н pocket
карти́на picture, painting
карто́нный cardboard
ка́рточка photograph
карусéль merry-go-round
карьéра career
каса́ться, косну́ться (*pfv*) to touch, concern
ка́сса ticket office
кассéта box, folder
кастрю́ля saucepan
катастро́фа accident, crash
катастрофи́ческий catastrophic, disastrous
ката́ть, по- (*pfv*) to take for a ride
ката́ться to go for a ride
ка́тер launch
кати́ть (*col.*) to drive
кати́ться, покати́ться (*pfv*) to roll, slide
като́к skating rink
кафé café, coffee shop
кача́ться to sway, swing
ка́чество quality
ка́шлять to cough
квадра́тный square
кварти́ра apartment
кéпка cap
кибернéтика cybernetics

кива́ть, кивну́ть (*pfv*) to nod one's head
кинематографи́ческий cinematographic, movie
киноактри́са movie star
кинокарти́на movie
кинотеа́тр movie theater
кинофа́брика movie studio
кио́ск kiosk
кипари́с cypress
кипари́совый cypress
ки́рзовый tarpaulin
ки́слый sour
кисть paintbrush
ки́тель tunic
класс grade, class
класть to put, lay down
клей glue
кле́тка plaid, check
клету́шка (*d*) tiny room
кле́тчатый checked
клешня́ claw
кли́вер (*naut.*) jib
клу́мба flower bed
ключ key
кно́пка snap
кове́ркать to distort, mangle
ко́врик (*d*) small rug; pad
кое-ка́к with difficulty; haphazardly
кое-каки́е certain, some
кое-что́ something
колбаса́ sausage
колеба́ться to fluctuate
коле́но knee
коло́нна column
колонна́да colonnade
колори́т coloring, color
ко́лос ear of grain
колоти́ться to beat, pound
колча́н quiver
колыха́ться to heave
кольцо́ ring
колю́чий spiny, prickly
кома́нда team
командиро́вка (business) trip
комбинезо́н coveralls
коме́дия comedy
комме́рческий commercial
ко́мната room
компа́ния company, group
компроми́сс compromise
комсомо́л Young Communist League
конве́рт envelope
коне́ц end
в конце́ концо́в finally, after all
коне́чно certainly, of course
кони́ческий conic
конкре́тный specific, concrete
консервато́рия conservatory
консе́рвы (*pl only*) canned food
ко́нтур outline
конфере́нция conference
конфе́та candy
конча́ть, ко́нчить (*pfv*) to finish, end
конь (*m*) horse, steed
конья́к cognac
ко́пия copy, reproduction
копна́ воло́с mop of hair
ко́поть soot
кора́бль (*m*) ship
коренно́й radical
кори́чневый brown
корми́ть to feed
коро́бка, коро́бочка (*d*) case, box
коро́нка crown (of a tooth)
коро́ткий short, brief, curt
корреспонде́нт correspondent
коса́, коси́чка (*d*) pigtail
космона́вт astronaut
косну́ться (*pfv*) to touch, concern
костёр bonfire
костю́м suit
кот tomcat
котле́та hamburger patty
край edge, brim; land
кран crane
краса́вец handsome fellow
краса́вица (a) beauty
краси́вый beautiful, handsome
кра́сить to paint
кра́ска paint, color
красне́ть, по- (*pfv*) to turn red, blush
краснова́тый reddish
кра́сный red
красота́ beauty
кра́ткий brief
кре́пкий strong, firm, hard
кре́сло armchair
крест cross
криво́й crooked
кривоно́гий bowlegged
крик shout
крича́ть to shout
крова́ть bed
кроль (*m, sp.*) crawl
кро́ме besides, except
кро́на crown (of a tree)
кро́хотный tiny
кроши́ть to crumble

круг circle, round
круглый round
кругóм around
кружéние whirling
кружи́ть to circle
кружи́ться to turn, spin
крýжка mug
кружóк circle, society
крýпный large, prominent
крути́ть (*col.*) to play (a record)
крути́ться to turn, spin
крылó wing
кры́ша roof
кры́шка lid
кстáти by the way
кудá where
кудря́вый curly
кудря́шка ringlet (of hair)
кулáк, кулачóк (*d*) fist
культрабóтник recreation director
культýра culture
культýрница recreation director
куми́р idol
купи́ть (*pfv*) to buy
курéние smoking
кури́тельная (*noun*) smoking lounge
кури́ть to smoke
курнóсый snub-nosed
курóртник health-resort visitor
курс course, a year of study
кýртка jacket
кусóк, кусóчек (*d*) section, piece, fragment
кýхня kitchen

Л л

лáвочка (*d*) bench
лáдно O.K.
ладóнь palm
лáйнер liner
лáмпа lamp
лáмпочка electric bulb
лáсковый tender
лáста flipper
лáцкан lapel
лéвый left, avant-garde
легендáрный legendary
лёгкий light, easy
лёгкое (*noun*) lung
легкомы́слие lack of seriousness, light-mindedness
легóнько gently, slightly
лёд ice
лежáть, по- (*pfv*) to lie
лезть to climb
лейтенáнт-артиллери́ст artillery lieutenant
лéкция lecture
лентя́й lazy person
лепетáть to babble
лепи́ть to model, sculpture
лéпка modeling
лес forest
лесá (*pl only*) scaffolding
лесостéпь forest-steppe
лéстница staircase, ladder
лёт flight
летéть to fly
лéтний summer
лéто summer
лечи́ться to take treatment
лечь (*pfv*) to lie down
  лечь спать to go to bed
ли́вень downpour
ликвидáция liquidation
лилóвый violet
ли́ния line
ли́па linden tree; hoax
лист leaf
листáть to leaf through, turn over pages
лить to pour
лифт elevator
лихóй dashing
лицó face, person
ли́чико (*d*) face
ли́шний additional; unnecessary
лишь only
лоб forehead
лови́ть, поймáть (*pfv*) to catch
лóгика logic
лóжа theater box
ложи́ться, лечь (*pfv*) to lie down
  ложи́ться спать to go to bed
лóжка spoon
  столóвая лóжка tablespoon
лóзунг slogan
лóкоть elbow
ломбáрд pawnshop
лóпнуть (*pfv*) to break; to be torn
лосня́щийся glossy, shiny
лохмáтый shaggy-haired
лýжа puddle
луч beam, ray
лы́жный ski
лы́сина bald spot
лы́сый bald
люби́мец favorite, pet
люби́мый beloved, favorite

люби́мый (*noun*) beloved
любова́ться to admire
любо́вь love
любо́й any
любопы́тный curious
любопы́тство curiosity
лю́ди people

М м

магази́н store, shop
май May
ма́йка T-shirt
маку́шка crown, top of head
ма́ло not enough, little
малы́ш (*col.*) kiddy
мальти́йский Maltese
мальчи́шеский boyish
мане́ра manner
манса́рда garret
марино́ванный pickled, marinated
марс (*naut.*) crow's nest
ма́ска mask
ма́сляный oil, oily
мастерска́я (*noun*) studio, workshop
материа́лы materials, "papers"
матери́к continent
матери́нский maternal
матро́ска sailor blouse
матч (*sp.*) game
мать mother
ма́узер Mauser
маха́ть, махну́ть (*pfv*) to wave
ма́чта mast
мгнове́нный instantaneous
медве́дь (*m*) bear
ме́дленный slow
ме́жду among, between
ме́жду про́чим by the way
межсезо́нье (*noun*) off season
мел chalk
меланхо́лия melancholy
ме́лкий small, petty
мелька́ть, мелькну́ть (*pfv*) to flash, appear for a moment
мельча́йший tiniest
меня́ть, смени́ть (*pfv*) to replace, change
мероприя́тие program, provision
мёртвый dead
ме́стный local
ме́сто place, spot
ме́сяц month
металли́ческий metal
мете́ль snowstorm
метр meter
метро́ subway
механи́зм machinery
мечта́ dream, daydream
мечта́ть to dream, daydream
меша́ть to prevent, to disturb
мешо́к bag
миг moment
мига́ть to twinkle, blink
микроавто́бус microbus
милиционе́р policeman
миллио́н million
ми́лый nice, dear, charming
ми́мо past, by
мимохо́дом in passing
мину́та minute
мину́ть to pass
мир world; peace
мла́дший younger
мне́ние opinion
многово́дный abounding in water
многозначи́тельный significant
мно́жество great number, multitude
мо́дница fashion-conscious female
мо́дный fashionable
мо́жет (мо́жет быть) perhaps, maybe
мозг brain
мо́крый wet, soggy
мол they say
молодо́й young, youthful
мо́лодость youth
мо́лча silently
молчали́вый silent
молча́ние silence
молча́ть to be silent
мольба́ pleading
мольбе́рт easel
монтёр (электромонтёр) electrician
морга́ть to blink
мо́ре sea
моро́женое (*noun*) ice cream
моро́з frost
моро́зный frosty
моросящий drizzling
морско́й sea
морщи́на wrinkle
моря́к sailor
мост bridge
мото́р motor, engine
мото́рка motor boat
мо́щный powerful
мра́мор marble
мра́морный marble
мра́чный gloomy, dismal
му́дрый wise, sage

муж husband
му́жественный masculine
му́жество courage
мужско́й male, man's
мужчи́на man
музе́й museum
му́зыка music
музыка́нт musician
му́ка torment, torture
муравьи́ный ant
му́скул muscle
мускулату́ра muscles
му́тный muddy
му́ха fly
мучи́тельный agonizing
му́читься to torment oneself, worry
мысль thought, idea
мыть, по- (*pfv*) to wash
мя́гкий soft, gentle
мя́со meat
мя́тый crumpled
мяч ball

Н н

на́бережная (*noun*) embankment
набира́ть, набра́ть (*pfv*) to gather, take; to dial
наве́рно (наве́рное) probably, most likely
наве́рх upstairs, upward
наве́с awning
навра́ть (*pfv*) to fib
навсегда́ forever
навстре́чу toward
нагиба́ться, нагну́ться (*pfv*) to stoop, bend over
надева́ть, наде́ть (*pfv*) to put on
наде́жда hope
наде́яться to hope
на́до it is necessary, one should
надое́сть to be fed up
надо́лго for a long time
на́дпись inscription, sign
надува́ть, наду́ть (*pfv*) to fill out
наедине́ tête-à-tête; alone
наза́втра next day
наза́д backward; ago
  тому́ наза́д ago
назва́ние name, title
назнача́ть, назна́чить (*pfv*) to set, appoint
называ́ть, назва́ть (*pfv*) to name, call
называ́ться, назва́ться (*pfv*) to be called
наи́вный naïve
наизна́нку inside out
наизу́сть by heart
найти́ (*pfv*) to find
наказа́ние punishment
нака́пливаться, накопи́ться (*pfv*) to gather
накача́ться (*pfv, col.*) to fill up on
наки́нуть (*pfv*) to throw on
накла́дывать to put in, on
накле́ить (*pfv*) to glue on
наклоня́ть, наклони́ть (*pfv*) to bend, incline
наклоня́ться, наклони́ться (*pfv*) to bend down; to lean forward
наконе́ц finally, at last
накопи́ть (*pfv*) to save up
накрича́ть (*pfv*) to shout at
нала́женный well organized
налива́ть, нали́ть (*pfv*) to pour out
нама́тывать, намота́ть (*pfv*) to wind around
намо́рщить (*pfv*) to wrinkle
нанима́ть, наня́ть (*pfv*) to hire, rent
наоборо́т on the contrary
напада́ющий (*noun*) forward (*sp.*)
напеча́тать (*pfv*) to print
напива́ться, напи́ться (*pfv*) to quench one's thirst; to get drunk
напи́ток beverage
напиха́ть (*pfv, col.*) to stuff in
напо́лнить (*pfv*) to fill
напомина́ть, напо́мнить (*pfv*) to remind
напо́ристый aggressive
направля́ться, напра́виться (*pfv*) to make one's way
наприме́р for example
напро́тив on the contrary, opposite
напряга́ть, напря́чь (*pfv*) to strain; to stretch
напряжённый intense; tense
напускно́й unnatural
нара́доваться (*pfv*) to dote
нарисова́ть (*pfv*) to draw, paint
наро́д people, nation
наро́чно deliberately, on purpose
нару́жный outer
насви́стывать to whistle
наси́льно by force
наскво́зь through
наслажда́ться to enjoy
насме́шливый mocking, ironic
насори́ть (*pfv*) to litter
насто́лько so, to such an extent
насто́льный table, desk
настоя́щий real; present

настрое́ние mood
наступа́ть, наступи́ть (*pfv*) to step upon; to come
насты́рный (*col.*) persistent
нату́рщик model
натя́гивать, натяну́ть (*pfv*) to stretch; to pull on
нау́тро the next morning
научи́ться (*pfv*) to learn
нахвата́ться (*pfv*, *col.*) to get a smattering
находи́ть, найти́ (*pfv*) to find
находи́ться, найти́сь (*pfv*) to be found
находи́ться to be, be located
нача́ло beginning, start
начина́ть, нача́ть (*pfv*) to begin, start
начина́ться, нача́ться (*pfv*) to begin, start
на́чисто (*col.*) completely
нащу́пывать, нащу́пать (*pfv*) to feel about, find
неаккура́тный sloppy
не́бо sky
небоскрёб skyscraper
небре́жный careless, casual
нева́жно not important
неве́домый unknown
неве́жливый impolite
невероя́тный incredible
невзго́да adversity
неви́димый invisible
невозмо́жный impossible
нево́льный involuntary
невоспи́танный unmannered
невыноси́мый unbearable
негритя́нский Negro
негро́мкий low, soft
недалеко́ not far
неде́ля week
недоку́ренный half-smoked
недо́лго not long
недосто́йный unworthy; undignified
нееcте́ственный unnatural
не́жность affection, tenderness
не́жный tender, soft
незаме́тный inconspicuous
не́зачем no need
незнако́мец stranger
незнако́мый unfamiliar
неизве́стно no one knows
неизве́стный unknown
неимове́рный incredible
не́которые some, some people
некста́ти inopportunely
не́куда nowhere
неле́пый awkward
нело́вкий uncomfortable, awkward
нело́вкость blunder
нельзя́ impossible
неме́дленный immediate
неме́цкий German
немно́го a little
немо́дный not fashionable
немы́тый unwashed
ненави́стный hateful
необозри́мый boundless
необходи́мый necessary
необыкнове́нный unusual
неожи́данный unexpected, sudden
неопису́емый indescribable
неопублико́ванный unpublished
неотёсанный uncouth
неподви́жный motionless
непоня́тный incomprehensible
непра́вый wrong
непреме́нно without fail, certainly
непривы́чный unusual
неприя́тный unpleasant
непро́шенный uninvited
неразгово́рчивый not talkative
не́рвничать to be nervous
не́рвный nervous
нереши́тельный hesitating
несве́дущий ignorant
не́сколько several, somewhat
несме́лый timid
неспоко́йный restless
несча́стье unhappiness
нетерпели́вый impatient
неторопли́вый slow
неуда́ча reversal
неуда́чник a failure (male)
неудо́бный uncomfortable
неуже́ли Really? Is it possible?
неуклю́жий clumsy, awkward
неуме́лый clumsy
неую́тный uncomfortable
нечаянно accidentally
не́что something
нея́сный vague
ни́жний lower
ни́зкий low
ника́к in no way
никако́й no, none
никто́ no one
нить, ни́точка (*d*) thread
ниче́м in no way
ничу́ть not a bit
но́вый new
нога́, но́жка (*d*) leg, foot

оздрева́тый porous
о́мер number, ticket; trick; issue
о́рма standard, rate
оси́ть to wear, carry
оси́ться, нести́сь (*pfv*) to rush, scud
оски́, носо́чки (*d pl*) socks
очева́ть to spend the night
очно́й night
очь night
ра́виться, по- (*pfv*) to like
у́жно it is necessary
ы́нешний nowaday's
ыря́ть, нырну́ть (*pfv*) to dive

О о

о́ба, о́бе both
балдева́ть, обалде́ть (*pfv, col.*) to be driven insane
бду́мывать, обду́мать (*pfv*) to plan
бе́д dinner
бе́дать, по- (*pfv*) to have dinner
берну́ться (*pfv*) to turn, turn around
беспе́чивать, обеспе́чить (*pfv*) to provide
обеща́ть to promise
бжига́ть, обже́чь (*pfv*) to burn
обзаводи́ться, обзавести́сь (*pfv*) to acquire
оби́дно it is painful, it hurts
обижа́ться, оби́деться (*pfv*) to feel hurt, take offense
о́блако, о́блачко (*d*) cloud
о́бласть field, region
облегча́ть, облегчи́ть (*pfv*) to make easier
облегче́ние relief
облока́чиваться, облокоти́ться (*pfv*) to lean (on one's elbows)
обма́нывать, обману́ть (*pfv*) to deceive
обме́н exchange
о́бморок faint
обмота́ть (*pfv*) to wrap around
обнажённый bare, naked
обнару́живать, обнару́жить (*pfv*) to discover, find out
обнару́живаться, обнару́житься (*pfv*) to come to light
обнима́ть, обня́ть (*pfv*) to embrace
обобща́ть to generalize
обобщённый generalized
обо́и (*pl only*) wallpaper
обойти́ (*pfv*) to avoid, leave out, pass by
оборва́ться (*pfv*) to stop suddenly
обору́довать (*ipfv and pfv*) to arrange
обра́доваться (*pfv*) to be happy, be glad
о́браз image, form
гла́вным о́бразом mainly
образе́ц sample, example
образова́ние education
обра́тный reverse, return
обраща́ть, обрати́ть (*pfv*) **внима́ние** to pay attention to, notice
обраща́ться, обрати́ться (*pfv*) to address
обры́вок scrap
обрю́згший flabby
обстано́вка furniture, condition
обстоя́тельно in detail
обстоя́тельство circumstance
обсы́панный strewn, covered
обходи́ть, обойти́ (*pfv*) to avoid, leave out, pass by
обще́ственный public, social
о́бщий mutual, common, general
в о́бщем in general
о́бщность similarity
объяви́ть (*pfv*) to announce
объявле́ние announcement, sign
объясня́ть, объясни́ть (*pfv*) to explain
объя́тие embrace
обыкнове́нный usual, ordinary
обы́чный ordinary, usual
обяза́тельный obligatory, compulsory
овладе́ть (*pfv*) to master, take possession of
овра́г ravine
огля́дывать, огляде́ть (*pfv*) to look over, examine
огля́дываться, огляну́ться (*pfv*) to look back
ого́нь, огонёк (*d*) fire, light
огро́мный enormous, huge
огуре́ц cucumber
одева́ться, оде́ться (*pfv*) to get dressed
одеколо́н toilet water
одержи́мый obsessed
одёрнуть (*pfv*) to pull down
оде́т dressed
одино́кий lonely; alone, single
одино́чество solitude, privacy
одна́жды once, one day
однoку́рсник fellow classmate
ожива́ть to come to life
оживлённый boisterous, lively
ожида́ние waiting, expectation
ожида́ть to wait, expect
ожире́вший grown fat
о́зеро lake
ока́зываться, оказа́ться (*pfv*) to turn out, prove to be

окаймля́ть to border
океа́н ocean
о́клик call
окликáть, окли́кнуть (*pfv*) to call, hail
окно́ window
окола́чиваться (*col.*) to hang around
оконча́тельный final
окре́пнуть (*pfv*) to get firmly established
окружа́ющие (*noun, pl only*) one's associates
окружа́ющий surrounding
оку́рок (cigarette) butt
опа́здывать, опозда́ть (*pfv*) to be late
опа́сность danger
о́пера opera
опеча́тать (*pfv*) to seal up
опо́мниться (*pfv*) to collect oneself
оппоне́нт opponent
определённый definite, certain
опры́скивать to spray
оптимисти́ческий optimistic
опуска́ть, опусти́ть (*pfv*) to lower
опуска́ться, опусти́ться (*pfv*) to go down, let oneself go
о́пыт experience
опьяня́ть to intoxicate
опя́ть again
орке́стр orchestra
освеща́ться to be illuminated
освещённый lighted
освобожда́ть, освободи́ть (*pfv*) to free
осе́нний autumn
о́сень autumn
  о́сенью in the autumn
осла́бнуть (*pfv*) to become weak
ослепи́тельный dazzling, blinding
осложня́ть, осложни́ть (*pfv*) to complicate
осма́тривать, осмотре́ть (*pfv*) to examine, look over
осма́триваться, осмотре́ться (*pfv*) to look around
осме́литься (*pfv*) to dare
осмотре́ть (*pfv*) to examine, look over
основно́й basic
осо́бенный special, peculiar
осо́бый special
остава́ться, оста́ться (*pfv*) to remain, stay, be left
оставля́ть, оста́вить (*pfv*) to leave, put aside
остально́й the rest (of)
остана́вливать, останови́ть (*pfv*) to stop
остана́вливаться, останови́ться (*pfv*) to stop, check oneself, stay
оста́нки (*pl only*) remains, relics
оста́тки (*pl*) remains
осторо́жный careful, cautious
остри́ть to crack jokes
острота́ sharpness
остроу́мный witty, clever
о́стрый sharp
остыва́ть, осты́ть (*pfv*) to cool down
осуществля́ть to carry out
осыпа́ться to fall, shed
отва́га courage
отве́т answer, response
отвлека́ть, отвле́чь (*pfv*) to distract
отвози́ть, отвезти́ (*pfv*) to drive
  отвози́ть домо́й to take home
отвора́чивать, отверну́ть (*pfv*) to turn aside, avert
отвора́чиваться, отверну́ться (*pfv*) to turn away
отворя́ть, отвори́ть (*pfv*) to open
отвыка́ть, отвы́кнуть (*pfv*) to grow out of habit
отдава́ть, отда́ть (*pfv*) to return, give back, give
отдава́ться, отда́ться (*pfv*) to give oneself (to)
отдали́ться (*pfv*) to become estranged
отде́л department
отде́льный individual, separate
отделя́ть, отдели́ть (*pfv*) to cut off
отдёрнуть (*pfv*) to jerk back
о́тдых rest
отдыха́ющий (*noun*) guest in a resort home
оте́ц father
оте́чественный native, home
отжа́ть (*pfv*) to wring out
о́тзвук echo, repercussion
отка́з refusal
отка́зывать, отказа́ть (*pfv*) to deny, refuse
отка́зываться, отказа́ться (*pfv*) to refuse
отка́шливаться, отка́шляться (*pfv*) to clear one's throat
отки́нуться (*pfv*) to lean back
отклика́ться, откли́кнуться (*pfv*) to respond
отклоня́ться, отклони́ться (*pfv*) to lean back; to move aside
открове́нный frank
открыва́тель (*m*) explorer
открыва́ть, откры́ть (*pfv*) to open; to discover
откры́тый open

отку́да where from
отла́мывать, отломи́ть (*pfv*) to break off
отлича́ть to distinguish
отли́чный excellent, perfect; different
отложи́ть (*pfv*) to put aside, postpone
отма́хиваться to wave away, brush aside
отмыва́ть, отмы́ть (*pfv*) to clean off, wash off
относи́ться, отнести́сь (*pfv*) to treat, regard
отноше́ние relationship, relation
отогрева́ться, отогре́ться (*pfv*) to warm oneself
отодвига́ть, отодви́нуть (*pfv*) to move aside, pull aside
отойти́ (*pfv*) to step aside; to walk away
отоларинго́лог ear and throat specialist
отпля́сывать (*col.*) to dance
отправля́ть, отпра́вить (*pfv*) to send off, dispatch
отправля́ться, отпра́виться (*pfv*) to set out, go off
о́тпуск leave (of absence)
отпуска́ть, отпусти́ть (*pfv*) to let go, set free
отража́ться, отрази́ться (*pfv*) to be reflected
отрыва́ть, оторва́ть (*pfv*) to tear off, tear away
отры́вистый abrupt
отсве́чивать to gleam
отстава́ть, отста́ть (*pfv*) to lag behind
отста́вка retirement
отста́ивать to assert
отста́нь! (*col.*) Leave me alone!
отсу́тствующий absent, blank
отсю́да from here
оттопы́ренный protruding
отту́да from there
отходи́ть, отойти́ (*pfv*) to step aside; to walk away
отцвета́ть, отцвести́ (*pfv*) to finish blossoming
отча́яние despair
отча́янный desperate
отчего́ why
отчётливый distinct
отчита́ть (*pfv*) to rebuke, lecture
отъе́хать (*pfv*) to drive off
официа́нтка waitress
охо́та wish, inclination
охо́та hunt
охо́титься, по- (*pfv*) to hunt
оце́нивающий evaluating
оцени́ть (*pfv*) to appraise, evaluate
оце́нка good rating
очеви́дный evident
о́чередь line
очи́щенный purified
очка́стый bespectacled
очки́ (*pl only*) eyeglasses
ошиба́ться, ошиби́ться (*pfv*) to make mistakes; to be mistaken
оши́бка mistake
ощуще́ние sensation

П п

павильо́н pavilion
па́дать to fall
паёк ration
па́зуха (*col.*) bosom
па́лец finger
па́луба deck (*naut.*)
па́льма palm
пальто́ overcoat
па́мятник monument
пане́ль panel
па́нцирь (*m*) shell, armor
папа́ха *tall sheepskin hat*
папиро́са cigarette
па́пка folder
пар steam
па́ра, па́рочка (*d*) couple, pair
пара́дное (*noun*) front entrance
парапе́т parapet
па́рень (*m*) fellow
парк park
парохо́д ship, steamer
па́рта school desk
партнёрша partner (female)
па́рус sail
па́русник sailboat
па́спортный passport
пассажи́рский passenger
па́уза pause
па́хнуть to smell
паца́нка (*slang*) girl
па́чка pack
певе́ц singer
певи́ца singer (female)
пе́нистый foamy
пенопла́стиковый foam rubber
пе́нсия pension
пе́пел (*c*) ashes
пе́пельница ash tray
первозда́нный primordial
первокла́ссный first-class
первонача́льный original, initial

первооткрыва́тель explorer
перебега́ть, перебежа́ть (*pfv*) to run across
перебива́ть, переби́ть (*pfv*) to interrupt
перебира́ться, перебра́ться (*pfv*) to move, get over
перебра́сывать, перебро́сить (*pfv*) to throw over
перевёртывать, переверну́ть (*pfv*) to turn over
перега́р alcoholic breath
перегля́дываться, перегляну́ться (*pfv*) to exchange glances
перегну́ться (*pfv*) to lean over
перегова́риваться to exchange remarks, talk
передава́ть, переда́ть (*pfv*) to hand (over); to give a message
передава́ться, переда́ться (*pfv*) to be transferred
пере́дний front, the one in front
пере́дняя (*noun*) hall, hallway
переду́мать (*pfv*) to change one's mind
пережи́ть (*pfv*) to experience, go through
переломи́ть (*pfv*) to break in two
переме́на change
перемени́ться (*pfv*) to change
перенумерова́ть to number
переодева́ться, переоде́ться (*pfv*) to change (one's clothes)
переплёт binding, book cover
переполня́ть, перепо́лнить (*pfv*) to (over)-fill, overcrowd
перепры́гивать, перепры́гнуть (*pfv*) to jump over
перераба́тывать to process
переreза́ть to cut across
пересека́ть to cross
переска́кивать, перескочи́ть (*pfv*) to skip, jump over
перестава́ть, переста́ть (*pfv*) to cease, stop
перета́скивать, перетащи́ть (*pfv*) to drag over
переу́лок, переу́лочек (*d*) lane, by-street
переходи́ть, перейти́ (*pfv*) to cross, pass; to change
пери́ла (*pl only*) railing
перпе́туум-мо́биле perpetuum mobile
перро́н platform
пе́рсик peach
перспекти́ва prospect
пе́сня, пе́сенка (*d*) song
пёстрый colorful
петь, спеть (*pfv*) to sing
печа́ль sorrow, grief
печа́льный sad
печа́тный printed
печа́ть seal
пе́чень liver
пе́чка stove
пешко́м by foot
  ходи́ть пешко́м to walk
пивна́я (*noun*) beer parlor
пи́во beer
пиджа́к coat
пижа́ма pajamas
пижо́н fop
пижо́нство foppery
пионерла́герь Young Pioneer camp
пионе́рский Young Pioneer
пи́сьменный writing
письмо́ letter
пить, вы́пить (*pfv*) to drink
пла́вание swimming
пла́вать to swim
пла́виться to melt
плака́т poster
пла́кать to cry
пламене́ть to flame, blaze
плане́та planet
пластма́ссовый plastic
плато́к shawl, handkerchief
  носово́й плато́к handkerchief
платфо́рма platform
пла́тье dress
плащ cape
плева́ть, плю́нуть (*pfv*) to spit
плести́сь, по- (*pfv*) to lag behind, move slowly
плечо́ shoulder
плиссиро́ванный accordion-pleated
пловчи́ха swimmer (female)
плохо́й bad
площа́дка ground, platform
пло́щадь square, place
плыть to float
пляж beach
по along, up to
побе́да victory
побере́жье sea coast
побыва́ть (*pfv*) to be (at); to visit
побы́ть (*pfv*) to stay, remain
пове́рх over
пове́рхность surface
пове́сить (*pfv*) to hang
по́весть novelette, short story
по́вод cause, occasion
  по э́тому по́воду apropos of this

оворáчивать, повернýть (*pfv*) to turn, change
оворáчиваться, повернýться (*pfv*) to turn around
овторéние repetition
овторя́ть, повтори́ть (*pfv*) to repeat
овышéние promotion
огибáть, поги́бнуть (*pfv*) to perish, be killed
огля́дывать (*col.*) to glance
огнýться (*pfv*) to get bent
огóда weather
огоди́те! (*col.*) Wait!
огодя́ немнóго a little later
огрузи́ться (*pfv*) to immerse oneself
од under, underneath
одавáть, подáть (*pfv*) to give; to stretch out; to serve
одáльше a little further
одáрок present, gift
подбегáть, подбежáть (*pfv*) to run up
подборóдок chin
подбривáть, подбри́ть (*pfv*) to shave
подвáл basement
подвернýться (*pfv*) to turn up
пóдвиг heroic deed
подви́нуть (*pfv*) to push, move
подвóдный underwater
подворóтня gateway
поддрáзнивать to tease
по-дéтски in a childlike way
подзаты́льник (*col.*) slap
подкрáшивать, подкрáсить (*pfv*) to tint, color
подми́гивать, подмигнýть (*pfv*) to wink
подмы́шка armpit
поднимáть, подня́ть (*pfv*) to raise, lift up
поднимáться, подня́ться (*pfv*) to climb, ascend
подноси́ть to bring
подобрáть (*pfv*) to pick up
по-дóброму kindly
подогнýться (*pfv*) to bend
пододви́нуть (*pfv*) to push, move up
подождáть (*pfv*) to wait
подойти́ to approach, come near
подокóнник window sill
подóлгу for hours
подóнки (*pl only*) dregs of society
подпевáть to hum along
подполкóвник lieutenant-colonel
подправля́ть to adjust
подпускáть to allow to come near
подрýга friend (female)
по-другóму differently
по-дрýжески in a friendly way
подря́д in a row
подсéсть (*pfv*) to sit down (to, near)
подскáзка prompting
подслýшивать, подслýшать (*pfv*) to eavesdrop
подстáвка stand
подстри́женный cut, cropped
подступáть, подступи́ть (*pfv*) to come up (to), approach
подтя́нутый smart
подхвати́ть (*pfv*) to pick up
подходи́ть, подойти́ (*pfv*) to come up to, approach
подъéзд entrance, doorway
подъём enthusiasm
поёживаться to shiver (slightly)
пóезд train
поéздка trip
пожáлуй perhaps
пожáлуйста please, if you please
пожáтие handshake
пожени́ться (*pfv*) to marry
пожилóй elderly
пожимáть, пожáть (*pfv*) to press
  пожимáть рýку to shake hands
позабы́ть (*pfv*) to forget
позáриться (*pfv*, *col.*) to have one's eye
позволя́ть, позвóлить (*pfv*) to allow
пóздний late
пóзже later
пози́ровать, по- (*pfv*) to sit, pose
пози́ция position
поймáть (*pfv*) to catch
поинтересовáться (*pfv*) to be curious
пóиски (*pl only*) search
покá while
  покá не until
покá! (*col.*) So long!
покáзывать, показáть (*pfv*) to show
покáзываться to appear
покáчиваться to rock, sway
покáшливание slight cough
покáшливать to cough slightly
поклáдистый obliging
поклони́ться (*pfv*) to bow
поколéние generation
покóрный submissive
покорóбить (*pfv*) to jar
покоря́ться, покори́ться (*pfv*) to resign, submit
покупáть, купи́ть (*pfv*) to buy
покури́ть (*pfv*) to have a smoke

пол floor
полага́ется one would expect
по́лдень noon
по́ле field
ползти́, по- (*pfv*) to creep, crawl
по́лка shelf
полне́ть, по- (*pfv*) to grow fatter, gain weight
по́лно plenty
по́лный stout, full
полови́на half
положе́ние position
положи́ть to put
поло́манный broken
полоса́, поло́ска (*d*) stripe, strip
полоса́тый striped
полоте́нце towel
полтора́ one and a half
полу- half-, semi-
полуживо́й half-dead
полуфина́л semi-finals
получа́ть, получи́ть (*pfv*) to receive, get
получа́ться, получи́ться (*pfv*) to turn out, come out
полу́чше a little better
полыха́ть to blaze
по́льзоваться to make use
поля́на clearing
помаха́ть (*pfv*) to wave
поме́ркнуть (*pfv*) to get dark
помеще́ние premises
по́мнить, запо́мнить (*pfv*) to remember
помога́ть, помо́чь (*pfv*) to help
по-мо́ему in my opinion
помо́рщиться (*pfv*) to wince
помо́щник helper
по-мужски́ in a masculine way
понаста́вить (*pfv, col.*) to set up
понача́лу (*col.*) at first
понемно́жку (понемно́гу) a little at a time, little by little
понижа́ть, пони́зить (*pfv*) to lower
понима́ть, поня́ть (*pfv*) to understand
понима́ющий understanding
поня́тие concept, idea
поня́тливый smart, quick
поня́тно it is clear
поня́тный understandable
по-осо́бенному in a special way
попада́ть, попа́сть (*pfv*) to hit, hit upon; to get to
попада́ться, попа́сться (*pfv*) to come across, to be caught
поперхну́ться (*pfv*) to choke
попива́ть (*col.*) to sip
попла́вать (*pfv*) to take a swim
попола́м in two, half and half
попра́вка recovery
поправля́ть, попра́вить (*pfv*) to straighten, correct
поправля́ться to get well, recover
по-пре́жнему as before
попроща́ться (*pfv*) to say good-by
попуга́й parrot
попу́тный ве́тер favorable wind
пора́ it is time
  пора́ бы it's about time
пора́доваться to be happy
поража́ть, порази́ть (*pfv*) to strike, impress
поража́ться to be astonished
поро́й at times
порошо́к power, medicine
портре́т portrait
поруга́ть (*pfv, col.*) to scold
пору́ка agreement
поручи́ться (*pfv*) to guarantee
по́рция helping
поря́док order
посади́ть to seat
поса́дка landing
посели́ться (*pfv*) to settle, make one's home
посереди́не in the middle
посети́тель visitor, customer
посиде́ть (*pfv*) to sit for a while
поско́льку as long as, since
по́сле after
после́дний last
после́довательность consistency, succession
послеобе́денный afternoon
послу́шный obedient
посме́иваться to laugh softly
посме́шище laughingstock
посмея́ться (*pfv*) to laugh
поспева́ть, поспе́ть (*pfv, col*) to have time; to keep up (with)
посреди́ in the middle
посте́ль bed
постепе́нно gradually
посторо́нний (*noun*) stranger, outsider
постоя́нный constant
поступа́ть, поступи́ть (*pfv*) to enter, join; to act, do
постфа́ктум post factum
посу́да (*c*) dishes
посяга́ть to infringe

пот sweat, perspiration
потéря loss
потéрянный perplexed
потихóньку quietly, slowly
потóк stream, torrent
потóм then, later, afterwards
потóп deluge
потрáтить (*pfv*) to spend
потрясáть, потрясти́ (*pfv*) to shock, amaze
потýпиться (*pfv*) to look down
пóтчевать to treat
похлóпать (*pfv*) to tap, pat
походи́ть на to resemble, be like
похóдка step, gait
похóжий resembling
похолодéть (*pfv*) to grow cold
поцарáпанный scratched
поцелýй kiss
почемý-то for some reason
пóчерк handwriting
пóчка bud
почти́ almost
почти́тельный respectful
пошáтываться to stagger
поэ́т poet
появлéние appearance
появля́ться, появи́ться (*pfv*) to appear
пóяс waist, belt
прáвда truth, it is true; though
прáвило rule, principle
прáвильный correct
прáво right
прáвый right
прáздник holiday
прáздничный festive
прáктика training, practice
практи́ческий practical
преврати́ться (*pfv*) to turn into
предáтельство treachery
предложéние offer
предмéт subject, thing
предназначáть, предназнáчить (*pfv*) to intend (for)
предназначáться to intend (for)
предплéчье forearm
предприи́мчивый enterprising
предприя́тие enterprise
представи́тель representative
представлéние concept
представля́ть, представить (*pfv*) to introduce; to imagine
представля́ться, предстáвиться (*pfv*) to introduce oneself; to occur; to seem
предчýвствие premonition
прéжде before
прéжде чем before
прекрáсно perfectly
прекрáсный fine, beautiful
прекращáть, прекрати́ть (*pfv*) to stop, cease
премиáльные (*noun pl only*) bonus
прéмия prize
преподавáть to teach
преподноси́ть, преподнести́ (*pfv*) to present
прерывáть, прервáть (*pfv*) to interrupt, break
прерывáться, прервáться (*pfv*) to be interrupted
пресмыкáющееся (*noun*) reptile
прéсный insipid
при at
приблизи́тельный approximate
привéт greeting
привéтик (*col.*) hello
привéтливый friendly
привéтствовать to greet
приводи́ть, привести́ (*pfv*) to bring
привози́ть, привезти́ (*pfv*) to bring
привыкáть, привы́кнуть (*pfv*) to get accustomed, get used
привы́чка habit
приглáдить (*pfv*) to smooth, sleek
приглашáть, пригласи́ть (*pfv*) to invite
приглушённый muffled
приговáривать (*col.*) to keep saying
придавáть, придáть (*pfv*) to give, attach
придвигáться, придви́нуться (*pfv*) to draw near, move closer
приéзд arrival
приезжáть, приéхать (*pfv*) to come
приéзжий (*noun*) visitor
приёмник radio
приéхать (*pfv*) to come
прижимáть, прижáть (*pfv*) to press, clasp
прижимáться, прижáться (*pfv*) to snuggle up, cuddle up
признавáть, признáть (*pfv*) to recognize
признавáться, признáться (*pfv*) to confess
признáтельность gratitude
призывáть, призвáть (*pfv*) to invite, urge
прики́нуть (*pfv, col.*) to reckon
приклéивать, приклéить (*pfv*) to glue
приклéиваться, приклéиться (*pfv*) to be glued
прикосновéние touch

прикрыва́ть, прикры́ть (*pfv*) to close gently; to cover
прику́ривать, прикури́ть (*pfv*) to light one cigarette from another
прилета́ть, прилете́ть (*pfv*) to arrive by air
прили́в tide, surge
прили́чный decent, proper
приложи́ть (*pfv*) to enclose
приме́рно approximately
приме́рно-показа́тельный exemplary
примири́тельный conciliatory
принима́ть, приня́ть (*pfv*) to accept, take
принима́ться, приня́ться (*pfv*) to start, begin
приноси́ть, принести́ (*pfv*) to bring
при́нцип principle
приобрета́ть, приобрести́ (*pfv*) to acquire, gain
приоткрыва́ть, приоткры́ть (*pfv*) to open slightly
приподня́ть (*pfv*) to raise, lift slightly
приподнима́ться, приподня́ться (*pfv*) to raise oneself a little
прислоня́ться, прислони́ться (*pfv*) to lean (against)
приспоса́бливаться, приспосо́биться (*pfv*) to adapt oneself
при́стальный intent, fixed
пристыди́ть to reproach
притупля́ться, притупи́ться (*pfv*) to become dull
притя́гивать, притяну́ть (*pfv*) to draw
приходи́ться, прийти́сь (*pfv*) to have to
ему́ не приходи́лось he had no opportunity
прице́ниваться, прицени́ться (*pfv*) to price
причи́на reason
приши́ть (*pfv*) to sew on
прия́тель (*m*) friend
прия́тельница friend (female)
прия́тный pleasant
про about
пробива́ть to pierce
пробира́ться, пробра́ться (*pfv*) to make one's way
проби́ться (*pfv*) to force one's way through
пробо́р part (in the hair)
пробормота́ть (*pfv*) to mumble
пробурча́ть (*pfv*) to grumble
прове́рка checkup
проверя́ть, прове́рить (*pfv*) to check, verify
проводи́ть, провести́ (*pfv*) to conduct
проводи́ть вре́мя to spend time
прово́дка wiring (electrical)
провожа́ть, проводи́ть (*pfv*) to escort, see off
провожа́ть глаза́ми to follow with one's eyes
проглоти́ть (*pfv*) to swallow
проголода́ться (*pfv*) to get hungry
прогу́лочный excursion
продавщи́ца saleswoman
продолжа́ть, продо́лжить (*pfv*) to continue
продолжа́ться, продо́лжиться (*pfv*) to continue
прое́кт project, design
проже́ктор searchlight, floodlight
проже́чь (*pfv*) to burn through
прозвуча́ть (*pfv*) to sound, resound
прозра́чность transparency
прои́грывать, проигра́ть (*pfv*) to lose
пройдо́ха old fox
произведе́ние work
произноси́ть, произнести́ (*pfv*) to pronounce, say
происходи́ть, произойти́ (*pfv*) to happen, occur
происше́ствие incident
пройти́ (*pfv*) to pass, go by, be over
пройти́сь (*pfv*) to walk up and down, stroll
прокля́тый damned
проку́ренный smoke-filled
пролёт stairwell
проли́в strait
промелькну́ть (*pfv*) to pass swiftly, flash by
промо́кший soaked
промолча́ть (*pfv*) to say nothing, keep silent
промы́шленность industry
промы́шленный industrial
пронза́ть, пронзи́ть (*pfv*) to pierce
проноси́ться to rush by, shoot past
пропусти́ть (*pfv*) to miss
про́сека clearing in the forest
проси́ть, по- (*pfv*) to ask, beg
проскользну́ть (*pfv*) to steal (past)
проста́ивать to spend time standing
прости́ть (*pfv*) to forgive, pardon
просто́й simple
про́сто-на́просто simply
простужа́ться, простуди́ться (*pfv*) to catch cold

простыня́ sheet
просыпа́ться, просну́ться (*pfv*) to wake up
протека́ть, проте́чь (*pfv*) to leak
про́тив against
проти́вник opponent, enemy
проти́вный repulsive
протя́гивать, протяну́ть (*pfv*) to stretch out; to drawl
профессиона́льный professional
профе́ссия occupation, profession
профко́м trade union committee
прохла́дный chilly
проходи́ть, пройти́ (*pfv*) to pass, go by
прохо́жий (*noun*) passer-by
проце́сс process
проче́сть (*pfv*) to read
про́чный durable, strong
проша́мкать (*pfv*) to mumble
проше́дший past
прошепта́ть (*pfv*) to whisper
прошлого́дний last year's
про́шлое (*noun*) past
проща́й farewell, good-by
проща́ть, прости́ть (*pfv*) to forgive, pardon
проща́ться, прости́ться (*pfv*) to say good-by
проясня́ться, проясни́ться (*pfv*) to clear up
пружи́нить to be springy
пры́гать, пры́гнуть (*pfv*) to jump
прямо́й straight, direct
пря́ный spicy, heady
пря́тать, спря́тать (*pfv*) to hide
пси́хика psyche
пти́ца bird
пу́говица button
пульвериза́тор sprayer
пульси́ровать to pulsate
пунцо́вый crimson
пуска́ть, пусти́ть (*pfv*) to let, allow
пусто́й empty, shallow
пусты́нный deserted
пусть let
пу́таница mix-up
пу́таться to tangle up
путеше́ственник traveler; explorer
путеше́ствие travel, journey
пу́хлый plump
пуши́стый fluffy
пу́ще (*col.*) more
пыла́ть to blaze, flame
пыль dust
пы́льный dusty
пыта́ться to try, attempt
пытли́вый keen
пья́ница drunkard
пя́титься to move backward
пя́тнышко (*d*) spot

Р р

рабо́тать to work
рабо́тник worker
рабо́чий working
рабо́чий (*noun*) laborer, worker
равноду́шный indifferent
рад glad
ра́ди for the sake of
радиокомментáтор radio commentator
ра́доваться, обра́доваться (*pfv*) to be happy, be glad
ра́достный joyful, happy
ра́дость joy
раз since
раз time
  в пе́рвый раз for the first time
разбира́ть, разобра́ть (*pfv*) to buy up; to make out
разбира́ться, разобра́ться (*pfv*) to understand, make out
разва́л disintegration
разва́ливаться to fall apart
ра́зве Really?
развева́ться to fly
разве́иваться to dissipate
развёртывать, разверну́ть (*pfv*) to unwrap
разве́шивать, разве́сить (*pfv*) to hang
развива́ть to develop
разви́нченный loose
развито́й developed
разгля́дывать, разгляде́ть (*pfv*) to discern, make out
разгова́ривать to talk, converse
разгово́р conversation
разгу́ливать to promenade
раздава́ть, разда́ть (*pfv*) to give away
раздава́ться, разда́ться (*pfv*) to be heard; to sound
раздвига́ть, раздви́нуть (*pfv*) to pull apart
раздева́ться, разде́ться (*pfv*) to undress
раздели́ть (*pfv*) to divide
раздобы́ть (*pfv*) to procure
раздраже́ние irritation
раздражённый irritated
разду́мать (*pfv*) to change one's mind

раздýмывать to think over, ponder
разжáлобить (*pfv*) to arouse pity
разливáть, разлúть (*pfv*) to pour out
различáть, различúть (*pfv*) to make out
размáтывать, размотáть (*pfv*) to unwrap
разменя́ть (*pfv*) to change
размúнка (*sp.*) warm-up
размышля́ть to ponder
рáзница difference
рáзный different, various
разобрáть (*pfv*) to buy up, to make out
разобрáться (*pfv*) to understand, make out
разойтúсь (*pfv*) to come apart, to disperse
разостлáть (*pfv*) to spread
разрешáть, разрешúть (*pfv*) to settle; to allow
разрýшиться (*pfv*) to crumble
разря́д class, category
разумéется of course
разыскáть (*pfv*) to find
разы́скивать to look for, search for
рай paradise
рак crayfish
ракéтка racket
рáковина sink
рáнний early
рáньше before, previously
раскалённый burning hot
раскaпрúзничаться (*pfv*) to become naughty
расколóться (*pfv*) to split, break
раскры́тый open
раскры́ть (*pfv*) to open
распáхивать, распахнýть (*pfv*) to throw open
распивáть (*col.*) to drink
расписáние timetable
расписáть (*pfv*) to paint
расписáться (*pfv, col.*) to register one's marriage
распрáвиться (*pfv*) to get rid of
распрекрáсный (*col.*) beautiful
рассвéт dawn
рассветáть, рассвестú (*pfv*) to grow light
рассердúться (*pfv*) to become angry
рассéянный absent-minded
расскáз short-story
расскáзывать, рассказáть (*pfv*) to tell
расслáбленный feeble
рассмáтривать, рассмотрéть (*pfv*) to examine
рассмея́ться (*pfv*) to burst out laughing
расспрáшивать, расспросúть (*pfv*) to ask (questions)
расспрóсы (*pl only*) questions
расставáться, расстáться (*pfv*) to part
расстáвить (*pfv*) to place, arrange
расстёгивать, расстегнýть (*pfv*) to unbutton
расстёгиваться, расстегнýться (*pfv*) to become unbuttoned
расстелúть (*pfv*) to spread out
рассуждáть to discuss
рассуждéние reasoning
растáскивать, растащúть (*pfv*) to pilfer
растворя́ться, раствориться (*pfv*) to dissolve
растерзáть (*pfv*) to tear up
растéрянный bewildered
растеря́ть (*pfv*) to lose
растеря́ться (*pfv*) to be taken aback
растú to grow, advance
расходúться, разойтúсь (*pfv*) to come apart; to disperse
расцвéсть (расцвестú) (*pfv*) to flourish
расчёт calculation
рахúт rickets
рáчий crayfish
реабилитúровать (*ipfv and pfv*) to rehabilitate
реалúзм realism
ребёнок child
ребя́та (*pl*) kids, lads
рёв roar
рéдкий rare, sparse
рéдко seldom
рéже less frequently
режиссёр director
рéзкий harsh, abrupt
рей (рéя) (*naut.*) yard
рекá river
реклáма advertisement
рельс rail
ремонтúровать to repair
рентгéн X-ray
реорганизáция reorganization
репортáж reporting
репродýктор loud-speaker
реснúца eyelash
ресторáн restaurant
решáть, решúть (*pfv*) to decide, solve
решéние decision
решúтельно absolutely; with determination
решúтельный stern; decisive
решúться (*pfv*) to make up one's mind
ринг ring (*sp.*)
рúнуться (*pfv*) to rush, dash

рисова́ть, нарисова́ть (*pfv*) to draw, paint
рису́нок drawing, design
ритм rhythm
робе́ть to be timid
ро́бкий timid
рове́сник of the same age
ро́вный even, level
роди́тели (*pl.*) parents
роди́ться (*ipfv and pfv*) to be born
родны́е (*noun, pl only*) relatives
ро́дственный related
рожде́ние birth
ро́зовый pink
ром rum
рома́н novel
рома́нс song, romance
рома́шка ox-eye daisy
роско́шный luxurious
рост growth, development
руба́шка (**рубаха**) shirt
руга́ть, вы́ругать (*pfv*) to scold
ружьё gun
рука́ hand, arm
рука́в sleeve
румы́н Rumanian
ру́хнуть (*pfv*) to collapse
руче́й stream
ры́ба, ры́бка (*d*) fish
ры́ться, по- (*pfv*) to dig in
рю́мка wine glass
ряд row, line
ря́дом side by side
  ря́дом с beside

С с

сад garden
сади́ться, сесть (*pfv*) to sit down
сажа́ть to seat, put
салфе́тка napkin
сам himself
сама́ herself
са́ми yourself(selves), themselves, ourselves
самолёт airplane
са́мый the very
  э́тот са́мый the same
сапо́г boot
сарафа́н sun dress
сбе́гать to go (to get something)
сбить (*pfv*) to knock off
сби́ться (*pfv*) to be (become) confused
сбо́ку sideways
сбо́рка assembling
сбо́рный combined
сбо́рщик picker, collector
сбрива́ть, сбрить (*pfv*) to shave off
све́жий fresh
сверка́ть to sparkle
сверну́ть (*pfv*) to fold, wring, turn
свёрток package, parcel
сверх-ле́вый ultra avant-garde
све́рху from above, on top
сверше́ние accomplishment
свет light; world
света́ть to grow light
све́титься to emit light, shine; to be lit up
све́тлый light, bright
светлячо́к firefly
светофо́р signal lights; traffic lights
светя́щийся luminous, shining
све́чка candle
свисте́ть to whistle
свобо́да freedom
свобо́дный free
своеобра́зный distinctive
свора́чивать (*col.*) to fold, turn
свыка́ться, свы́кнуться (*pfv*) to get used (to)
связа́ть (*pfv*) to bind
связь connection
святи́тель (*m*) hierarch
сдава́ть, сдать (*pfv*) to pass; to turn in
сдвига́ть, сдви́нуть (*pfv*) to draw together; to push
сдвига́ться, сдви́нуться (*pfv*) to move
сде́латься (*pfv*) to become; to happen
сде́рживать, сдержа́ть (*pfv*) to restrain, hold in check
сде́рживаться, сдержа́ться (*pfv*) to restrain oneself
сеа́нс show, performance
себя́ oneself
се́вер north
сего́дня today
седе́ть, по- (*pfv*) to turn gray
седова́тый grayish (hair)
седо́й gray-haired
сезо́н season
сейча́с just now
  сейча́с же right away
секу́нда second
сельскохозя́йственный agricultural
семья́ family
се́ни hall
се́но hay
сеноко́с haymaking
сентимента́льный sentimental

серди́тый angry
се́рдце heart
серебри́стый silvery
серёбряный silver
середи́на̀ middle
серова́тый grayish
серьёзный serious
се́рый gray
сестра́ sister
се́товать to complain
сжа́тый clenched
сжима́ть, сжать (*pfv*) to press, clench
сза́ди behind, from behind, from the rear
сиде́ть to sit
си́ла strength, force
силуэ́т silhouette
си́льный strong
симметри́чный symmetrical
симпати́чный likable, nice
симфо́ния symphony
сине́ть to show blue
си́ний blue
Си́рия Syria
сиро́п syrup
систе́ма system
ситуа́ция situation
сия́ющий radiant
скаме́йка bench
сквер square; public garden
сквозь through
скепти́ческий sceptical
скла́дывать, сложи́ть (*pfv*) to fold, to put together
скле́йка gluing
склеп crypt
склеро́з sclerosis
склоня́ться, склони́ться (*pfv*) to bend over
ско́ванный constrained
скова́ть (*pfv*) to constrain
скользи́ть, скользну́ть (*pfv*) to slide, glide
ско́лько how many, how much
скоре́е rather
ско́рость speed
ско́ро soon, fast
ско́рый fast
скра́дывать to conceal
скрипе́ть, скри́пнуть (*pfv*) to squeak, crunch
скрипу́чий squeaky
скро́мный modest
скрыва́ть, скрыть (*pfv*) to hide, conceal
скрыва́ться, скры́ться (*pfv*) to disappear, vanish
ску́льптор sculptor
скуча́ть to be bored
скуча́ющий bored
скучне́йший dullest, most boring
ску́чный boring, dull
мне ску́чно I am bored
сла́бый weak, faint
сла́ва glory, fame
сла́ва Бо́гу thank God
сла́вный nice
сла́дкий sweet, delighted
сле́ва to the left
слегка́ slightly, gently
след footprint
сле́дующий next, following
слеза́ tear
слива́ться, сли́ться (*pfv*) to merge, blend
сли́шком too
слова́рь dictionary
слова́рь к те́ксту glossary
слове́чко (*d*) word
сло́вно as if, like
сложи́ть (*pfv*) to fold; to put together
сложи́ться (*pfv*) to take shape
сло́жный complicated
слома́ть (*pfv*) to break
слома́ться (*pfv*) to break
слон elephant
служе́бный business; office
слу́чай opportunity; case
случа́йно accidentally
случа́ться, случи́ться (*pfv*) to happen
слу́шать to listen
слыха́ть, услыха́ть (*pfv*, *col.*) to hear
слы́шать, услы́шать (*pfv*) to hear
слы́шный heard, audible
сме́лый daring
смени́ть (*pfv*) to replace
смерть death
сметь, по- (*pfv*) to dare
смех laughter, laugh
сме́шивать, смеша́ть (*pfv*) to mix, blend
сме́шиваться to blend together
смешно́й funny, ridiculous
смея́ться, засмея́ться (*pfv*) to laugh
сми́рный quiet
смо́рщиться (*pfv*) to wrinkle up
смотре́ть, по- (*pfv*) to look, regard
смотре́ться, по- (*pfv*) to look at oneself
смуща́ть, смути́ть (*pfv*) to disturb; to embarrass
смуща́ться, смути́ться (*pfv*) to be embarrassed

смущéние embarrassment
смысл meaning, sense
снабжáть, снабди́ть (*pfv*) to supply
сначáла at first
снег snow
снимáть, снять (*pfv*) to rent; to take off; to take a photograph
сни́ться, присни́ться (*pfv*) to dream
снóва again
снóсный tolerable
снотвóрное (*noun*) sleeping pill
собесéдование interview
собирáть, собрáть (*pfv*) to gather, collect
собирáться, собрáться (*pfv*) to get ready; to plan
собрáние meeting
сóбственный own
собы́тие event
совáть, сýнуть (*pfv*) to thrust; to slip
совершéнно absolutely, quite
совершéнный complete, perfect
совещáние conference, meeting
совремéнник contemporary
совсéм entirely, completely
  совсéм не not at all
совсéм (совсéм как) just like
соглашáться, согласи́ться (*pfv*) to agree
согнáть (*pfv*) to chase away, drive away
согрéться (*pfv*) to get warm
содержи́мое (*noun*) content
содержáние content, subject matter
сожалéние regret
  к сожалéнию unfortunately
сожалéюще regretfully
создавáть, создáть (*pfv*) to create
сокруши́тельный smashing
солдáт soldier
солёный salty
солидáрность solidarity
сóлнечный sunny, solar
сóлнце sun
солнцепёк blazing sun
солóменный straw
соль salt
сон dream
соображáть, сообрази́ть (*pfv*) to understand, figure out
соображéние consideration
сообщáть, сообщи́ть (*pfv*) to inform
соотвéтствовать to correspond; to be in keeping with
сопротивля́ться to resist, oppose
сорвáть (*pfv*) to tear off, pluck
соревновáние competition, game, match
сосéд neighbor
сосéдка neighbor (female)
сосéдний near-by
соскáкивать, соскочи́ть (*pfv*) to jump off
соснá pine
соснóвый pine
состоя́тельный well-to-do
состоя́ть to consist
сóтня hundred
сохраня́ть, сохрани́ть (*pfv*) to keep, preserve
сочиня́ть, сочини́ть (*pfv*) to compose, write
спать to sleep
спервá at first
спéреди in front, from the front
специали́ст specialist
специáльность profession
спеши́ть, по- (*pfv*) to hurry
  не спешá slowly, leisurely
спинá back
спиртнóй alcoholic
сплёвывать, сплю́нуть (*pfv*) spit
сплочённость togetherness, unity
спокóйный calm, quiet
спокóйствие calmness, peace (of mind)
спор argument
спóрить, по- (*pfv*) to argue, dispute
спорт sport
спорти́вный athletic
спортсмéн athlete, sportsman
спосóбность ability
спосóбный capable, gifted
спотыкáться, споткнýться (*pfv*) to stumble
спохвати́ться (*pfv*) to remember suddenly
спрáва to the right
справля́ться, спрáвиться (*pfv*) to manage (to do something)
спрáшивать, спроси́ть (*pfv*) to ask
спры́гивать, спры́гнуть (*pfv*) to jump down, jump off
спря́тать (*pfv*) to hide
спря́таться (*pfv*) to hide
спускáться, спусти́ться (*pfv*) to descend; to go downstairs
сравнéние comparison
сравня́ть (*pfv*) to even up
срáзу at once, right away
срасти́ть (*pfv*) to join
средá environment
средá Wednesday
среди́ among

сре́дний middle, central
срыва́ть, сорва́ть (*pfv*) to tear off, pluck
ссо́риться, по- (*pfv*) to quarrel
ста́вить, по- (*pfv*) to put, place
стадио́н stadium
стака́н (drinking) glass
ста́лкиваться, столкну́ться (*pfv*) to come in contact with; to run into
станда́ртный standard
станови́ться, стать (*pfv*) to become, get
стано́к machine; machine tool
ста́нция station
стара́тельно with great care
стара́тельный assiduous
стара́ться, по- (*pfv*) to try
старе́ть, по- (*pfv*) to grow older, get old
ста́рец old man, elder
стари́к old man
стари́нный ancient, antique, old
ста́рость old age
стару́ха old woman
ста́рческий senile
ста́рый, ста́ренький (*d*) old
стать (*pfv*) to become, get
стека́ть to stream down
стекло́ glass, windowpane
стена́ wall
степь steppe
стесня́ться, по- (*pfv*) to feel shy, embarrassed
стиль (*m*) style
сти́снуть (*pfv*) to squeeze, hug
стих verse
  писа́ть стихи́ to write poetry
сто hundred
сто́йка (*sp.*) handstand
столб post, pillar
столо́вая (*noun*) dining room, eating place
сто́лько so much
  сто́лько же, ско́лько... as much (many) as . . .
стона́ть to moan
сторона́ side, direction
сторублёвка hundred-ruble note
стоя́нка stop; terminal parking place
стоя́ть to stand
страна́ country, land
страни́ца page
стра́нный strange
страсть passion
стра́ус ostrich
страх fear, fright
стра́шный frightful, terrible
стрела́ arrow
стреми́тельный dashing, swift
стро́гий stern, strict, severe
стро́йка building, construction
стро́йный, стро́йненький (*d*) slender, well built
строи́тельство construction
стро́ить, по- (*pfv*) to build
струи́ться to stream
студе́нт student
стук knock, tap; noise
сту́кнуть (*pfv*) to bang
стул chair
ступе́нька step
стуча́ть, по- (*pfv*) to knock; to make a noise
стыди́ться to be ashamed
сты́дно it is a shame
  ему́ сты́дно he is ashamed
стюарде́сса stewardess
субтро́пики (*pl only*) subtropics
суди́ть to judge
су́дно ship
суета́ bustle, fuss
сумасше́дший crazy, insane
сумасше́дший (*noun*) lunatic
су́мерки (*pl only*) twilight, dusk
су́мка, су́мочка (*d*) bag, handbag
су́мрачный gloomy
суп soup
суту́лый round-shouldered; stooping
сухо́й dry
существо́ essence, being
существова́ние existence
сходи́ться, сойти́сь (*pfv*) to come together
счастли́вый happy
сча́стье happiness
счёт score
счётчик meter
счита́ть to count, consider
счита́ться to consider, be considered
съёмка shooting (film)
съесть (*pfv*) to eat
сыр cheese

Т т

таба́к tobacco
табли́ца (*sp.*) game schedule
та́йный secret
-таки (*col. particle*) really, after all
тако́й such
такси́ taxi
тала́нт talent

тала́нтливый talented
тало́н timecard
та́нец dance
танцева́ть to dance
танцплоща́дка dance floor
таре́лка plate
таска́ть to carry, drag
татуиро́вка tattoo
та́чка wheelbarrow
тащи́ть, по- (*pfv*) to drag
творе́ние creation
твори́ться to happen; to go on
тво́рческий creative
телеви́зор TV set
те́ло body
те́ма subject
темне́ть to appear dark
темнота́ darkness
тёмный dark
тенево́й shady
тени́стый shady
тент awning
тень shadow, shade
тео́рия theory
теплота́ warmth
теплохо́д boat, motor boat
тёплый warm
тере́ть to rub
терпели́вый patient
теря́ть, по- (*pfv*) to lose
те́сный cramped, tight
тетра́дь notebook
тётя (тётка) aunt
техно́лог technologist
тече́ние current
течь to flow
тёща mother-in-law
тип type, character
типогра́фия printing shop
титани́ческий titanic
ти́хий quiet
тишина́ silence
тишь stillness, silence
ткань cloth, textile
това́рный freight
толка́ть, толкну́ть (*pfv*) to push
то́лком clearly
толпа́ crowd
то́лстый fat
толчо́к jolt
то́лько only, merely, just
  то́лько что just now
том volume
томи́ться to languish
тон tone
то́нкий, то́ненький (*d*) thin, delicate
тонне́ль (*m*) tunnel
то́пать, то́пнуть (*pfv*) to stamp
топи́ться to burn (pertaining to a stove)
торго́вый trade, commercial
тормози́ть to put on the brakes
торопи́ться to hurry
торопли́вый hurried, hasty
торс torso
торча́ть to stick out, protrude; to hang around
тоска́ melancholy, anguish
тост toast
то́тчас immediately
то́чка point, period
то́чно as if
то́чность precision, accuracy
то́чный exact
трава́ grass
трамва́й streetcar
тра́тить, истра́тить (*pfv*) to spend
тра́ур mourning
тре́бовать, по- (*pfv*) to demand
трево́га anxiety
трево́жный anxious, worried; alarming
тре́звый sober
трениро́вка (*sp.*) practice
трениро́вочный training
трепа́ться (*col.*) to jabber
треску́чий crackling
трибу́на stand
три́жды three times
три́ста three hundred
тро́гать, тро́нуть (*pfv*) to touch, move
тро́гаться to set off, start
тро́е (*c*) three
тропи́нка path
тротуа́р sidewalk
труба́ trumpet; chimney, smokestack
тру́бка (telephone) receiver
труд work, labor
  с трудо́м with difficulty
тру́дный hard, difficult
труси́ть (*col.*) to trot
трусы́ (*pl only*) shorts
тря́пка rag
трясти́сь to tremble
тряхну́ть (*pfv*) to shake
туале́т dressing table, attire
тупо́й blunt
ту́т же right there
ту́фли shoes
ту́ча dark cloud

ту́чка (*d*) small cloud
тща́тельный thorough
ты́сяча thousand
тьма darkness
тю́бик tube
тя́жба lawsuit
тяжёлый heavy, hard
тяну́ть to pull, draw
тяну́ться to stretch, extend, drag on

У у

убега́ть, убежа́ть (*pfv*) to run away
убеди́тельный convincing
убежда́ть, убеди́ть (*pfv*) to persuade, convince
убеждённый convinced
убива́ть, уби́ть (*pfv*) to kill
убира́ть, убра́ть (*pfv*) to take away
уважа́емый respected
уважа́ть to respect
уве́ренность confidence
уверя́ть, уве́рить (*pfv*) to assure, convince
уве́шанный hung (with)
уви́деться to see each other
увлека́ться, увле́чься (*pfv*) to be carried away
увлека́ющийся easily carried away, enthusiastic
увы́! Alas!
уга́дывать, угада́ть (*pfv*) to guess
угова́ривать to try to persuade
у́гол corner
угоща́ть, угости́ть (*pfv*) to treat (to)
удава́ться to be a success, turn out well
уда́р blow; kick
ударя́ть, уда́рить (*pfv*) to strike, hit
удержа́ться to restrain oneself
удиви́тельный amazing
удивле́ние astonishment, amazement
удо́бный convenient, comfortable
удово́льствие pleasure
удосто́ить (*pfv*) to honor
  был удосто́ен was awarded
уезжа́ть, уе́хать (*pfv*) to leave, go away
у́жас horror, terror
ужаса́ть, ужасну́ть (*pfv*) to horrify
ужа́сный terrible
уже́ (уж) already
  уже́ не no longer
у́жинать to have supper
у́зкий narrow
узкопле́чий narrow-shouldered
удивля́ться, удиви́ться (*pfv*) to be surprised, amazed; to wonder
ука́зывать, указа́ть (*pfv*) to indicate, point out
уко́л injection
укра́инский Ukrainian
украша́ть, укра́сить (*pfv*) to embellish, beautify
уку́тывать, уку́тать (*pfv*) to wrap up
улета́ть, улете́ть (*pfv*) to fly away
у́лица street
  на у́лице outside
уложи́ть (*pfv*) to pack
улыба́ться, улыбну́ться (*pfv*) to smile
улы́бка, улы́бочка (*d*) smile
уме́ние ability, skill
умере́ть (*pfv*) to die
уме́ть to know how
у́мница smart person
у́мный clever, intelligent
умолка́ть, умо́лкнуть (*pfv*) to become silent
умудря́ться, умудри́ться (*pfv*, *col.*) to manage
унести́ (*pfv*) to take, carry away
унизи́тельный humiliating
унима́ть, уня́ть (*pfv*) to soothe, calm
уныва́ть to lose heart
упа́сть (*pfv*) to fall down
упомина́ть, упомяну́ть (*pfv*) to mention
упо́рный persistent, stubborn
управле́ние department, bureau
упражне́ние exercise
упрёк reproach
упрека́ть, упрекну́ть (*pfv*) to reproach
упру́гий resilient
ус mustache, whisker
усе́сться (*pfv*) to take a seat
уси́лие effort
ускоря́ть, уско́рить (*pfv*) to hasten, quicken
усло́вие condition
усло́виться (*pfv*) to make an arrangement; to agree
услу́жливый obliging
услы́шать (*pfv*) to hear
усмеха́ться, усмехну́ться (*pfv*) to grin
усомни́ться (*pfv*) to doubt
успева́ть, успе́ть (*pfv*) to have time
успе́х success
успоко́иться (*pfv*) to calm down
уста́ (*poetic*, *pl only*) lips
устава́ть, уста́ть (*pfv*) to be tired, get tired
уста́виться (*pfv*, *col.*) to stare
уста́лость fatigue

уста́лый tired, weary
устана́вливать, установи́ть (*pfv*) to place, establish
устла́ть (*pfv*) to cover
усто́йчивый durable
устра́ивать, устро́ить (*pfv*) to arrange, organize
устро́иться (*pfv*) to settle, establish oneself
утоми́тельный tiresome
утону́ть (*pfv*) to drown
утра́тить (*pfv*) to lose
у́тро morning
уха́живать to run after, court
ухвати́ть (*pfv*) to catch, grasp
ухмы́лка (*col.*) smirk
у́хо ear
ухо́д leaving, departure
у́часть fate
учёба studies
учёбник textbook
учёбный training
учёный learned person
учёный (*noun*) scholar
учи́тель (*m*) teacher
учрежде́ние institution; office; place of work
у́ши (*pl*) ears
ую́тный cozy, comfortable

Ф ф

фавори́т favorite
факульте́т department
фана́тик fanatic
фа́ра headlight
фигу́ра figure
физкульту́рник athlete
фиоле́товый purple, violet
флаг flag
флибустье́р buccaneer
фойе́ foyer, lobby
фо́льга foil
фон background
фона́рь (*m*) lantern, street light
фона́рик flashlight
фотогени́чный photogenic
фотогра́фия photograph
фрак tail coat
францу́зский French
фре́ска fresco, mural
фронт front
фрукто́вый fruit
футбо́л soccer
футболи́ст soccer player
футбо́лка sport shirt

Х х

хала́т robe, dressing gown
ханжа́ hypocrite
ха́ос chaos
хара́ктер character, disposition, nature
хвали́ть, по- (*pfv*) to praise
хвата́ть, схвати́ть (*pfv*) to grab, seize
хвата́ть, хвати́ть (*pfv*) to be sufficient, be enough
  хва́тит! Enough!
хвост tail
химраство́р chemical solution
хи́трый cunning, intricate
хло́пать, хло́пнуть (*pfv*) to bang, slam; to slap; to pat
хло́пец (*col.*) fellow
хмель (*m*) intoxication
хмельно́й intoxicating
хму́риться to frown
хны́кать to complain, whimper
хо́бот trunk
ход (*naut.*) course
хожде́ние walking, pacing
хозя́ин master, owner
хокке́й hockey
холл hall
холм hill
хо́лод cold
холо́дный cold
хому́т yoke
хор choir
  хо́ром all together, in unison
хороше́ть to become prettier
хоте́ться to feel like
хотя́ (хоть) although, however
  хотя́ бы even if
хо́хмы (*slang*) witty remarks
хохота́ть to laugh boisterously
храни́ть to keep
Христо́с Christ
хруст crunch
хрусте́ть to crunch, crackle
худе́ть, по- (*pfv*) to grow thinner, lose weight
худо́жественный art, artistic
худо́жник artist
худо́й thin

Ц ц

цари́ть to reign
цвет color
цвето́к flower

цвету́щий blooming
целова́ть, по- (*pfv*) to kiss, give a kiss
целова́ться, по- (*pfv*) to kiss
це́лый whole, entire, all
центр center
це́рковь church
цини́чный cynical
циферблá т clock dial
ци́фра number
цыгáн gypsy
цы́почки: на цы́почках on tiptoe

Ч ч

чаепи́тие tea-drinking
час, ча́сик (*d*) hour
ча́сто often
ча́стый frequent
часть part
часы́ clock; watch; time clock
ча́ша bowl
ча́шка cup
челове́к man, person
челове́ческий human
челове́чество mankind
чёлка, чёлочка (*d*) bangs (of hair)
чемода́н suitcase
чемпио́н champion
чемпиона́т championship
чепуха́ nonsense
че́рез through, across
  через ме́сяц a month later
черепа́ха turtle
черномо́рский Black Sea
чёрный black
чёрт devil
черта́ trait, line
чертёж diagram
чертыха́ться, чертыхну́ться (*pfv*, *col.*) to swear
че́стный honest
четве́рг Thursday
четвёрка (*noun*) four
че́тверо (*c*) four
чёткий clear-cut, clear
че́шский Czech
чиж siskin
чини́ть, по- (*pfv*) to repair, fix
чири́кать to chirp
чи́стильщик shoeshine boy
чи́стить to clean, shine (shoes)
чи́стый clear, pure
чита́тель reader
член member
чо́каться, чо́кнуться (*pfv*) to clink glasses
чте́ние reading
что́бы so that, in order to
что́-то somehow; something
чу́вство feeling, emotion
чу́вствовать, по- (*pfv*) to feel, be conscious of
чу́вствоваться to be felt
чуде́сный wonderful
чу́дный wonderful
чу́ждый alien
чужо́й strange, alien; somebody else's
чу́ткий tactful, sensitive, intuitive
чуть hardly, slightly
  чуть не almost
чуть-чу́ть a little

Ш ш

шаг pace, step
шага́ть to step, walk
шаль shawl
шально́й scatterbrained
ша́рить to grope, fumble
швейца́р hall porter
шевели́ть to move
шевели́ться to move, stir
шевелю́ра mop of hair
шёлк silk
шелкови́стый silky
шёлковый silk
шёпот whisper
шепта́ть, шепну́ть (*pfv*) to whisper
шерохова́тый uneven, rough
ше́ствовать to march along
ше́стеро (*c*) six
ше́я, ше́йка (*d*) neck
ширина́ width
широ́кий broad, wide
шкаф cupboard
  кни́жный шкаф bookcase
шко́ла school
шко́льник schoolboy
шко́льный school
шлёпать (*col.*) to splash
шля́па hat
шокола́дка piece of chocolate
шоссе́ road, highway
шотла́ндский Scotch
шофёр driver
шпа́рить (*col.*) to speed
штани́на trouser leg
штаны́ (*pl only*, *col.*) pants
ште́мпель (*m*) postmark
шторм storm, gale
штукату́рка plaster

шум noise
шу́м-га́м hubbub
шу́мный noisy
шу́рин brother-in-law (brother of the wife)
шурша́ние rustling
шурша́ть to rustle
шути́ть, по- (*pfv*) to joke
шу́тка, шу́точка (*d*) joke
шутли́вый playful

Щ щ

щека́ cheek
щелчо́к click, crack
щипа́ть, щипну́ть (*pfv*) to pinch; to sting
щу́пать, по- (*pfv*) to feel, touch
щу́риться to squint

Э э

эвакуа́ция evacuation
экза́мен examination
экзамену́ющийся (*noun*) person taking an examination
экскурсио́нный excursion
экспеди́ция expedition
электри́ческий electric
  электри́ческий фона́рик flashlight
электри́чка electric train
электрово́з electric locomotive
электромонтёр electrician
элемента́рный ordinary
энциклопе́дия encyclopedia
эта́ж floor, story
этю́дник sketch portfolio

Ю ю

юбиле́йный anniversary
ю́бка, ю́бочка (*d*) skirt
юг south
ю́мор sense of humor
ю́нга ship's boy
ю́ность youth
ю́ноша youth, young man
ю́ный young
юпи́тер arc lamp

Я я

яви́ться (*pfv*) to appear
явле́ние phenomenon
явля́ться to be
я́годица buttock
язы́к tongue, language
яма́йский Jamaica
я́мочка dimple
я́ркий bright, striking
я́сный clear

K L M N O P Q R S
9 0 1 2 3 4 5 6